女猫

盛可以 著

图书在版编目(CIP)数据

女猫 / 盛可以著. —南京：江苏凤凰文艺出版社，
2024.7
 ISBN 978-7-5594-7512-1

Ⅰ.①女… Ⅱ.①盛… Ⅲ.①短篇小说-小说集-中国-当代 Ⅳ.①I247.7

中国国家版本馆 CIP 数据核字(2023)第 204869 号

女猫
盛可以 著

出 版 人	张在健
责任编辑	李珊珊
责任印制	杨 丹
出版发行	江苏凤凰文艺出版社
	南京市中央路 165 号,邮编:210009
网 址	http://www.jswenyi.com
印 刷	苏州市越洋印刷有限公司
开 本	880 毫米×1230 毫米 1/32
印 张	9.5
字 数	185 千字
版 次	2024 年 7 月第 1 版
印 次	2024 年 7 月第 1 次印刷
书 号	ISBN 978-7-5594-7512-1
定 价	52.00 元

江苏凤凰文艺版图书凡印刷、装订错误，可向出版社调换，联系电话 025-83280257

目录

天真的老妇人	*001*
你什么时候原谅你的父亲	*065*
接骨木酱	*089*
女猫	*123*
偶发艺术	*145*
作家肖像	*181*
芳草长堤	*197*
太阳升起时的静脉曲张	*213*
令人不快的贝多芬	*227*
推空婴儿车的男人	*249*

天真的
老妇人

1

七月初,阳光已经长熟,正午更是透出几分辛辣。我在约定的路口等待,同时打量周围环境,判断治安状况。马路对面,一个年轻女孩向我招手,无疑是房东 May——网站上注册的名字。这里且称她为梅。

梅身着布量极少的黑色吊带连衣裙,梳着短矮马尾,抱着一条棕色小贵宾犬,优雅中透着少女的甜美。横过马路走近她,才发现这纤瘦秀丽的姑娘,是个上了年纪的妇人。脸上松弛,有零星老年斑,眼睛湿浊,头发麻灰稀少,但仍设法弄出一绺来,用小卡子别住,遮盖过于光秃的前额,制造一缕少女幽魂。

不知道梅是哪国人。她那张没有轮廓的圆脸像是来自韩国——抱歉,忘了说明,这里是纽约长岛的黄金海岸,传说中的富人区——简短交谈之后,知道都是中国人,于是改用汉语。梅的声音柔和,不紧不慢,传递养尊处优、家境良好的生活背景,其从容与安逸映衬我风尘仆仆的粗糙。

梅的后背几乎裸到腰际，两瓣纤细的蝴蝶骨被一层长着老年斑的薄皮覆裹，随着身体运动，它们既显得轻灵，也透着枯槁，她的脊椎仍异乎寻常的笔直，随时准备翩翩起舞。这个高贵的背影并不让人觉得美丽和气蕴已逝，那憔悴的骨子里仍然传递出上流阶层的傲慢——梅说话时并不看我，仿佛紧随其后的，只是个刚来报道的下人。

2

通过房前的车辆，杂草丛生的草地，可以看出这是一个蓝领社区，勉强算得上整洁——原来长岛并不都是《了不起的盖茨比》中的豪宅。梅住的是一栋联排别墅，两梯两层四户，实质属于公寓类型。外墙贴了红砖，大门是中国乡下正流行的不锈钢玻璃门。整栋楼无遮无挡，暴露在正午的辣太阳下，几棵小树远远地站着，也帮不上什么忙。前庭屋侧没绿化，许是为了省钱省事，周围铺成了水泥地面，给人一种莫名的焦躁。

梅开门时，钥匙找不准锁孔。她的手不太灵活，像所有上了年纪的人一样。梅住在二楼，进门就是狭窄的楼梯，借着门外的光，能看见脚下颜色混沌的地毯，依据曾有的养狗经验，我从屋里那股浓浓的怪味中，分辨出狗的尿及腥臭味。

楼上是另一种衰败与霉腐的气息。

梅向我介绍各区功能，以及注意事项，那腔调与表情，仿佛她住的不是一套三室两厅的小居室，而是一座辉煌复杂的宫殿。

客厅那张已经变形且颜色暗污的布沙发，经过时间的摩擦，结满了绒球，沙发架构有点倾斜，已经失去了负重与提供休憩的功能，只有狗才敢跳上去。

一只中国风的斗柜，红花绿叶的漆画，明清风格的黄铜耳朵拉手，是梅过去从海南淘来的。窗边那条古朴的单人高脚凳，凳面两端上翘，她说二手家具网站上标价是八百美金。两张灰漆驳落，造型不错、布垫脏旧破腐的木椅，我忘了梅说它们是法国风格，还是来自法国，同样只具观赏功能，即便梅允许，也不会有屁股愿意落下去。

两椅间的小几上摆着一摞书，包括日本作家的畅销作品，不入流的中国小说，时装杂志，巴黎游记。这一摞东西整整齐齐，却脏旧蒙尘，仿佛已经存在了几个世纪。

客人通常只能在自己的房间活动，梅绝不许别人使用她的餐桌。这个褐色圆桌四边可以折下去，变成小方桌。腿瘸了的餐椅背靠墙，勉强立住。这张旧餐桌看上去就仿佛听到其吱呀作响，但它也是法国的，或法国风格的，梅依然珍爱，允许它盘踞在自己的生活中。

我站在厨房里，感受一个家庭最重要的地方。窗台上的玻璃瓶里，插着鲜艳欲滴的月季。绿萝伸出一根长藤探向洗菜盆。乳白纱帘上布满污斑。梅始终抱着那只贵宾犬。我仍像是她新来的下人。她说她不喜欢油烟味，客人通常都叫外卖，但最终她同意我限次使用那个满是锈垢和油污的白色炉灶，要我注意卫生，保持干净。

厨具丑陋不洁，我确信这里有一个不喜欢烹饪的主人。厨柜手柄掉了，一扇柜门关不拢。一瓶香槟和一尊小雕塑组合，摆在灶台一角，突显艺术气质。日常使用的苹果醋、橄榄油、小盐瓶装在托盘里。我很快就会看到，梅用这只托盘将煮好的咖啡和半只苹果端进房间，至于正餐，多半是豆芽豆腐蘑菇卷心菜，郑重地端进房间享用。三个房间都在过道尽头，像一柄圆勺，狭窄的过道累积了尘灰和狗毛。

不管她吃的什么，令我印象深刻的是，她端着托盘走向房间的体态，仿佛她手中的东西以及她拥有的生活无比珍贵，是别人永远不能企及的。

梅怀里的贵宾犬淡漠地看着我，吐着舌头，喉咙里发出哮喘似的杂音。

我这才感觉到屋里非常热。梅也像正在蒸桑拿一样，肤色通红，满脸是汗，连额头上那缕少女幽魂也错乱了。我环顾四周，梅立刻淡淡地说，她不喜欢用空调。我理解为老年人受不了空调的寒气，便附和吹空调不好的观点，"但热天还是得靠空调度过"，我这下半句还没说出口，贵宾犬忽然朝我吠叫，充满爆发力的破金属嗓音聒噪刺耳。

3

房间陈设和网上的照片一样。只是地板上有一团发黑的黏状物,那张小型可爱的布艺沙发有几处破裂,露出白色填充品。床单上的陈年污迹让人恶心,被子和枕头一股刺鼻的人臭味。我没什么心情计较。收起床头柜上庸俗的工艺品,用自己的毛巾擦干净地板——梅没有任何清洁工具——所有床上用品塞进衣柜,去平价商场买回新的替换。

我的窗户朝西。窗帘一拉,连杆脱落,墙灰洒了一地。清理洗手间的时候,差点呕吐。浴缸周围深度积垢。玻璃门缝里尽是毛发。洗手液是用光了之后兑进的水,厕所清洁剂也是一样。墙上的东西一碰就掉:装卷纸的铁盒掉下来;毛巾架铁管落到地板上;浴缸里的水龙头哐当一声差点砸中脚趾头。

一个什么样的女人,会让自己的家这么破败?

梅肯定听到了这接二连三的声响,但她并没有过来问询,看看我是否需要帮助。她对我态度不屑,说话不看我的眼睛,连脸都不会朝我这边。要是我过于青春亮眼,她避免从我这里看到自己的衰萎也就罢了——我感觉她排斥中国人,尤其是住便宜旅馆的。

第二天,我坐帆船出海,在日暮余辉中回到住处,一进门,那只贵宾犬对着我狂吠,还是那种破金属的声音。

梅照样不看我,只是抱起狗,安抚它,在它耳边轻嘘。

我眼角余光瞥见,她身着宽松的白色吊带背心,依旧是前后暴露,牛仔裤短到只裹住了屁股,双腿笔直修长。我也没理她,径直回自己的房间,在走道上碰到一个年轻多肉的白人姑娘,她是来看房子的,潜在的下一任租客。

她朝我友好一笑,并侧身让我通过。

我很快听到厨房传来交谈声。梅的笑带着旋律,大约四五个音符长,音符有高有低,长短不一,笑声中带出一丝隐藏的风骚,让人觉得她过去对付男人应该是有两下子的。我听见年轻多肉的白人姑娘介绍自己,因为一个新结识的男孩,她从佛罗里达州过来,找到了一份消防员的工作,有时需要上晚班。梅说那很酷,她曾经多次去佛州度假,住有名的酒店,仅迈阿密的海滩就耗去了她很多词语。紧接着她的笑声像水草般摇曳起来,幻化出一个身着比基尼,迎着海风秀发飘扬的年轻女子,双腿笔直修长。

4

我第一次做饭,调至小火焖炖牛肉,然后回了房间,半小时后出来,发现炉火被关,梅抱着狗在灶台前忙碌。

饥肠辘辘,牛肉却节外生枝,我心中不悦,重新打开炉火。

"要炖那么久吗?我以为是你忘了关火。"梅说。

"牛肉至少要炖半个小时。"

居然做这种小手脚,我想我遇上了一个古怪刁钻的房东。为避免与她接触,我试着调整做饭时间。但是梅的生活毫无规律,要么很早起来煮咖啡弄早餐,要么十点钟才出来直接做午饭,不幸很快狭路相逢。

出乎意料的是,梅主动和我攀谈,依旧不看我的脸。她问了些中国的事情,说她来美国多年,回去极少,对那边已经完全不熟悉了。当我给她一些信息,她总像无知少女般讶异地说:

"真的吗?"

我认真对待她的疑问,会更详尽地解释一番,但我很快发现,这不过是她的口头禅。她的手不时摸一摸被夹子别住的那缕少女幽魂,以确保它在妥帖的位置。

她的脸近在咫尺,我因此看清更多细节。她说话时嘴角肌肉往右侧提升挤压,右脸明显比左脸小,眼睛也是,似乎曾经中过风;耳鬓光秃秃的,像扣了个假发套;头发干枯无光,不太洁净,缺乏滋养和护理——我估摸她很久没用过洗发水了。

事实上,梅是专挑我在厨房时过来的。她独自居家,尽管总是和贵宾犬交谈,毕竟无法形成互动。贵宾犬的智商据说在犬类排名第二,梅的狗使人怀疑这一结论,它只是瞪圆双眼,没什么表情,通常在梅的臂弯中像猫一样安静。

梅的厨具少得可怜,只有两把刀,一把长半尺,宽不过两厘米的带锯齿的刀,应该是切面包的;另一把只有寸许长,可能是切黄油的——毫无疑问,这两把刀肩负了所有烹饪必需的切割任务。

鉴于梅对生活的高度讲究,我谨慎地问她,哪把刀专切肉,哪把切水果。

"这个……倒没有区分。"她用了一个"倒"字,可见她对我的提问是敏感的,这个"倒"字,说明了刀不作区分,是个例外,其他很多事情,她是挺讲究的。

我没提到抽屉里的斑斑污迹,只是认真清洗了刀具。我不想说出她家肮脏的事实,更不会真的像个下人一样,什么都替她收拾。她说的擦碗布,搭在烤箱拉手上,比抹布还脏,我很想取下来洗干净,但我没去碰它,我知道她不愿与客人共用任何东西,就像下人不能和主人同桌吃饭一样。

在我看来,这是一次夹杂抵触与试探的交谈。

梅就这样一手抱狗,一手煮咖啡,漫不经心地说话。她以前到处旅行,遍尝世界美食,说到"还有邂逅"时,她脸色亮了一下——仿佛在男女之事的灰烬中,闪现一星隐秘的阴燃之火。

我有点讨厌她,只是简单敷衍,保持基本的善意。

她问我明年会不会去巴黎看世界杯,现在就要着手预订机票和酒店了,不然就没地方住。我说我不是球迷,巴黎什么时候都可以去,不一定非要赶在全世界的人都往那儿跑的时候去扎堆。梅认为世界杯四年一遇,专程去巴黎看世界杯,和平时旅行不太一样。

我后来才理解梅的意思,早早预订航班和酒店去巴黎,重点不是看世界杯,而是去看世界杯这回事。这里头有身份品位和生活等级的象征,与穷游巴黎是两码事,即便同样是坐在街边喝咖啡,专程来看世界杯的人,下巴都要昂得高一点，二郎腿也翘得更悠闲。

梅说她正在着手这一切，包括选择哪家酒店，哪个有名的咖啡馆——普可罗布、双叟、花神，是她必去的，她讲了点萨特和波伏娃的故事——酒店嘛，得带种满鲜花的阳台，早上起床推开窗花香扑鼻，抬眼便看得见艾菲尔铁塔和塞纳河。

她一面将一件未来之事描绘得浪漫美妙，一面端起咖啡锅，欲将咖啡倒入杯中，不料咖啡锅早已松动的手柄忽然断裂，锅砸中杯子，锅杯同时落地，在破铜烂铁和玻璃碎裂的交响乐中，咖啡溅画出满地曲谱。

我想，梅只需稍微降低一点巴黎酒店的规格，就可以买全套精致好看实用坚固的厨具，修理好家中所有破败之处，同时给贵宾犬买一副合适的颈圈和狗绳——现有的颈圈太大，靠一颗别针收缩，颈圈和狗绳脏污油腻，从来没有清洗过——她还可以清洁地毯，护理她自己干枯的头发，清除根部的油腻。

当然，我不能说这些，这冒犯别人的生活方式。

梅清理现场时，为掩饰我已经窥见了她的窘迫，我开始说话，并表现得兴致勃勃。我说巴黎那几家咖啡馆我都去过，我坐在红皮椅上接受了法国一个杂志编辑的采访。接着我补充了萨特和波伏娃的故事，也说到海明威当年在巴黎，如何在饥肠辘辘中为避免闻到咖啡馆诱人的香气而绕道去博物馆，在饥饿中更深刻地理解了塞尚的作品，这直接影响了他的文学创作。

或许是蹲地劳动的缘故，梅站起身时满脸通红。她询问我的职业，我隐瞒了真实身份，谎称自己是个服装设计师。

5

狗名叫Luck，梅与它母女相称。梅说世界上有太多流浪狗，但她的"小公主"永远不会被抛弃，她会全力保护它，不让它受到任何伤害。夜里头，她在房间里和"小公主"聊天，一人分饰两角，不时大笑，笑声带着哭泣的尾音。我想到希枢柯克的《惊魂记》，从山坡下的小旅馆望向坡上楼房，可见老太太和儿子的身影在窗前交替出现，听见她和儿子的大声争论。事实上，老太太已经死去多年，她患有精神分裂症的儿子在扮演她。想起这一幕，有点不寒而栗。

受龙卷风天气影响，我两天没有出门。夹在我和梅之间的那个房间，门一直关着，没看到租客进出，也许被预订了，因为梅没有把它直接租给白人姑娘，而是让她等着入住我的房间。梅的卧室也始终紧闭，她进出房间时，仅小心地推开一道缝隙侧身通过，仿佛门后堆了什么东西。通过梅端着托盘以雍容华贵的姿态步入卧室用膳的情景，我推测她所有的讲究都集中在卧室里头。

梅养狗如同养猫，人和狗都关在屋子里，有时与狗谈笑风生，有时异常安静。晚上六七点钟，经过漫长的等待，那只狗会得到一天中唯一的食物——鸡肉青豆拌甜醋。饿狗吃食，通常是一扫而光，但梅的狗不同，它表现得很节制，像小孩子舍不得把好吃的东西吃完，沿着碗边一圈圈慢慢地舔，一丝不苟，最终把不锈钢碗舔得跟镜子一样明亮。

梅聊起狗的事情，会变得精神起来。说她如何定期带狗看兽医，做体检，狗和人一样容易生病，肥胖症、糖尿病……病了很可怜，所以她尤其注重狗的健康饮食，不会乱给它食物，尤其是无聊的狗粮。她每周买一大袋鸡肉回来，一次炖熟，用塑料小杯分装，每一只杯盖贴上便签，上面用英文标注狗的名字和用餐时间，从周一到周日，共七份，码在冰箱里。

我喂了狗一块牛肉，狗表现出饿狗的吃相，肉入嘴直接滑下肚，像青蛙舔食蚊虫，疾如闪电。

我向梅描述这一情形。

"真的吗?"梅说，"我从来没有买过牛肉。"

她笑容讪讪，依旧有股苦味。五美金鸡肉，狗可以吃七天，而同等价钱的牛肉，狗只能吃一两餐。梅肯定算过这笔账。

也许是替梅掩饰她的窘迫，我主动聊起了一条叫"芥末"的狗，它如何活过，又是怎么死的，我亲手为它钉制了一个小木盒，它如今躺在湖边一处风景优美的杨树林中。

我没有提及儿子。

梅抱紧了她的狗。她说到狗带来的快乐，它的聪明和脾气。我发现她实际上是一个不懂狗的人。她将狗的兴奋激动，理解为害怕与恐惧，将所有的狗吠视为攻击，看到两只狗打架嬉戏就担心会出狗命。

我没有说梅不懂狗性，不会冒犯她八年与狗相依为命的日子。

我曾经委婉地说，德国人将遛狗写进了法律，规定每天至少遛半小时。

"噢，真的吗？"梅漫不经心，一边侍弄厨房的花草。新换的绣球花替下了枯萎的玫瑰，厨房重新焕发生机。这些花曾经开在别人的花园里，她只需随身带把剪刀，晚上遛狗时顺手牵羊，夜幕遮掩下也不用捡狗屎，尽管她源源不断地从超市带回"免费的"的塑料袋——那本是专为顾客装蔬菜水果的。

有一回，我看到狗在楼梯口急绕圈，知道它又要在那儿大便。我叫梅过来看——我只是想暗示她，至少应该带狗出去大小便。梅来时，狗已经躬腰撑腿撅屁股，梅惊讶地大喊大叫，仿佛第一次发现狗在家里大便。我说别吓坏它了，人也有三急呢。梅就转身去拿厨纸，为了防止客人使用，她把厨纸藏在卧室里。她很熟练地处理了现场。但狗屁股上粘着稀屎。梅抱起狗径直去了厨房，将狗放在洗菜盆里。

这一次轮到我大叫，那可是做饭的地方。

我忽然感觉，梅脊椎笔挺的不是华贵，而是在被生存碾压时挣扎的力。

6

每天有一个极庄重的时刻,梅坐在她的法国餐桌前,管理出租预订,回复评论,有时打电话给网络平台,让他们介入协助解决问题。那姿态仿佛坐拥巨大的财务集团,处理与租客几十块钱的纠纷时,好像洽谈一桩上亿的买卖。

大约是有客户评价梅的家里脏,还有只乱叫的狗。梅抚摸着趴在大腿上的狗,对着电脑屏幕说道:

"你觉得我家里脏吗?简直是胡说八道……我家宝贝什么时候乱叫了?它可是最乖的 girl。"

我不确定梅是否在跟我讲话。

"遇到这种不讲理的评论,真是没办法……还好大多数客人都是公正的,要不然我的房源也不会这么抢手。"

我正准备进浴室洗澡,在门口停顿了一下,还是没有搭理她。

洗澡失败。浴缸下水道早就堵了,积水要几个小时才能洇干。现在莲蓬头又出了故障,只有水珠滴答。

起先,我认为是房子设施老化的缘故,故障在厨房和洗手间交替发生。洗漱盆也曾坏过一阵,下水缓慢,只能使用最细的水流,勉强洗漱清洁;洗菜盆也发生同样的事,都不至于完全堵死,洗碗水好不容易流干,留下满池油污。

我向梅反馈,她像是对某件事情不感兴趣一样,淡漠地"嗯"了一声,后来说联络了维修,过几天会有人来。

有点缓兵之计的意味。我猜是梅在搞鬼,她想节约水流。她就是这样靠节省每一滴水生活的。她自己不怎么使用淋浴,很少听到她房间里传出用水声。这就是为什么她的头发总是脏的,身上带着一层不洁。她也不给狗洗澡。

梅不喜欢我这样的客人,做饭用水烧燃气,这些都会增加她的账单付款,她并不想看到洗菜盆周围的黑霉被我用流水哗哗地冲走。她一天只做一次正餐,就是那种豆芽包菜豆腐等东西一锅烫,不放油,佐料是老干妈。甚至用腐烂的蔬菜做沙拉,连烂叶子都不拣出来。狗食同样简易,从冰箱里拿出煮熟的鸡肉撕碎,拌上青豆和调味醋——还说这个牌子的醋,带甜酸味,她的狗最爱吃。我很想说,"你没有给狗别的选择",但这过于残忍,我不会这么做,相反,我一直在配合她,比如我会称赞狗聪明,说她的饮食健康,低糖低碳水。

澡没洗成,人很不舒坦。很想吃一顿麻辣火锅。此前炒菜,梅总是闻声而出,以手当扇,细喘娇咳,将抽油烟机开足马力,推开所有窗户,一点也不掩饰内心的嫌恶。

无论如何,我得吃一顿麻辣。从亚洲超市带回麻辣火锅底料、虾、鱼、螃蟹、青口、北极贝,在橱柜里找出一口脏汤锅,用铁刷子里外刷干净了,煮上清水,一边炒锅爆料,麻辣香味毫不客气地四处飘散。

也许梅自觉理亏,她抱着狗走进厨房,娇咳几下,居然饶有兴致地攀谈,问我做什么菜。她不认识北极贝,也不知道青口——当然，高贵的主人只品尝美味，接触食物原材料，分得清五谷杂粮的都是农民和下人——我说我做的是四川麻辣海鲜火锅。梅于是说起了她的父亲，一个地道的四川人，常在家里做火锅，她最爱吃父亲做的菜，一直也是重口味，不过现在吃得清淡了。

我心想，说"寡淡"也许更贴切。

梅感叹再也吃不到父亲做的饭菜了，他前几年去逝，她都没赶得及送终。唯一感到慰藉的是，她母亲在天堂不孤单了。

麻辣火锅勾起了梅的伤感，她带着想倾诉，却又不愿表露心迹的矛盾——仿佛在下人面前，保持着一个主人应有的尊贵。

有一瞬间，我感觉梅的内心伸手可触，且一碰即碎。我拿出全部的诚意打算聆听更多的故事，但她却抱着狗去了客厅，留下一个双肩平端的背影。她默默望了一会儿窗外的远方，然后安静地返身回了自己的房间。

我给梅盛了一大碗海鲜，放在她每日必用的托盘中，然后发送了一条手机短讯："我做的麻辣火锅，也许没你父亲做的好吃，你且尝尝看。"

幸好梅没在厨房继续讲她的亲人，否则我很可能要忍不住说出心中的悲伤：我五岁的儿子死了。我没有明确的旅行路线和时间，我不过是在这个世界上来回晃荡。在旅行中我从没向人说起这些，但我也许会向梅描述儿子的样子，不久前的意外事故，如何无情地摧毁了我的生活。

7

　　一楼住的是三口之家，一对五六十岁的印度夫妻，和他们已经成年的儿子。这家人经常在后院侍弄花草，也种有瓜果蔬菜，丝瓜像扁担一样长，番茄红红绿绿。我下楼扔垃圾时，总会顺便看看这一园子长势喜人的东西。

　　这天黄昏，梅收齐了所有的脏衣物去洗衣店，拎着挎着背着，她的手臂竟然很有力，不小心暴露出吃苦耐劳的习性，使劲时青筋突起。相比之下，她的双腿显得较弱，甚至可以说不太利索，下楼梯时有点如履薄冰。我帮了她一把。我从客厅窗口看着梅被袋子淹没的纤瘦身体，像蚂蚁顶着巨物前行，忽然想起了独居乡下的母亲。

　　蚂蚁消失在道路尽头，我转身收拾厨房，照例将垃圾扔进楼下垃圾桶，盖好桶盖。印度夫妻正好在园子里，他们面貌友善，但也严峻，眉间不太舒展。印度先生走过来，明显不悦。他对我说，你用我家的垃圾桶，我没有意见，但是纸盒要叠好，放在可回收的桶里。我颇为尴尬，说很抱歉发生这种事情，我以为这是梅家的垃圾桶，那么……她的垃圾扔哪里去了呢？印度先生扬手说，扔到很远的鬼知道是什么地方。

　　明知道我将垃圾放进楼下的垃圾桶，却不告诉我垃圾桶是别人的，故意让我犯错误，不知道梅是什么心态。也许她不愿低下高贵的头颅,承认她正在节省每个月的垃圾管理费,不暴露她品位生活中的瑕疵。同时我也明白,梅为什么要在厨房放两个垃圾袋,各处理各的。她不想她的垃圾被我扔进楼下垃圾桶,这意味着她不占印度人的便宜;她也不愿帮我处理垃圾,那东西扔到外面挺麻烦的,而且有道德风险,因为公共垃圾桶都有黄字提示:请勿投放家庭和办公室垃圾。

"我们打算把房子收回来,不租给她了。"印度先生说道,"我们真受不了她。"

"房子是你们的?她是租客?"我先前的疑虑被证实了:没有人会让自己的家这么破败。

"是啊,这是我们的房子,她没跟你说?"印度太太抢着回答,"租房子的时候,她说是和儿子一起住。三年了,我们从来没有见过她的什么儿子。她把房子放到网上短租,客人进进出出,这个是她亲戚,那个是她朋友……全都是撒谎。关键是不爱惜房子,什么都往下水道倒,地毯臭烘烘的……我们的房子要被她毁了。"

"原来是这样……怪不得……"我说,"浴室和厨房的下水道都堵了,积水要等半天才下得去。"

"前不久,我们才花了两百美金疏通。"印度先生眉头皱得更厉害了。

"……天气这么热,她应该打开空调,这是客人应该享有的。"印度太太提醒我维护自己的权益。

"她家没有空调。"

"有。一个墙式空调,在客厅右侧的窗帘后面。"印度太太说道。

怪不得梅从不拉开那一扇窗帘。

"她只是想省电吧。"我说。

"省电?你可能没见过她背 LV 包。"印度太太说。

"无论如何,她不诚实,也不好相处。"印度先生摇摇头,"这么热不开空调……她收你多少钱一个晚上?"

"三十美金。"我说。

"她要得多了点儿。"印度太太撇了一下嘴,"你到我家来看看,干净,有冷气,卧室又大又漂亮,我们只收你二十五美金一个晚上。"

我说我很快就要去伦敦了。

"我们也不是抢她的客户,只是看你是个不错的人,应该住得更舒服一些。"印度太太接着说。

我感谢他们的善意,赞美了他们的花园。第二天我买了一只大西瓜送过去,应门的是一个姑娘般腼腆的小伙子。

8

梅开始正脸对我说话,态度友善,甚至有成为朋友的趋势。我没把和印度人聊天的事情告诉她,心里隐隐不安,觉得自己好像在出卖她,而且还假装不知道她的秘密。

也许是出于这个原因,我陪她的狗玩了一阵,捉迷藏,抛掷纸球。这只狗聪明机灵,精力充沛,而它过去的八年时光,竟然是伏在梅的膝盖或者臂弯中文静度过的,这有违它活泼好动的性情。

我没有征求梅的同意,擅自带狗出去溜达。

狗一路欢奔,东嗅西闻,不停地撒尿。

陌生的风从陌生的街道跑过。陌生的树叶跳起陌生的舞蹈。

街道两边的房子长得一样,幸好狗认得回家的路。

梅正在将洗过的被单衣物晾晒客厅,搭在沙发和椅子上——她精明地省下了 2.5 美金的烘干费。

狗一进门就奔向梅,她抱起狗连亲几口,问了我一连串的问题,比如是不是紧紧地拉住绳子,看到别的狗有没有赶紧躲开,好像外面的世界很险恶。

"它交了两只狗朋友,一起玩得很开心。"

"真的吗?"梅脸色都变了,是那种惊喜与恐惧混杂的表情,"这太危险了,要是被 rape 了怎么办?"

"如果它顺从,证明它想要。它要是不乐意,会反抗吠咬的。"梅对某个词语忌讳时,也会用英语替代。

"我也想过给它找个伴……"梅紧紧地抱着狗,仿佛失而复得,"可是,宝贝呀,妈咪还没有做好当奶奶的准备呀。"

我说它很会玩游戏,要是有一个球,它会获得更多乐趣。

"真的吗?"梅像一个发现孩子具有某种天才的母亲,又一次抱紧了狗:"哎呀,宝贝,妈咪对不起你呀,妈咪一定要给你买一个球。"

我没理会梅的抒情,本能地转身去洗手间,搓洗油腻得作呕的狗绳和颈圈。

水哗哗地流淌……

儿子是为了救掉进水里的"芥末"淹死的……

那是一条棕色小柴犬,我送给他的四岁生日礼物……

儿子和狗的玩具依旧堆在他的房间里……

我始终被一个问题折磨:为什么不送他一只猫……

屋里已经没有晾狗绳和颈圈的地方,梅的那些洗完后仍然色泽暧昧的东西到处都是。最后我将它们挂在厨柜的手柄上。

夜已经罩住世界。气温比白天略低。因为狗的话题,我们留在客厅,站着说了一会儿话。梅坐在她的法式餐桌边使用笔记本电脑,写写划划,我在厨房隔着半截墙栏回应她的问题,她从不会邀请我坐上某张法式椅子。她就是那样一副架式。

"时装设计师最懂服装潮流了,我有几件旧衣服,你看看有没有过时。"梅回房间拿出一件黑色圆领针织衫,一条碎花长裙,"这是三十年前的衣服,我现在还是很喜欢。"

我摸了摸衣服质地,点点头,说好看。

获得认同,梅的声音高了起来:"这针织衫是英国的,老牌帝国的衣服,质量多好,看,还像新的一样,当年就花了两百英镑……我跟你说,买衣服一定要买品牌的,买最爱的,几十年都不过时,而且照样喜欢。"梅将衣服贴在身上,下巴抵着衣架看着我,仿佛我是一面镜子。

我依旧点头称是。

"这么说吧,衣服就跟男人一样。有的买回去就不喜欢了;有的勉强能穿几次;有的呢,不怎么穿,也不愿处理掉,偶尔看到,又忍不住要试穿一番……我想,每个女人的柜子里,应该都会有一件穿了几十年,甚至哪儿破了都舍不得扔的最爱……是不是?"此时的梅语态有点活泼。

"是的。"梅这番话让我深有同感,不觉有了些交谈的兴致,"我有一件在伦敦买的风衣,十五年了,里衬都穿烂了,还是像当初一样喜爱……去年换了新里衬……怎么形容那种衣服的感觉呢……就像……"

"就像你的皮肤一样,让你舒适自在……任何时候都是。"梅再次说到我的心坎上。

"是的,通常不同的衣服适合不同的心情,但就那件衣服不是……"

"绝大部分衣服是错买的,因为女人对自己存在误解……"

"但柜子里又少不了其他的陪衬。"

"我现在绝对不会轻易买东买西了。"梅几乎是松了一口气,"这碎花裙是法国的,版型很不错吧?等秋天一到,配上高跟鞋,还是很时髦的。"

梅就怀着期待秋天到来的表情,飘向那条通往寝宫的幽暗过道,且很快从那边再度飘来,这回手里拿的是灰色冬衣。

"这也是很多年以前的,现在不流行貂皮大衣了,我的设计师朋友给我改成两件短的。"梅举起貂皮短装和马甲,"我早已经不追求这些东西了,再说还得小心动物保护主义者——怎么样,这个设计师挺厉害的吧,一件变两件。"

很明显一件大衣被糟蹋了——也许数量上取胜,不过,我不忍破坏梅的兴致。

"还有,这个LV包,是不是依然很漂亮?现在我也不想用了,放到二手商店,应该还能卖个两三千美金。"梅挎着包扭走了几步。

梅的脸看得越清楚,越不忍描写。不太洁净的肌肤中,隐现着一种窘迫与苦涩,眼睛是黄浊的,夹杂些许红丝;得益于她所谓"低碳饮食"修来的身材,因为太瘦,皮肤显得格外松弛,尤其是极端裸露的平坦的胸脯,就像被风吹往一个方向的水面,泛起不规则的波纹。

廉价洗衣液浸染了客厅晾晒物的每一根织线——梅就在这股廉价洗衣液的气味中,继续展示她的陈年旧物。她一直致力于向她的客人呈现并将客人带入她过去的富有生活。她曾试图将一双名牌尖高跟旧靴卖给那个年轻多肉的白人姑娘,自然,她失败了,穿着自由散漫具有平民风格的白人姑娘,对淑女贵妇装扮毫无兴趣。昨天下午,她很认真地给这双靴子上油,叫我看它焕然一新的样子,问我穿多大鞋码。

遛狗时渗出的汗水,此时已变成一层凝膏紧蒙在皮肤上,汗臭味隐约可闻。我惦记着浴缸里的积水什么时候流干,还有洗菜盆内无法清理的油污。

"你戴的是卡地亚的吧,我也很喜欢这款表。"梅一发不可收拾,又拿来了一只旧手表,"我这只卡地亚也有好些年了,多漂亮。不过已经停止不走了,花两三千美金应该可以修好……"

"花那么多钱维修,不如买一只新的。"我说。那只表看起来不值钱,也算不上好看。

"一直没找到合适的零配件……还好,我原本就不是很放心,谁知道那些维修师傅会做什么手脚……"

我有点倦怠,叫了一声狗的名字,希望它能带来一点乐趣。狗兴奋地跑过来,围着我的腿弹跳。腥臭味扑鼻。

我问梅是否同意我给狗洗澡。

"怎么,它有味道了?"梅很惊讶。

"我反正闲着。"

梅慢悠悠地收拾好她的压箱旧货,准备一条破了大洞的浴巾,小瓶装已经见底的洗浴液——来自某酒店的免费品,说她的宝贝不爱洗澡,她嘱咐它听话,吻别它之后,将它交到我的手中。

狗在盥洗盆里颤抖起来。湿水后它比一只老鼠大不了多少。我用我自己的洗发水给它搓洗,一边哼着没词的曲调安慰它。我很快意识到,那正是我给儿子洗澡时唱的一首儿歌。

梅开始做红豆冰沙,破壁机充满痛苦的惊人噪音,像地狱里传来千万个鬼魂受刑时的齐声惨叫。

9

我在长岛最东端的蒙托克灯塔小镇消耗了一整天。爬那一百三十七级通往塔尖的台阶，有一瞬间我希望这是一条远离尘世的路，一直升到天国，在那里与所有已逝的亲人团聚，开始新的生活。

我从未见过这么辽阔的景象，整个大西洋仿佛人生一般渺茫，让人不知所措。那是一种挑动食欲的蓝色，像小时候舔过的冰棍。天空是海面的镜像。鸟如枯叶翻飞。它们也在途中，不知道是往还是返。

我查过去伦敦的航班。距离上次在那里所做的一个月停留，我已经六年不曾踏足。算起来，他也不年轻了，不消说，他肤质细腻，脖颈细长的妻子，依旧挽着他的手臂漫步海德公园。他们就住这皇家公园附近。无疑，他的三个儿子都已成年，每一个都接受了良好的大学教育。他们过着传统的英式生活。他浑然不知自己是一桩大事的主角，他曾经拥有第四个儿子，也失去了第四个儿子。

与其说是不忍心去搅乱这样的家庭，毋宁说那是一种自知之明，当你情感独立经济自由，就更不会去打扰他们。没有充分的理由——为了让他认下这个孩子？要他脱离家庭奔到你身边来？这些都不是我所想的，这只会破坏固有的情谊和彼此的生活。

我没有告诉他,这是我个人的事。儿子在新年夜诞生了。我只需解决某类现实问题:如何做一个单身母亲。

"我本来做得不错,"在返回的车中我这么想,"……如果我送给儿子一只猫,而不是一条狗……"

他是儿子的一部分。他是儿子的遗迹。他是儿子的附体。如今,我只能像造访历史古墓般,去他那里考察挖掘,重温属于儿子的细节特征——这样做对我更好,还是更坏,我不确定。

梅似乎在等我。她的笑容比此前扩展了许多。从我踏进客厅开始,她就一直抱着狗跟我说话。她说起一则突发新闻,一对情侣开车全国旅行,在网上发表旅途见闻与照片,吸引了很多读者。旅行半个月后,他们的网站停止更新,男青年独自一人回了家。十天后警察在俄州的森林里找到女青年的尸体,同时发现作为犯罪嫌疑人的男青年早已失踪。梅发表了一通关于男人的负面言论,说在两性关系中,总是女性在吃亏受伤害,几千年来都是这样。

"一个潜在的杀人犯,未必平时看不出端倪?"梅仿佛四平八稳坐在太师椅上,注重遣词造句,"男人真是最可怕的动物……你不觉得吗?"

她的狗吐着舌头,喉咙里又发出哮喘声。

我无法回应她关于男人的观点,笑着说:"真的吗?"

"绝对地!"梅并没有意识到我在学她的语气,她用的是一个英语单词,似乎这样才能确保她的笃定,"而这些可怕的动物当中,律师算是最坏的。"梅几乎是瞬间收网,

"我认识不下一打律师,他们只认钱,而且想方设法,替有罪者辩护,为杀人者开脱,律师就是干这个的,越是有名的律师,干的坏事就越大。"

"儿子的遗迹"也是一个律师,但他心怀公平和正义。我不想跟梅说这些,也从来没有跟她辩论的兴致。她有一种近乎俗气的天真,也有与她的瘦弱形体极不相称的固执。说"绝对"时,她还腾出一只手来挥砍了一下空气,狗差点掉下地去。

我在厨房弄餐,把耳朵留给她倒也无妨。

梅跟随我在厨房移动,而且追着我的脸说话,我洗菜的时候,她的头几乎探进了洗菜盆,似乎只有这样才能把她的想法传达给我。

我不忍冷落她,心不在焉:"你为什么认识这么多律师?"

我的回应正是梅所期待的,她拥挤在嘴边的话得以顺势而出:"我一直在打一场官司……"说出更多的秘密之前,梅脸上浮现出得意与窘迫相混的表情,不知道为什么,她的每一个笑容,都有股抹不掉的苦涩。我怀疑她接下来所言,是一个真假交错的编织物。

"我换了好些个律师……等我打赢这场官司,我非把其中几个告到律师协会去不可。"梅没说她在打什么官司,也许是为了扩充事件背景,她第一次说到儿子,耶鲁大学毕业,学金融的,住在布鲁克林,谈了一个女朋友。

"差不多结婚了吧……拜托,我可不会帮他们带孩子……God，想想我那些当了奶奶的中国朋友，一辈子都在带孩子……"

"没准等你看到孙子，他们不给你带，你倒会要生气。"我说。

"绝对不会。"梅用了两个英语单词，确保笃定，"我有自己的生活。我那么喜欢旅行，向来是想走就走的。"

但是，来纽约几十年，梅竟然没去过灯塔小镇，这让我感到意外。梅说她对海没感觉，她喜欢游泳池，尤其是高档酒店的游泳池，游几圈，回躺椅上脑子放空，闭目养神，侍者将酒水和食物推到身边——她说的是"侍者"，而不是服务员——梅通过这个书面用语，将自己推向上流阶层。更意外的是，她邀请我一起去，在布鲁克林就有一个这样的地方：

"七百美金一晚哦。"

我此时正用梅那把可怜的锯齿刀切牛肉，最后一缕牛肉已经变成丝，但怎么也切不断，而她却跟我说住七百美元一晚的酒店，仅仅是为了那口游泳池。暂不说厨房生活和游泳池享受哪一样更为重要，对于热爱厨房与烹饪美食的我来说，眼下我迫切需要一把锋利的切肉刀。毕竟日常生活占据大部分时间，没有人是在游泳池边老去的。

我有一点恼火，也许是为这把切不断肉的锯齿刀，也许是为梅不切实际的生活态度：

"我不会住七百美金一晚的酒店，除非我的年薪超过五十万美金。"

10

梅煮好鸡丝拌青豆,分装在三个塑料杯里,贴上便签,上面写着狗的名字和用餐日期。这个"向来是想走就走的"女人,决定周末去酒店享受游泳池与侍者服务,我答应照顾好她的狗,遛狗时抓紧绳子,保证它不被 rape。

整个上午梅都在准备行头,房间里传来翻箱倒柜的声音。那个年迈的妇人,似乎在落满尘灰的历史中翻找光鲜的过去。

下午三四点,梅长时间捯饬的结果呈现在我的面前:

头戴一顶圆草帽,像是要去收割地里的黄豆;豹斑墨镜透着塑胶的廉价味,还瘸了一条腿,缠着绷带;袒胸露背的黑色吊带印花镂空裙偏大,像上过米浆,使她的身体和骨头更显枯硬;黑色布面拉竿箱拖出了毛边,几近脏破,装得鼓鼓囊囊的;身上斜挎的小黑包,拉链坏了,张着嘴,露出里面的杂碎;手臂上吊着一个超市蛇皮购物袋,里面也塞满了物品——公园的长椅上常躺着这类装扮的人,那些无家可归的流浪者,而梅不同,她是去超五星酒店,享受游泳池与侍者服务。

临出门,梅再次将狗托付给我,说周一晚上一起去吃希腊餐。这意外的慷慨让我略感讶异。不忍看梅在十几级阶梯上颤颤巍巍,我主动帮她将行李箱拎到大路边,祝她玩得愉快。我留下内门敞开，以便新鲜空气从楼道涌入，冲淡屋里气味。

透过客厅窗口，我看见被行李拖挂的梅，疲惫而缓慢地穿过马路，像一个逃荒者。她终于立定在公交车站牌下，腾出手来擦汗——她又变成了一个打扮入时、身材纤瘦的姑娘——一辆公交车驶过，梅像个污点般被涂掉了。

我原本想去大都会博物馆看达·芬奇的绘画手稿，不知道为什么会答应梅，为了她面无表情的狗放弃出门。我又查了一次去伦敦的机票，鼠标停留在确认键上，然后起身去了厨房。灶台边，马桶上，是两个宜于思考、灵感迸现的地方，事情卡壳时，我总是这么解决的。

梅一出门，那条狗就和我寸步不离，那股依恋与信任让人心中柔软。它紧跟我到了厨房，跳上那把没人敢坐的脏竹椅，下巴枕着前爪，两眼紧瞅着我。

这一条自尊心很强的狗，有着梅的不肯低头的倔强，即便是巴望我弄点什么给它吃，也不会摇尾讨好，表情不卑不亢。

梅说她的狗很有个性，的确如此。

我到处翻找零食，或者任何可以给它打打牙祭的东西。柜子里只有一些没用的瓶瓶罐罐，大量印有咖啡馆标记的纸杯和纸巾，证明梅在各种地方干顺手牵羊的事。

"你妈真抠门。"我对狗说，"连零食都不给你买。"

这只吃了八年鸡肉拌青豆的狗听到我说它妈的坏话，立刻双耳后撇，翻出了眼白。我摸摸它的脑袋，表示道歉。

从冰箱拿出牛肉切成小方块，用清水煮熟，当作诱饵来教它坐下或卧倒——我以前就是这么训练"芥末"的。这只狗证明了它的智商，可惜梅从没给过它展示的机会。

抵触，躲避，怜悯……现在，我能够面对条狗——尽管我的心还是不时地感到刺痛。

夕阳落下去，兴风作浪的热气被收进魔瓶。我从未见过那样的天空，半边天着了火，薄云随风赋形，巨幅天穹是抽象画，仿佛上帝之手的杰作。屋顶上有一种黄雾般的氤氲飘浮，周遭呈现不真实的色调，连人间杂声都变得柔和起来。

飞机从附近的拉瓜地亚机场起飞，缓缓游入高空，抬头看见飞机的白肚皮，像一条大鲨鱼——我很快会坐在它的腹中游向伦敦。

那对印度夫妻赤着脚，坐在大门口的石阶上喝茶，碟子里放着饼干和坚果，手机里正在播放印度音乐。

我还没离开，还在持续将垃圾扔进他们的垃圾桶，这让我感到过意不去，仿佛自己说了谎。穿过他们的"静好岁月"时，那只狗居然对着他们吠叫。

"……我正在订购去伦敦的机票……"就像他们问了我什么似的，我率先说道，"估计下周三左右。"

"你要是想住得凉快一点，我们家里随时欢迎。"印度先生说，"后院有独立的大门进出，我们不会打扰你。"

"谢谢你们。住不了几天了，搬来搬去挺麻烦的。"

我说。

"请抓好绳子。"印度太太怕狗,她递给我茶碟,要我吃坚果,"这狗今天挺干净的。"

"我给它洗澡了。"我摆手称谢。

"她付钱给你吗?"印度太太问。

我说这么做,只是因为我喜欢狗。

"她带那么多行李,去哪里了呢?"印度太太问。

"她说要去度几天假。"

"度假?"印度先生很惊讶,"下水道通了吗?"

"临走前她买了瓶什么东西倒进去,很快就通了。"

"那是用化学品腐蚀,她正在毁坏我们的房子。"印度太太叫嚷起来,"必须缩短期限,越快搬走越好。"

我有点后悔说出这个细节,又一次觉得自己在出卖梅。但是鬼使神差地,我接下来顺着他们的情绪,表达了对梅的不满,似乎在这片刻友好交谈中结成同盟,一起把梅孤立起来。

"自己出去玩,把狗扔给你管,她理当付你工钱。"印度先生说,"人不应该白白使用别人的时间。"

西边的绚丽悄然熄灭。夜色由远而近,最终落在印度夫妻身上,他们深色的脸变得更加暗黑。出于安全顾虑,我没去遛狗,索性和他们一起并排坐在台阶上,像忙完庄稼的农夫那样正式闲聊起来。

繁星满天。园子里虫子鸣叫。偶尔一辆车划破寂静。

许是夜色撩拨,回首往事,更易推心置腹。这晚上,我知道了发生在这个印度家庭的一桩不幸。八年前，他们学习优秀的次子在一次校园枪击案中丧命。两兄弟本来都住在二楼，出事后大儿子搬下来与父母同住。房子空置五年后，他们才决定租出去。自称与儿子同住的梅搬了进来，却当起了二手房东。印度夫妻曾经几次警告梅，不希望她做转手短租，不然要请她另找地方。但是他们从未真正采取行动，没催促她，更没有强迫她搬走。

"她的儿子暂时不能来，可能还没有结束手头的工作，也许是在监狱服刑……"印度先生大胆猜测之后，叹口气，"家家有本难念的经。"

"她看起来也没有朋友，去年中过一次风……我丈夫老是说，让她这个样子，找房子，搬家，于心不忍。"印度太太的声音柔和低缓，末了重复丈夫的话，"是啊……家家有本难念的经。"

他们深棕色脸上的表情隐匿在夜色中，只看见眼里闪烁的星光清晰明亮。他们就那样等着梅的儿子出现，也像是等待自己的次子回家。

也许是感到了孤独，梅的狗爬到我的腿上蜷伏。

11

梅在第二天下午给我打电话，问我和狗相处如何。我说狗已经吃了牛肉和猪排，一切都很好。

"你在宠坏它,我都感觉有点抱不动它了。""宠坏"一词,梅用的是英语。听到牛肉和猪排,她明明是喜悦的,却偏要假装顾虑,好像那都是不良食物。

狗长了肉,这是真的,而且它已经挑剔梅的鸡肉青豆拌甜醋,每到我吃饭的时间点,就抓挠梅的房间门。梅通常会温柔地制止。我把肉给它留着,梅一开门,它就会从我预留的门缝里钻进来吃个精光。我离开之后,也许短时间内它不太适应,但很快会忘记牛肉和猪排的味道,重回鸡肉拌青豆的日子,我委实不用替一条名叫"Luck"的狗担心。

狗的话题只是寒暄,重点是酒店的豪华高档,游泳池的淡蓝梦幻,以及在那里感受的舒适惬意,梅甚至发出"这才是生活""人就应该这样款待自己"的人生感悟,还说我没有去真是太遗憾了。挂了电话,她发来一张图片,那是个巨大的带分隔线的长方形泳池,水中池岸空无一人,连梅自己也不在其中。

我本想说这酒店生意过于清淡,可惜了漂亮的泳池,但为了不让梅察觉我在怀疑她——不知道为什么,我始终不相信她的豪华假日——我只说请她尽情享受美丽的泳池和比基尼,因为夏天一晃而过。

"我忘了带泳衣。"梅说,"这里也没有看到合适的。"

我没有回复。我猜测她发这条信息时的表情和心理。然后我想一个上了年纪的老妇人,兴致勃勃,专程去高级酒店享受游泳池,却忘了带泳衣,于是穿戴整齐地躺在游泳池边的躺椅上,接受侍者服务……这情形多少有点滑稽——莫非她单纯那样痴痴地注视游泳池,就能获得愉悦与满足,达到款待自己的效果?莫非这不过是她对旧事的缅怀形式?

星期天晚上,梅发信息提醒我,关于周一的希腊餐。她用一大段夸张的文字描述了那间餐馆的特点,地中海式的蓝白装饰风格,雕梁画栋,鲜花缠绕,浪漫的环境加上美味的食物,多汁的羊排,尤其是芝士和无花果冰淇淋……最后以"人生得意莫过于此"画上句号。

梅在描摹享乐之事时,总是运用她全部的文学才能,倾尽脑子里所有的华丽词藻,且表现出罕见的热情活泼,把眼下的生活甩到九霄云外。

我答应周一去希腊餐馆,并暗自决定不让梅买单。我会告诉她,我已经订了周三的机票去伦敦。我不会提到,那是因为我忽然十分急切地想见到"儿子的遗迹"。我构思了我们会面的细节、谈话的内容,想象他的言谈举止和宽厚的笑意。是否将儿子的照片展示给他,我一直没考虑清楚,场景卡在这儿动弹不了,我带狗出去溜了一圈,还是没有突破。我同样不确定,在周一的希腊晚餐中,我是否会向梅说出我内心的犹豫,这个六十岁的老妇人,是否能带来一点启发。

周一中午,熟透了的太阳以一种强硬的姿态压迫空气。我将狗放在客厅窗台上,这样梅回来它就能一眼看到她。我们盯着蓝得虚无的天空,静止的树叶,以及来往的行人和车辆。

公交车吐出梅的身影时,狗吠了起来。它不是认出了她,而是梅全身挂满行李的样子十分奇怪。她比去的时候显得更加潦倒,依旧戴着草帽和墨镜,几乎是步履蹒跚地穿过马路。狗紧张地注视着她,有一瞬间它屏住了呼吸,直到她来到楼底下,才兴奋地摇起尾巴吠叫起来,那情绪里包含着对梅的嗔怨、委屈,以及看到她回来时全身心的欣喜。

我打开门,狗扑向梅,梅扔下手中的东西,双手搂住了狗。我主动帮梅将行李拖上楼——像一个真正的下人那样——又下来拎剩下的东西,梅只顾着母女俩亲热,没有向我道谢。

梅重新坐在她的法国餐桌边,看上去异常憔悴,脸色发暗。她继续跟狗说着亲热话,像一个真正的母亲和孩子久别重逢。

狗吐着舌头,喉咙里发出哮喘的声音。

下午五点钟,梅从她的房里出来,似乎略微恢复了一点气色。她换了一条并不合身的蓝白细格吊带长裙,说穿这件去地中海风情的希腊餐馆最好不过。

餐馆在中央公园附近。我们由公交车转乘地铁。车厢里没有空座。梅削尖屁股果断地落在一对拉丁裔母女的空隙中,被隔开的母女面面相觑。在美国生活几十年的梅,居然还保有这种中国式的生存本领。此时,站在孩子旁边的父亲面色不悦，指责梅没有礼貌，"在你挤进这个座位时，至少应该说一声，'Excuse me'"。

梅朝空中翻了一个白眼，没好声地说："Excuse me."然后做闭目养神状。

我眼前这个固执的老妇人，浑身带刺，充满敌意，两天的游泳池享受也没让她的头发变得顺滑，瘪着嘴，一张脸像没洗干净，收拾打扮后的样子仍然显得不洁与寒碜。我没法帮她说话，也不想替她向别人道歉，尴尬中悔不该跟她一起出门。

梅一直没睁眼，我也保持沉默。地铁到站，她昂着下巴穿过车厢，我像个仆人般紧随其后——人生地不熟，我也怕走散了。来到地面，阳光已经略带绵软，地上还是热烘烘的。穿过一条街，突见辉煌落日夹在高楼间，金光倾泻，整条街上的车都停了下来，人群拥堵在街上，拍照或痴望。

"你运气真好，正巧碰到了辉煌的曼哈顿悬日奇景。"梅背对着夕阳，她的身影被斜阳拉长，在墙上折了一道。

我听说过曼哈顿悬日。两百多年前，建筑师将曼哈顿设计成工整的南北和东西走向的网格结构，随着地球沿轴线转动，太阳沿地平线微移，在一年中的某一个时刻，朝阳或夕阳将正好与东西走向的街道对齐。因此每年会有四次、每次十五分钟的悬日美景。

悬日绽放光芒，仿佛神迹显现。

恍惚中，我看到了儿子和"芥末"。

梅有意避开,在背光处随便坐地上等我。

悬日渐渐沉落,绚烂归于黯淡。我们继续前往希腊餐馆。但此时梅忽然失忆,在街上兜了几个圈,辨不清方向,像无头苍蝇乱飞乱撞之后,凝滞在某个十字路口。或许是在搜索回忆,或许是对现实不知所措,她脸上呈现迷茫和委屈,还有苦涩的憔悴。

人潮如水,从她身边匆匆淌过。

地铁车厢里那个固执而充满敌意的老妇人,变成了一只迷途的小羔羊。

我只好打开手机流量,使用国际漫游导航。

到达希腊餐馆,梅松了一口气,她好像刚刚遭遇了什么,有点被击垮的样子。

蓝白餐馆大门边竖着一块小黑板,是关于养老理财讲座的介绍。梅像贵宾大驾,虽疲惫不堪,在本子上签名时,手中的笔仍然龙飞凤舞。服务员问我们要不要留下来用餐,得到梅的肯定之后,在我们的名字后面打了勾。

我们是专程来吃饭的,什么叫要不要留下来用餐呢?餐厅的异域风情扑面而来,人声嘈杂。我还没弄清楚怎么回事,梅就将我拉到最后的空椅上坐稳,同桌的都是陌生人。

餐桌中间摆着鲜花。

服务员斟满了酒水杯。

每位餐碟上放着设计精致的菜谱卡片。梅拿起她面前的那张,以端庄的姿态阅读研究起来。

一个西装革履的职业人士拿着麦克风走到台前,用一番风趣幽默的自我介绍将在座的人逗乐之后,开始进入他的讲座正题。

"忍上十分钟,马上就可以大吃特吃了。"梅低声对我说,"你看晚餐有多丰富,我最爱多汁的羊腿肉,对了,要配茴香酒……还有这个……鹰嘴豆泥,噢呀,芝士,还有……必不可少的冰淇淋……"

"为什么非要听这个?"我早已饥肠辘辘,"我英语水平不行,听不懂。"

"晚餐是讲座主办方提供的……没关系,咱们就装模作样听一听……主要是吃。"梅已经磨刀霍霍了。

我现在才明白,晚餐是免费的。忽然想到国内专门在各种酒席上蹭饭的人,不觉羞愧袭上心头,脸上也火辣辣的。暗自观察其他食客,这些肤色各异的人,无不衣着整洁得体,面色从容,仿佛都是受邀请的贵宾,分不出谁是真心听讲座,谁是习惯性蹭饭的。

服务员给每个人发了一些印刷资料和一张空白表格。梅驾轻就熟地填好了。

我进退两难,很不自在。菜一上来,只是埋头吃,缓慢地咀嚼,以免眼前杯碟空了,失去掩护的道具。

食物不太合我的胃口,也不习惯茴香酒的味道。但梅吃得津津有味。我第一次发现她的饭量惊人,近乎饕餮。她吃空了所有的碗碟,同时也消灭了我无福消受的大部分食物,灌下不少酒水饮料,最后吃甜点时,她伸了伸腰,轻轻打了一个嗝，继续将甜点小勺送进嘴里。

"我当年的婚纱照，就是在悬日背景下拍的。"为讲座的结束鼓过掌之后，梅忽然说起了她的婚姻，"噢，对了，也是在今天，七月十二日。"

屋里有一阵小小的骚动。餐桌上刚认识的人握手道别，酒足饭饱后陆续离开餐厅。

"还有一件更重要的事情，也是发生在今天。"梅头也不抬，根本不在乎宴席终结，人们正在纷纷离场，"关于那个游泳池……"

"我们边走边聊吧，不然回去太晚了。"我冷冷地打断她。我讨厌她让我成为一个蹭饭的人。

梅耐心吃完最后一口甜点，艰难地站起来。去地铁站的那一段路，她走得格外缓慢凝重，仿佛刚下肚的食物使她不堪重负。她穿的是有半寸鞋跟的硬底拖鞋，鞋子不太跟脚，与衣裙也不搭配，斜背着拉链坏了的小黑包，姿态像幼稚园的小朋友。

这恐怕是入夏以来最热的一天。经烈日炙烤的街道散发出来的热气被高楼围困，千万台空调运转，往来不绝的汽车尾气，空气在一个大熔炉中，被加工锻造得浑沌混浊，万物都蒙着一身汗腻。

城市的繁华夜景已经粉墨登场，梅却落寞了。

我无心说话。梅也没有继续说她的婚姻，紧闭细薄的嘴唇，上车就闭眼打盹。

我看到她的脸垮掉了，嘴角、眼角统统朝下，整个人沉陷在座位上，像一件破旧物品。

"必须尽早和这个人脱离瓜葛。"我暗自思想，"简直是太糟糕了。"

隧道内部的照明灯不时闪现，微弱的白光有节奏地敲击着车窗。

驶过一段长久的黑暗之后，梅开始说话。

"等我打赢官司，拿到钱，我要在中央公园旁边买一个带阳台的公寓。"她头靠着车厢，微睁双眼看着我，"那是一笔不小的数目。"

"祝你好运。"我不想打听更多。

"我是离婚以后发现的，他曾经捐了一笔钱出去，这笔钱没有经过我的同意。"梅稍微正了正身体，以便聊天更舒适些，"找对律师，对打赢官司来说，太重要了……我现在的律师很优秀，他说我的胜算很大。"

"他确实不应该瞒着你支配你们共同的财产。"她的话我并不当真，这时候说出来更像是恍惚中的梦呓。

"我们是大学同学，毕业后一起来美国读研，然后留下来。他有头脑，懂技术，开了一间公司，赚钱，他做得很成功。"梅脸上的苦涩也苏醒了，"儿子十二岁那年，他想回国创业。他说祖国越来越富强了，全世界的人都去中国做生意，他也打算搬回中国——他还说，他在美国从来就没有归属感。"

"理解。的确很多人选择回归，这里有身份认同问题。"

"我不想回中国。"梅疲惫地摆了一下手表示否定，"在这里，我才有归属感……自在，我是我自己，或者……我谁不也是……无论如何，我只愿待在这里。"

"回去，或者在此终老，听从内心，都无可厚非。"我提起精神，"那他最终还是回国去了吗？"

"回国创业，报效祖国，都是谎言，骗子……"梅重新闭上眼睛，"他在北京已经有了一个女人和孩子——要不是我们共同的朋友——安妮，她在我离婚后才告诉我这个事实，我可能到现在都蒙在鼓里。"

"这种事，朋友夹在中间，也很为难。"我不想评价她前夫的行为，相对于伦敦那个家庭，我也属于那样的"一个女人和孩子"。

"我不知道，他老早就开始转移财产。他跟我谈，如果我同意他把儿子带回国，他会给我一千万美金，否则，一分钱都没有。"

无疑，梅选择了儿子。我心里顿时涌起对梅的无比崇敬，她那副潦倒疲态，刹那间显得格外伟大而悲壮。

"儿子是无价之宝。"我说，忽然间就敞开了心扉，"我也是一个母亲……曾经是……仅仅五年……"

"为什么？"梅睁开眼，眼眶是湿的，泪水似乎倒流到心里去了，"五年？什么意思？"

地铁在隧道中拐弯，摩擦出尖锐的噪音，像梅的破壁机那样，千万个鬼魂从地狱中发出凄厉的惨叫。我捧着嘴巴，像呕吐般弯下腰来，我听见我嗓子里发出的声音盖过了地铁尖锐噪声，又或者我嗓子里没发出任何声音。我不知道。也许那声音原本就不是地铁摩擦轨道发出来的,那就是我憋屈已久的嚎叫。持续了多久?几秒钟?几分钟?我不知道。直到我感觉有只手搭在我的背上,轻轻摩挲。我看到梅的脚趾头从那双不跟脚的拖鞋前头冒出来,大脚趾上的粉红色指甲油已经残缺,脚指甲里头也不洁净。我用手掌擦脸时,梅递给我一片纸巾。

黑暗将窗玻璃涂成了镜子。空荡荡的车厢。惨白的灯光,像太平间。我看见自己,也看见了梅。两个颓丧的幽灵。在地铁的行进中,明明灭灭。

出了地面,准备转公交车时,梅拦住一辆的士,她说Luck一个人在家时间太长会很焦虑——它原本就是一条流浪狗,特别害怕被再度抛弃。

12

梅回家就进了房间,没听到她和狗交谈,也没有传出漱洗声,房间里异常安静,只看见门缝里透出微弱的灯光——她怕黑,这灯光通宵都不会熄灭。

地铁车厢里爆发的情绪还没有平复,我睡不着,在屋子里漫游,从卧室到客厅,往返狭窄幽暗的过道。我第一次注意到,有微光从另一个房间的门底下透出来——也许里头有了租客。

厨房和客厅的夜灯总是亮着,是柔和的银白,仿佛月色满屋，等待夜归者。

有点不知身在何处。我索性开始收拾行李，想象与"儿子的遗迹"再次见面的情景，想着我是否会止不住痛哭失声。我随身并没带多少东西，行李箱一半是空的，其中还有儿子每晚抱着睡觉的柴犬玩偶。收拾完行李，我又没事可干了，夜晚重新变得漫长。下半夜昏昏沉沉，勉强睡了一阵，窗口终于显出灰白。

黎明透着黄昏的气息。我出去跑步，顺着那个长了大叶睡莲的湖转圈。一对沉睡的鸳鸯泊在湖中。蝉已经开始鸣叫。我心绪不宁，没跑多久便打道回府。习惯早起的印度夫妻坐在前门台阶上，赤着脚，享受清早的幽凉。我跟他们打了招呼，一坐下来，就告诉他们我明天去伦敦。他们替我高兴，同时也很遗憾，他们觉得我好相处，和梅不一样。

"你走了，马上会有新的人住进来。"印度太太说道。

"另外一个房间里晚上有亮灯，好像是有新的客人。"我说。

"她从没出租过另一个房间，那是给她儿子留着的。"印度先生摆摆手，"也许她儿子的确不时回来过，我们没遇到而已。"

"她怎么样？看起来好像是生了病的样子。"印度太太略显担忧，"脸色很不好看。"

梅度假回来，的确更显憔悴，但昨天的晚餐食量，说明她没毛病。

"上一次中风,要不是我太太及时发现,后果不堪设想。"印度先生说,"后来我们每天都要跟她发讯息,联络一两次……她身边要是有个人还好一点,我们也不用这么焦虑。"

印度夫妻像饱经风霜的农民,担忧恶劣天气摧毁庄稼。太阳爬出来了,他们脸上的单纯和真诚镀上了金光。

我喜欢和他们聊天,但没遮没挡的台阶裸露在阳光中,有点燥热,我起身离开。

我把冰箱里的菜全部拿出来,做了好几样,准备等梅一起吃。过了十二点,梅的房间里仍然没有动静。门底空隙里有一团阴影,我知道狗伏在门口,它已经闻到香味,等着出来分享我的午餐。我饥饿难耐,正打算敲梅的门,忽然收到她的短讯:

> 门没有锁。麻烦你,给我倒杯水喝好吗?我实在起不来了。

我第一次走进梅的房间。空气灼热,一股霉味和狗腥臭。

狗兴奋地蹦跳。

梅直挺挺地躺在那张复古法式床上。我吓了一跳。幸好她抬了一下手臂,证明她是活的。

她根本动不了,整个人硬邦邦的,只有左手可以小范围活动。我扶她坐起来,她摆着手痛苦呻吟:"慢……慢点儿……痛……"

我从没照顾过病人,她那又薄又脆的肩胛骨,仿佛随时可能折断。好不容易扶她达到一个可以喝水的角度,累得满头是汗。

她喝光了杯中水。头发湿漉漉的,枕头上也留着汗水印。

"你这是怎么了?"我担心她又中风了。

"大概是在大酒店被空调冻着了。"她声音相当虚弱,"以前出现过这种状况,骨头痛,穿衣都费劲,但不至于像这样,连起都起不来了……"

母亲也有这毛病,随便受点凉就全身疼痛,几近瘫痪。她生了五个孩子,从没坐过月子,照旧下地干活,冷水热水没条件讲究。

"需要去医院吗?"严峻的情形下,我只能想到医生。

"去医院……还不是一样躺着?"梅似乎也不信任医生,"没什么大碍,休息两三天就好了。"

我无法反驳梅的经验之谈,而且我明天要走了,这辈子不可能再有机会见面,也无联络的需要。

"我给你弄点吃的过来。"我在她背后垫上枕头,让她斜靠着,便于用餐,"我做了炖牛肉,相当好吃。"

"真的吗?"——这是我脑海里的回音。梅的这个口头禅不知从哪天开始消失了。她并没有说话,全力对付被挪动时产生的阵痛。她的表情是绝望的,也像悲伤,是太深的苦涩使它产生一种绵延不绝的脆弱，似乎只要她放弃，只要她不挺直后背，她就会像根羽毛被命运卷上云霄。

梅的深棕色托盘，有一层肉眼看不出的油腻，粘着食物碎屑，我"擅自"将它清洗干净，盛了饭菜端进梅的房间。第一次见梅，感觉自己像个下人，紧跟着她高贵笔直的后背，踏进她的皇宫，戏剧性的是，我真的在行使下人的角色，伺候起她来了。不但饭菜端进房间，而且还要喂食——她那只小范围活动的手，就像溺水的人，只能用来呼救——我搬把椅子坐在床边，打算好人做到底。

梅的吃相和昨晚判若两人，像是被逼迫进食，缓慢且痛苦地咀嚼着。我避免直视她那张焦枯落魄的脸，手背上静脉曲张的血管。此时打量她的寝宫不算冒犯：法式床底下乱堆着鞋盒和鞋子；衣柜门涨裂开来，缝隙中夹着衣服拖到地板上；窗帘杆上晾挂着衣裙和短裤；窗前的小茶几夹在两把变形的藤椅中间，上面有些脏乱杂物；小书桌摆在角落里，一个老干妈空瓶子里插着已经蔫萎的红玫瑰；狗窝摆在她视线能及的地方；吸顶灯裸露灯泡、电线和蛛丝，外壳已经不知去向。再过一会儿，我将会看到洗手间的乱象：白瓷盆里的渍垢，模糊不清的镜子，似乎很久没使用过的浴室，长着黑霉的砖隙……当梅说要上厕所时，我才意识到还要面对这种尴尬时刻。我这辈子只给儿子把过屎尿。我尝试带她去洗手间，但一碰她就痛得直呻吟，那只小范围活动的手拼命摇摆，好像一离床她就会散架。除了那只拌沙拉的大木碗，她家里没有可以充当便器的东西。我有点束手无策。

狗很懂事,待在它的狗窝里安静地注视着我们,眼睛里弥漫着深深的忧愁——第一次发现它有这么丰富的表情,我着实吃了一惊,不免为先前对它的蔑视感到惭愧。

安顿好梅,喂饱了狗,迫不及待地带它出来遛弯,我比它更需要新鲜空气。只要能离开梅的房间,太阳可怕的炙烤,以及皮肤紫外线过敏都不算什么。

狗今天表现奇怪,情绪低落,三步一停,老想要回家。

"你怎么啦?"我摸了摸狗的脑袋,"不想到公园见别的小朋友吗?"

狗看着我的眼睛,吐着舌头,然后望着回家的路。

也许它惦记着梅,她的异常使它缺乏安全感。

我忽然也感到莫名焦躁。我还没跟梅说明天飞伦敦,提前了一周离开,我认为她有足够的时间处理房间迎接下一位客人。不管怎样,我只是一个临时租客,明天将继续我的行程。但眼下她病倒在床,我在她不能动弹的时候走掉,至少要去和印度夫妇谈谈她的情况,兴许能想办法联络到什么人来照顾她,比如她儿子,以及她偶尔提到的所谓朋友。

太阳下我已经感到脸上过敏发痒,也无心继续往前,于是调头返回,狗立刻拽着我奔跑起来。

我按响了印度人的门铃。他们腼腆的儿子告诉我,父母要到晚饭后回来。这无疑延长了我的焦虑。狗飞奔上楼,甩下我去了梅的房间。我肚子咕噜咕噜响，才意识到自己忙得忘了吃饭。于是随便热了一下饭菜，站在灶台边吃完，洗碗收拾厨房，连炉灶上的陈年污渍也擦得干干净净。

"你能做一次红豆冰沙吗？"梅给我发信息，"我太想吃了。"

红豆冰沙是梅每天必不可少的"鸦片"。当我将那台粗笨的机器弄出地狱群鬼般的惨叫，机身痛苦的震颤，毫无出路的冰块在透明封闭的容器中奔逃，刺向耳膜的是撕裂与破碎，哀伤与悲恸，尖锐与深入……这声音让我获得难以言喻的释放与快慰。我用手机将声音录制下来，以备在某些可以预见的难挨夜晚播放聆听。

"破冰声的美，胜过所有的音乐。"这是梅要讲故事的前奏，"我做冰沙，并不是有多爱吃冰沙，我只是对破壁机工作的声音上瘾。它像发自你的肺腑，你不觉得吗？"

我没去承认梅这番话正中我的心坎，只是像以往一样配合她。"嗯。刀片与冰块的较量，一次次输得粉身碎骨。"

"最开始，我恨我前夫，不是恨他的不忠和私养孩子，而是恨他，在自己拥有那么多之后，还要夺走我生命中仅有的东西，钱一分不剩，连儿子也要拿走。"梅这次说话并没有多少铺垫，几乎是单刀直入。

"他最终还是带走了儿子？"我有点难过，"这真是过分了。谁也没有资格和一个母亲争夺孩子，谁也不应该试图从一个母亲身边抢走孩子——如果他算得上仁慈。"

"我也恨了一段时间的命运……可是命运这东西毕竟太

虚无，而且它多半是无辜的。"梅似乎想幽默一下，缓解我表情的严肃，"最后我恨自己……一直恨自己，没再改变。"

"惩罚自己，是不用背负任何道德罪咎的。人都善于这么做。"我这么四处游荡，只有我自己深知，这不是旅行，这是放逐。

"我要是和前夫一起回去，我们的家庭是不会破碎的，这一点我还是很清楚。"梅闭上眼睛，似乎极为困倦，"我已经是这片土壤里生长的植物……我太固执……如果可以预知未来的话，我会和他一起回国。"

我想向梅提问，但忍住了，相信她的讲述会自动呈现答案。"事情都过去那么久了，不去执着对错了吧。"把道理递给别人，总是显得容易。

"时间就是水滴石穿。你会发现，事情不会随着时流逝而模糊不清，恰恰相反——除非那不是一件让你悔恨终生的事。"

梅的话让我对未来产生了恐惧，我真害怕到了她这样的年纪，懊悔和痛苦会比现在来得更加严重。

"儿子发出过警告，但是我们都忽略了。"梅垂闭的眼皮涌起血色，我知道那里面正在生产眼泪与痛苦，"他很难在父母之间，选择任何一方。"

"这是一道世界上最难的选择题。"

"其实……我去带游泳池的酒店，不是享受，而是惩罚。"梅说。

这句话又塞给我一团疑云。

13

晚上八点钟,我再访印度夫妇,将一直随身携带的龙井茶送给他们,算作礼貌告别。印度太太破例请我进屋,我正好要和她谈梅的事情,因此没做推辞。

屋里清凉。一尘不染。电视机里正在播放印度语新闻。客厅摆设略多,但拥挤中显出温馨。印度先生从地下车库上来,将一盆开得正艳的淡紫色兰花放在边几上。印度太太要让我尝尝她做的草莓冰沙。厨房是开放式的,她一边忙活,一边和我说话。她说这个夏天恐怕是近些年最热的,她佩服我能吃苦头,居然能扛上这么些天,要是长痱子的话,她家里有印度带来的药。

"你得小心,别被这个破壁机的怪叫声吓着了。"印度先生对我说,"我用隔音棉降低噪音,她倒说裹起来闷声闷气的,听着别扭。"

"可不是吗,就好像一个人正在尖叫,却被人捂住了嘴……"印度太太笑着打了一个比方,她有一双大杏眼,眼角的鱼尾纹很是动人。

我也笑起来:"应该没有比梅的破壁机更大噪音的了。我第一次听到时确实吓了一跳。不过细听之下,那声音还是很独特,纯粹、极致、一针见血。"

印度先生重新回到地下车库修理什么东西。

印度太太说，男人总有自己的排遣方法，儿子刚出事那阵，丈夫一天到晚闷在车库里捣鼓。"我呢？也不能老是哭吧？我就是那时候迷上了做冰沙。每天做冰沙，冬天也不例外。"印度太太搬出一台乳白底座的破壁机，"前面已经报废五台了。每一个人有自己的嗓音，每一台机器的声音也各不相同。你说得很对，这种声音太迷人了，纯粹、极致、撕心裂肺。"

冰块被倒进破壁机。大块的坚冰，透明，冷峻，像钻石。薄薄的刀片寒光闪烁。

万物沉静。

"有去现代博物馆看油画吗？"印度太太问道。

"去了。第一次看到那么多世界名画同聚，很震撼。"

"我特别喜欢这台机器的声音。"印度太太像介绍传家宝似的，"你注意到爱德华·蒙克的那幅油画了吧？一个骷髅人，双手放在耳朵边呐喊……"

"是的。"

"你仔细听……"

我屏住呼吸。

"这就是那个骷髅人发出的尖叫……"印度太太按下破壁机按钮。

天地崩裂……

痛苦/呐喊/尖叫/诉泣/呜咽/疯狂/绝望/哀求……

冰屑飞溅，如飞蛾扑火。

眨眼间粉身碎骨。

一切戛然而止。

我们有一阵没说话。

直到印度太太将冰碴分入玻璃小碗，尖细清脆的碰撞声击破了某种沉寂。

"梅的那台机器带着干渴沙哑……"我努力将眼里的泪水逼回去，"这个听起来声音更飘逸，就像……"

"就像脱离尘埃，穿越洁白的云层……飞向天国……"印度太太展示她好看的鱼尾纹，眼睛里有一股澄明与安详的光。

"正是这样的感觉。它使人安宁……超脱……"

"我就知道我们能聊到一块儿……你要是能多待一阵就好了，我请你到家里吃印度菜。"

"下次来，一定住在你们家。"我做了一个深呼吸，感谢印度太太的友善，"你知道吗，梅昨晚病倒在床，起不来了，说是外出度假受了寒……"

"希望不是中风。"草莓酱使冰沙变成粉红色。印度太太最后倒进牛奶椰汁，撒上磨碎了的坚果。"这次一定要通知她儿子。"

14

印度太太和我一起去见梅——尽管吃冰沙的时候，她再次对梅表达各种不满，一个女人最基本的职责，就是将家里收拾洁净，而不是弄得臭烘烘的——她非常担忧梅的状况，上一次中风，她曾亲耳听到医生的警告。

狗对印度太太吠叫，可见梅和楼下是不往来的。她那只溺水者的手活动范围更小了，几乎是象征性地动弹了一下。更糟糕的是，她说不出话来，嗫嚅着嘴巴，在吸顶灯昏暗的光线下，生产不出表情的脸色显得焦黄，所有的表达都集中在眼睛里，那里面一下子拥堵了很多东西。

印度太太一看事态严重，言行也急促起来："你听着，我们必须送你去医院，我马上拨打 911。"她转头对我说，"请你找一下她的证件，医疗卡……看看通讯录，联系她的家人或朋友，总之得有人过来……越快越好。"

印度太太疾步下楼，覆盖屁股的衣摆随之舞动。

我还不太相信，喝一杯冰沙的工夫，梅就这样了。我把手机递给她，说："给你儿子打个电话吧，让他回来照顾你一阵。"

梅两眼望着天花板，眉头紧锁，肌肉已经妥协，眼眶四周变红，泪水溢出了眼角。

她好像正在死去。我有些慌神，这才开始查找印度太太提到的东西。那只张着鳄鱼嘴的小黑包，里面全是些乱七八糟的垃圾，几张光芒闪烁的信用卡早就过期，单独放在安全的小隔层里，获得额外的小心保护。我脑子里想着证件和医疗卡，已经顾不上斯文，像个窃贼一样翻箱倒柜，打开每一个抽屉，只不过发现了更多没用的废品。其中有张字迹漂亮的新年贺卡，我虽无意偷窥，但仅瞥一眼就读到了那几行字：

May:

　　请原谅，我没有尽早告诉你实情。我不确定，说出真相，是在帮助你，还是会伤害你，尤其是你们的婚姻看上去那么美好。

　　我知道，作为一个母亲，这半年你过得多么艰难。我也是有孩子的人，这痛苦如同发生在我自己身上。

　　到西雅图来过春节吧，我们全家在这里等你。

Anni
2008 年 1 月 1 日

　　我继续寻找。打开衣柜，霉味扑鼻。衣服凌乱堆积，鞋子和背包横七竖八，像批发仓库。我迅速摸遍所有的衣服口袋，翻查每一个背包，但一无所获。空气闷热，心里着急，感觉到汗水在全身流淌。绝望之时，我看见了衣物中隐现的行李箱，是梅拖去享受游泳池时的那只，依旧鼓鼓囊囊的，四周浮起毛边，有些地方几乎快要磨透。

　　这是梅家里最后一处没被打开的地方，我猜想所有的重要物品应该都藏在这里。

　　我将行李箱拖到房子中间，狗知道这代表出门旅行，高兴地跑过来东嗅西嗅。我嫌它碍手碍脚，凶了一嗓子，它沮丧地躲开了。

　　我首先拉开外层的拉链，摸到了一些陈年机票车票酒店收据以及地图和旅行手册之类的东西。主箱拉链掉了手扣，里头塞得太满，只能用手指尖慢慢推动拉链，箱子像真空包装似的，随着空气的进入而蓬松，鼓胀得更加厉害。

出乎意料，里面尽是属于小男孩的衣物：西装、领带、T恤、运动鞋、棒球帽，沙滩鞋、跳子棋、太阳镜，以及五颜六色的泳裤……衣物大小不同，应该属于五至十二岁左右的男孩。为避免证件夹裹在相册中，我不得不逐页翻查。相册从男孩子出生那天开始建立，下面写着出生日期。后面的照片也是按时间顺序整齐排列，清晰地看见孩子的成长轨迹。

年轻时的梅小家碧玉，肤色白得耀眼。她和男孩的合影很多。她并没有剪掉她的前夫，照片中他依然在构造幸福的三口之家。游泳池几乎是照片的主题。男孩站在同一个游泳池边上，摆出同样的姿势，照片中他的身体渐渐长高。一张独占一页的照片格外醒目，在蓝白相间的太阳伞下，梅戴着大框墨镜，身穿天蓝色比基尼，和儿子下跳棋，旁边是红衣侍者，一只手托着酒水饮料盘，一只手背后，朝梅和男孩微微躬腰。背景是酒店的花园风景。

街上传来救护车的尖叫。印度太太疾步踩响木质楼梯。我手指头抽搐般一通乱扒。终于在箱子最底层找到一个布质软包，里面有梅的护照等所有证件。印度太太一跨进房门，我就将整个布包递给了她。

"你不用给我。"印度太太说道，"带去给医生做登记。"

"啊？"这我可是毫无思想准备，"我的英语恐怕不够应付。"

"那你联系到她儿子了没有?"印度太太问,"有没有人可以替代你?"

"你是她的房东,和她更熟更近一些……而且,我明天就要……"

"你是她的租客,你和她住在一起,也最了解她的情况。"印度太太很严肃,"要不是你在这里,她出这种事,我都不知道会有多少麻烦。"

"我们一起去吧。"我稍作妥协,"毕竟我是个外国游客。"

15

梅的情况不乐观。我本来担心得整夜坐在病房里照顾梅,幸好医院不需要陪护,除了联系她的家人,眼下没什么需要操心的,什么都不用管。我和印度太太在凌晨两点回到家。她在家门口再次嘱咐我,务必联络梅的家人或朋友,似乎唯有那样,我才能摆脱照顾梅的职责。

我打开门,狗坐在楼梯上端,它安静而客气地摆了摆尾巴,然后待在原地,继续盯着大门。

"你妈生病了,恐怕这几天都不会回来。"我将剩下的牛肉倒进狗碗,叫它吃饭。它礼节性地过来嗅了一下,又重新坐在楼梯口。

我既累且困,很想倒头就睡,但印度太太托付的任务压在心头,顾不上安抚狗,更无心睡觉。我穿过幽暗狭长的过道，打算去梅的卧室，查一查她的笔记本电脑和手机。这时候我又看见另外一个房间里透出了黄色微光。

我忽觉后背凉飕飕的。

夜里头我是一个胆小鬼，我就是那种洗澡时停电会大声尖叫的人，尽管我看过的恐怖片和灵异故事屈指可数：风靡全球的《午夜凶铃》开始十分钟，我就果断关掉了电视；张国荣主演的《异度空间》，大部分时间我都捂住了眼睛；看斯蒂芬·金的《闪灵》，我努力使自己注重心理学部分。

此时神秘房间里透出来的灯光，让我毛骨悚然。翻找梅的证件时所产生的疑虑重新浮现：梅为什么要拖着装满儿子幼年衣物的行李箱去酒店？为什么后面的相册页是空的，不再有儿子成长的轨迹，连梅引以为豪的耶鲁大学的毕业照都没有一张？

夜静得出奇，仿佛万物屏息，无数双隐蔽的眼睛盯着我。我在房门口停顿两秒，迅速返回客厅，打开了屋子里所有的灯，然后抱起坐在楼梯口的狗。

"有人在吗？"我敲响房门，大声问道。

狗吠了几声，仿佛给我壮胆。

我凝神倾听，希望有脚步声过来。

又试了两遍，依旧没有任何动静。

"我们进去看看好吗？"我对狗说，"如果有客人居住，好歹得让人知道，你妈妈住院了。"

狗听到"妈妈"一词，耳朵后撇，圆睁双眼盯着我，仿佛在说"真的吗?"。

"我希望你妈不会怪我擅闯私人房间……毕竟她也给我添了不少麻烦。"我手上使了点劲,将狗抱得更紧,一只手轻轻转动房门把手。我暗自期待门是锁着的,但它竟然梦幻般地开了,昏黄的微光裹挟奇怪的气味辐射过来,仿佛进入梦魇。

狗似乎感觉到什么,挣扎着想逃离我的臂弯。

"别怕。"我对狗说。同时双手将它抱得更紧,自己因为恐惧脑子里已经嗡嗡作响。

我按下了墙上的开关。吸顶灯亮了,虽没有增加多少光明,但眼前已清晰可见。屋子里摆设简洁,井井有条,干净得像信徒家中的藏经室,让身在其中的人觉得自身的不洁。单人床靠墙,上面铺着蓝白细格子被单,经过细心的拉抻抚平,没有一丝褶皱。枕边放着一只毛茸茸的棕色贵宾犬玩偶。床头柜上有台灯和一个红色闹钟。一支算得上新鲜的玫瑰插在玻璃瓶中。床沿下摆着一双儿童球鞋,鞋后绑被踩出了几道褶皱。

使整个房间充满艺术气质的是那个棕色案几。两盏法式烛台。一个复古式陶瓷台灯,扇页形布面灯罩。一个尺来高的相框,照片是一个男孩跳进游泳池的瞬间,他像鹰一样飞了起来——这个游泳池,和梅度假时发给我的照片一模一样——案几正中间是一只古色古香的黑色雕花木盒,像女人的小首饰箱——我中了魔似的,被钉在原地。

我知道那是什么。不久前,我亲手将儿子装进了这样的盒子里。

我一点也不害怕，之前的恐惧也忽然消失，心落下了地。

梅没有撒谎。她的确与儿子住在这里。

我沉坐床沿，很久没有挪动。

我想象梅布置这间房子的情景。

渐渐地，梅变成了我……

不知道什么时候睡过去的，醒来时发现自己倒在单人床上。狗趴在过道里，守着梅的门。窗外亮色已经盖过屋内的灯光。

极度疲惫之后，得到充分休息，我有一种轻松感。

"为什么不送给儿子一只猫……"——这只盘旋在我脑海里的黑鸟，已经变成了一只洁白的鸽子。

世界明显产生了某种变化，不知道从梦境回到了现实，还是从现实来到了梦幻，有片刻连我自己的存在都变得可疑。

我回到自己的房间，登陆航空公司网站，取消了前往伦敦的机票，给"儿子的遗迹"写了一封长信，也讲到了梅的故事。他一定对我的隐晦修辞感到迷惑，但永远不会意识到其间隐藏的秘密。

狗两次进房间，每次看着我，停留片刻就走了。它有些焦虑。

我打算带着它去医院看梅。

16

梅的手机屏幕壁纸,是那个男孩在泳池边跳跃的照片,像一只鹰。

我在房里来回走动,猜想梅会选择哪组特殊的数字作为登录密码,希望自己像电影里的侦探那样,皱着眉头踱几个来回,就能恍然大悟。生日?结婚日?离婚日?大学毕业日?首次获得签证日?直觉告诉我,梅会使用生命中重要的信息,最爱的人,刻骨铭心的记忆,难以磨灭的深情……凭着五年为人之母的经验,我确信孩子是一个母亲的最爱,是母亲一生幸福的密钥,梅的密码也必然与儿子有关。

我重新翻开梅的相册,找到婴儿照片底下的出生日期:1995年7月12日。我试着输入950712。提示密码错误。我缓慢地再次尝试,同样失败。梅也没有使用自己的生日作为密码。剩下的可能,无异于大海捞针,我完全失去了方向。

梅没有日记本,也没有保存什么书信,唯一能读到的东西,就是西雅图安妮写来的卡片,那上面也没有特别数字,只有一个落款,2008年1月1日,这个数字没有任何意义。我并不抱希望,但还是反复阅读这张卡片,仔细推敲安妮的留言。我在其间发现时间的痕迹。她提到梅那半年的艰难时光,从卡片书写日期往后推算,那件事情应该发生在2007年7月。安妮说,"我也是一个有孩子的人",

证明发生的事情与孩子有关，安妮所指的痛苦，并不是梅的丈夫出轨或离婚。

我忽然想起曼哈顿悬日那天，梅谈到她的婚纱照，并说出那一天是七月十二日，紧接着在希腊餐馆，她进一步提到了这个日子，还有一件更重要的事情，与游泳池有关，但我急于逃离餐馆，打断了她的谈话。

我确定，安妮在卡片里的留言，以及梅在希腊餐馆提到的"更重要的事情"，都与梅的儿子有关。

这件事应该发生在 2007 年 7 月 12 日。

070712。我用一根食指尖点击手机键盘。

没错。儿子的忌日，是梅的开机密码。

我没有透露太多信息给印度太太，也没有提到骨灰盒。我只是把梅的手机交给她，告诉她通讯录里面最重要的人，是梅在西雅图的多年好友，名叫安妮，她应该会过来帮忙。

"你们都是中国人，沟通起来更方便。"印度太太让我联络安妮，她忽然也表现出对我的强烈依赖，"而且，你也是一个见证人，不然我这个房东会有麻烦的。"

碍于那杯草莓冰沙的友谊，我不好推拒，当即用梅的手机拨通了安妮的电话。一个温和的女中音在电话里头叫出了梅的名字。我解释了一番，并将电话交给了梅的房东。印度太太又讲了很久，从梅租房到现在，这期间发生的种种事情，当然也免不了埋怨作为二手房东的梅以及她从不出现的儿子。

"谢天谢地,她还有您这样的好朋友。"印度太太最后说道,"您要是联系不上她的儿子,请务必过来一趟。"

安妮沉默半响,说见面详谈。

晚上九点钟,安妮风尘仆仆出现在梅的家里。她的年纪与梅相仿,一头蓬松的短发,显得精神干练。她跟我说了很多,关于她们的友谊,关于梅的婚姻,关于梅的固执。她证实了一件事:梅的儿子只活了十二年。

"他就是跳进这个游泳池自杀的。"安妮指着那张鹰一样张开翅膀飞翔的照片,"梅一度精神崩溃。说实话,我也不太理解她,这些年,她不断地去这个地方,去看这个扎人的游泳池。"

我心里打了一个冷战。

"孩子的父亲,后来也无心做生意,垮掉了。"安妮说道,"发生这种事,生活很难回到正常的轨道。"

"梅说她还在和前夫打官司,要回一笔她并不知情的捐赠。"

"她太固执。"安妮摇摇头,"她需要钱,去那昂贵的酒店游泳池继续惩罚自己,难免会异想天开。"

我默不作声。

安妮还说了些别的,对我来说已经无关紧要。

我十分疲惫,在梅的那张法式餐椅上坐下,狗跳到了我的腿上,我默默地像梅那样揉摸着它。

2021 年 11 月 28 日

你什么时候原谅你的父亲

1

亲爱的 V，恐怕你是这世界上我唯一可以谈心的人——这是我搜寻多年得出的结论——我从未如现在这般想跟你说话，像二十年前我们在海滨长谈，仿佛海鸥与大海一直聊到黑夜掳走夕阳的余温——彼时青春碧绿，我记得你问了一句，"你什么时候原谅你的父亲"。

这些年我像吉卜赛人一样到处生活，一个地方住熟了，就会惶恐，于是不断逃离，扔掉的总多于随身携带的。而你几十年不挪窝，像楼下的老榕树一样扎根，从容安定，讨厌变化，享受那份喝茶看报旱涝保收的工作。其实和你在老榕树边过日子应该也不算坏，但那时我只想要飘荡，像一朵云，这儿看看，那儿待待，青春里深裹着对父亲的怨恨。

此刻我在 Yaddo，我获得基金会的资助，将在这里完成一个写作项目。此地是一个金融家遗留下来的，一百年前开始向艺术家敞开大门。这片庄园的杰出程度超过了全世界任何一块土地,一百多个艺术家分别获得普利策奖、国家图书奖、诺贝尔文学奖,索尔·贝娄,凯瑟琳·安妮·波特,杜鲁门·卡波特,西尔维亚·普拉斯……名单很长,你可能读过他们,可能没有,我忍不住列出喜欢的几个。如果你去读老舍先生的日记,你会发现他曾于1946年在这里写作,经常和那个采访过毛泽东、朱德的外国女记者艾格尼丝·史沫特莱结伴去餐馆吃饭,还邀请不受待见的黑人同桌——这些话其实也是我想跟父亲说的,父亲应该会很高兴听到这些吧。

我抵达时正值深秋。森林。湖泊。寂静。色彩喧嚣。天空蓝得近乎凛冽。风景美到极致时便呈现一种严峻的温柔——这令我整整一周无所适从,终日将目光投向湖面及远山,或在森林里漫步,聆听风声,看树叶飘落的姿势。没多久雪就覆盖了大地,来自伦敦的剧作家点燃了壁炉,大块的木头熊熊燃烧,照亮不同肤色的作家,突然间,火光中闪烁出父亲苍老的脸。

我对你说过,如果说年少时有什么梦想,那就是梦想父亲死掉,不用再看到母亲被暴打,自己不必待在角落里瑟瑟发抖。我后来甚至写信几乎是挥着拳头警告父亲务必善待母亲,仿佛在为母亲复仇。我没想过父亲收到子女的威胁是什么心情——他那时头发已经白了。

V,我还没告诉你,父亲已经去世三年了。我向你描述过的那个专制暴君,临终前耗尽最后一丝薄力,抬起手臂搭上我的脖子,而他最爱的女儿,并没有俯身拥抱他,脑袋反而从他的臂弯下钻出来。

手臂落下去，呼吸同时停止。

说到这个情景，我止不住眼泪奔涌，如父亡时一样。

在一片哭声中，我让父亲听到了我的沉默。

我还没写过关于父亲的文字——我试过像别的作家那样，著文纪念，催人泪下，但总以失败告终。我思绪纷乱，每一个词都失去了它应有的含义与准确性，语言像灰烬被风吹散，不再服从我的组织。

最大的痛苦无法言说，最深的愧疚难以描述。但就是在这舞蹈的火光中，我又觉心如刀割，难以独自咀嚼。亲爱的 V，此刻我比过去任何时候都需要你，如果说过去我告诉你我有多么仇恨父亲，现在我要告诉你我有多么想念父亲——他原本是有机会多活些年头的，而我们——主要是我，并没有为父亲争取活着的机会。

2

父亲的离世似乎对我远方的生活并无影响。父亲原本就像一个遥远的符号、一个概念、一个称谓、一个背景，在过去屈指可数的与钱有关的来电中，我被打造成家庭支柱。你知道我有哥哥姐姐，他们全部怪罪父亲导致了他们叵测的命运，他们心中的怨恨远比我更深更具体。如今他们仍是贫地的野草并且越长越矮。我以前跟你讲过他们的事,不想再次唠叨——这不是我给你写信的目的,何况我已不再认同他们的观点。

亲爱的,如果我告诉你,我多少次在深夜为失去父亲哀号,你会相信吗?当我在鞋柜前为母亲挑选鞋子,习惯性地捎带看适合父亲的款式,猛然意识自己是没有父亲的人了,再也没有父亲穿我买的鞋子了,我拿着新鞋的双手僵在那里,心里的空缺变成悲伤的漩涡卷我至深渊,我憋着不让自己哭出来,却在镜子里看见那个手拿鞋子的女人眉毛都拧红了——你会相信我在心里喊出了我从未喊过的"爸爸"吗?

幼年时我用土话喊父亲"耶耶",后来方言进化,侄子辈喊"爸爸"替代"耶耶",可我离家太久,方言早已涩滞,听着父亲吐出最后一口气,两种称呼在我脑子里闪现,没有哪种迸出嘴来。我不知道如何使方言涂上哀伤,我又从没喊过"爸爸",这于我是一个生词——然而没有父亲的日子里,我想到的都是"爸爸",就像我已经这么称呼他几十年了。

眼看着死亡的淡青色慢慢浸洇父亲的面部,称呼如鱼骨卡在喉咙里。我紧攥着父亲的手,这是从未有过的;另一只手放在父亲的额头上,这也是破天荒的。父亲活着时,我和他从未有过任何碰触,没有父女间的拥抱,连童年也没有亲密的记忆。

难道死亡是某种神奇的黏合剂?堵在我与父亲之间的壁垒自动坍塌,被划开的水面自动融合。

当我走在路上遇到与父亲相仿的老人,止不住幻想父亲还活着,即便老得背都弯了,就那样弯弯地活着也很好啊!就算他坐在轮椅上,就这样让我推着他活下去,那也是天大的喜悦啊!亲爱的 V,我相信你知道我是如何被自己蒙蔽的,你理解只有父亲的死亡才能照出那个真实的女儿,死亡就是一面镜子,一个人一生被这么映照一次,就会脱胎换骨。

3

Yaddo 下雪的冬天,和老家过于相似,好像这样的冬天父亲仍在。我怕见这熊熊炉火,带木香的轻烟,噼啪的炸裂声,明灭的火鳞……我记忆中的每一截木头都与父亲有关,每一丝冬天的温暖都由父亲打造。亲爱的 V,过去我尽是拣父亲的不称职对其大肆渲染,丝毫不提及父亲的付出,这极失公允。我甚至还附和过一种观点,"一个人婚姻情感的不顺归结于原生家庭的不幸福",并粗暴地给父亲"罪加一等"——顺便说一句,我现在极为反感这种论调,这缺乏对父辈必要的理解,罪咎于父辈,无非是给失败者提供一块心灵的海绵垫。我知道,如果不是要做一朵游荡的云,和你在老榕树下的日子是顶好的,我偏是那种要远方要陌生要放逐的性格。你结婚生子,日常生活从未能将你拽入庸俗,你人在原地,思想却并不停驻,你当初对我的精神影响仍然在发挥作用——我视之为思想启蒙——你教会我思考，明辨是非。

我对你说过父亲重男轻女思想严重，拒绝供我读书，其实这也有失公允，客观说责任在我自己。当我听课时无意识地用笔头敲击桌面，被那个戴瓜皮假发嘴巴如刀痕的女老师拎到讲台惩罚羞辱，我愤而弃学，想返校时没得到支持，贫穷是主要原因。我不过是将自己的失败与仇恨合理化而怪罪于父亲。父亲一个人拿工资养活七口人，我们自动屏蔽了这个事实。

我没跟你讲过，有一年返乡，一大桌人吃饭，父亲高兴酒喝过量，那是我第一次见他流泪，他说他后悔当年没送我多读几年书，他认为我没上大学都这么有出息，上了大学就更不得了。且不说父亲的逻辑是否合理，这证明父亲心里多年来压着这件事。我们从未谈过这个问题，此后也不曾有任何沟通，这是乡村绝大部分的父子关系写照：一方面不习惯表达自己，另一方面的确很难像知识分子一样剖析自我与他人。

亲爱的V，你知道没书读曾是我多年的痛苦，一路上饱受歧视，有人问到总要遮遮掩掩，自卑自动转化为对父亲的怨恨。但你知道我刻苦求学并不仅仅因为这些。我读书是因为我热爱知识。你是唯一可以让我坦诚自在的人，你鼓励我赞赏我，我那时刚开始发表一些豆腐块——这事应该另起一篇，现在我只想跟你说父亲，说我在巴黎接到家人讯息时，那种深恐不能见着父亲最后一面的惊惶。

4

　　父亲在他生命的最后五年，经常去医院小住，很少麻烦子女。我们一直认为他是摆享受公费医疗的谱。他这辈子仗着拿工资养活一家人而专制独断，但对医生唯唯诺诺，药拿回来谁也不能动，每天吃很多种，空盒子存起来，死后积了一麻袋。他脾性冷硬得让人讨嫌，听不得任何反对意见，虽不再动手打人，但母亲还是怕他，不敢吱声。当然这些都是我听来的，有些事情仿佛因为距离太远传到我耳边时已经扭曲变形，我也以为那不过是一个老干部耍威风，跟着嘲笑他。而父亲独来独往，看病吃药，更勤奋地侍弄菜地，蔬菜一季季蓬勃旺盛，他的心脏却在我们的轻蔑讥讽中渐渐衰竭。

　　我们——多么不可饶恕的冷漠啊！

　　亲爱的V，我现在像写小说一样描述一个老人正不被察觉地走向死亡，他像忍受病痛一样隐瞒他将死的预感。事实上他曾有所流露，只不过这种警示如蜻蜓点水没有落在儿女心头。父亲去世前两年我回乡下，他带我在后园里转，大片花草是母亲的地盘，瓜菜塘荷属父亲的成果，没有谁的菜地像父亲的那样整齐肥沃。他指着那些新栽的灌木丛对我说："你哥哥太老实了，我现在画出地界线来，免得他以后受别人欺负。"我当时脑海里有过父亲在处理身后事的闪念，但并未往心里去——不妨这么说，我认为我不会为父亲的死亡难过，我在经济和物质上对父亲从不吝啬，但我从没认为我对父亲有多深的感情。

父亲的小腿被牛皮癣折磨，痒起来用刀刮得鲜血直流，我一直给他买昂贵的进口膏药缓解病情，也许我有为他的痛苦难过，但我从没让这种难过停留。我好像并不介意看到生活附加给父亲的惩罚。亲爱的V啊，你现在知道我有多残忍了吧，父亲将冷硬的光环遗传给了我，他要为天然的血液承担一部分责任——当然我现在不这么想了，我要跟你表达的，全都是我的愧疚之情。

在纽约大学演讲那天接到父亲住院的消息，我仍然以为那是一个老干部摆享受公费医疗的谱。我接着到巴黎准备另一场演讲。不知道你相不相信感应，到巴黎后我心绪不宁，我好像听到父亲的召唤。晚上九点，家人发来图片，父亲穿病服垂死的样子——不过半年未见，我向你描述过的那块孤傲固执冷漠无情的石头，像一团枯草萎缩，看起来将随时撒手人寰。

亲爱的V，我不得不提到我的二哥，他先于父亲半年病逝，死前半个月不再说一个字。我知道他至死都没有原谅父亲。二哥出殡时父亲昏厥倒地，精神与身体同时崩溃，一直在住院，家人最后迫不得已才告诉我病情。我连夜更换机票收拾行李穿过凌晨三点的巴黎赶早上六点半的航班，一路曲折到了机场跑来跑去居然看不到一个可以询问的工作人员。你不知道我多么着急，蓬头垢面一身汗，担心错过航班不能握一握父亲还活着的双手,看不到他灵活转动的眼睛迸出鲜活欣喜的光芒。各种懊悔在我心内翻动,如果我参加二哥的葬礼,我肯定会让父亲避开二哥出殡的时刻,我不会让老人经历那种场面——更何况连我自己都无法承受。也许家里人并没料到父亲会这么悲痛,大家看得见父亲和子女间冰冷的距离,却看不见父亲最深的内心。

我赶到医院时父亲鼻孔里插着塑料管,已经不会吞咽,但还认得我,谢天谢地。

5

生物钟和林中的鸟一样,我的苏醒是第一声鸟叫。光线刚刚够眼睛辨识事物的轮廓,那只老鹿便带着一只小鹿出现在周围,我听得见它们跑动,踩响枯枝,必须躲在帘子后观察,因为它们一旦发现你,就会迅速跑开。

你说,那会是一个父亲和它的女儿吗?

我们各自待在房间里写作,早午餐自己弄,厨房冰箱是满的,水果奶酪吐司果汁蔬菜什么都有,我带了一瓶自制剁辣椒,十来个人你尝尝他试试,很快就只剩下空瓶子。如果他们并不习惯但是出于客气友好甚至是文化尊重就那么尝掉了我赖以度日的剁辣椒,那便堪称两败俱伤。后来我想重做一瓶,跟采购员描述买什么样的辣椒,她总不得要领,有一回她的确买了 red pepper,那是包装好的红干椒。我不得不放弃了做剁辣椒的念想。

晚餐总是很正式,有专业厨师伺候。大长条餐桌,红葡萄酒白葡萄酒,汽水饮料,烤牛排、三文鱼、鸡扒、羊腿,沙拉……这时能看到所有驻地作家,走进餐厅时每个人神情恍惚似乎还陷在虚构中但都面露笑容相互问好,在美食的填充中精神渐渐饱满气氛趋于热烈,饭后意犹未尽总要端着残酒下桌烧旺壁炉——森林中的木头可是应有尽有啊,大雪纷飞时不烧难道要等到夏日酷暑吗?而我依恋这燃烧的炉火并不仅仅是享受暖融融的高谈阔论,我在青烟与木头的香味中想念父亲,不用费劲,过去的记忆轻易地闪现,有时泪眼模糊,所有人的眼睛都因火光投射出异常的亮点,我的悲伤就这样混迹在这些愉快美好熊熊燃烧的夜晚。

三年。生死两隔。万里之外。我没带父亲到过北京——他曾说他想去北京看看——我没带父亲到过任何地方,我根本没当回事,就像我没把父亲的牙齿当回事。他掉了一些牙齿,牙龈发炎,牙疼得吃不了饭——他说他想全部敲掉装假牙,我知道他指望我的经济支持。我的确考虑过,但考虑考虑就考虑忘了,因为我在遥远的地方见不到他吃饭时痛苦的样子,见不到他疼得辗转难熬的夜晚——在这些无理的借口后面,你一定再次发现了我的冷漠,任凭老父亲不得不放弃很多美食,得不到足够的营养补充——要知道在最艰难的过去,父亲也从没让我们挨饿啊!

愧疚锥心。但我从没向家人说起。

父亲走后的第一个春节，按习俗隆重祭拜完死者，我们烧柴烤火。树蔸子还没燃透，青烟格外浓烈。树皮冒着水泡与蒸汽，散发树木的芳香。每个人盯着树蔸子，等待它烧起来，以至于忘了说话。抹去烟熏的眼泪，掏挖火盆灰烬，抖掉裤腿上的烟灰，手探到火边灼烤冻疮，咳嗽清理嗓子，这些声音动作使沉默变得合理。当树蔸子噗的一声燃起来，绿火摇曳，青烟转白变淡，大家如释重负，似乎刚才都使了不少劲。

我的父亲曾经坐在竹椅上，皮肤像树蔸一样暗褐，纹路纵横，两只手抱着膝盖，听晚辈们说说笑笑，身上火光摇曳。树蔸子烧到最旺的时候，父亲的身影矮了下去，我发现原先在父亲屁股底下显得促狭的竹椅，已是宽豁有余。后来这竹椅一直空着，摆在火盆边，谁也没去坐。竹椅被父亲的身体打磨出玛瑙的色泽，浸润在火光中。

烤火间的一面墙上挂着蓑衣斗笠，草帽谷筛；另一面墙边码着父亲劈好的干柴，粗细分类，树蔸子独放一角；锄头耙子锹子镐堆在旮旯里。我们聚在烤火间，烧柴取暖，将陈年旧事和瓜子壳吐在火中。屋子中间垂着一根铁钩，几串腊肉悬在火堆上空，被烟熏得黑里泛黄，油光闪亮。青烟憋满一屋，缠裹着人类的情绪涌出门外。偶有邻居穿过青烟，进门蹭火，说起庄稼牲畜。火星炸溅，像小型烟花。烟灰如头皮屑落满肩头。每张脸都红通通的。

我们家的烤火间是村里有名的。熏得乌黑的墙壁证明了烧柴的历史。秋季劈柴是父亲一年中的头等大事，制造一个暖和的冬天，以及火光熊熊的大年夜，保障一大家人不受寒冷侵袭。每年父亲劈柴的样子并无不同：阳光中，地坪里，泡茶，磨斧，脱下外套，卷起衣袖，朝手心吐口唾沫，只听见叭——哐当——木头一分为二的声音。阳光震颤。我的童年浸染着木头的芳香。我嗅得出香樟、苦楝、梧桐、桑椹、柑橘等树木的不同气味。

模糊的人影在墙上颤动。火灰中烤得焦黄的糍粑，像癞蛤蟆一样鼓起来，火钳在糍粑爆开之前夹走了它，两只手将其拍来捣去，很快被嘴巴分食。我记得有一回，我们的注意力被糍粑吸引，父亲默默离开了烤火间。他起身时略有摇晃，手撑住椅背，那只手干枯龟裂，每一道深纹都是暗黑的。他跨门槛时扶住门框，脚尖磕到门槛，几乎摔倒。我们看见他稳住身体，没有人叫他小心，没人去扶他，等他消失在视线里，还低声议论父亲，说他像个大势已去的暴君，一个不能再发号施令的光杆司令，他能教训的，只剩下园里的鸡，圈里的猪，以及看见他就放平耳朵的狗了。

6

老 V，我一直在想，为什么有的事情非得要通过死亡才能解决。死亡像一把深镐，一下就挖出了压在岩石下的脆弱。死的岩浆流过父亲的皮肤，慢慢灼为焦土，但他眉目舒展，看上去在隐隐微笑。当强悍冷硬的父亲放弃与生活的抗争，变得如此慈眉善目——那正是我无数次幻想过的那种温和善良的父亲啊，难道只有死亡才能揭去一个人脸上的面具，灵魂才会因此水落石出，我们的眼睛才能透过死亡看清事物？那到底又是什么篡改了真实的父亲。

那一天我们烤着父亲挖出来的树蔸子，用语言围剿八十岁的父亲，翻出陈年老账。父亲没吃晚饭，待在房间里。母亲告知他在哭。谁也没去安慰他。我们紧攥着父亲对我们的亏欠不松手，有意要父亲反省。谁也不知道那次笑声飞扬的声讨对父亲造成多大的伤害。

亲爱的V，我愧于讲起这些，然而要搬开这压在胸口的巨石，正是我给你写信的目的，不因羞愧而逃避，不因扎心而放过自己，说出我们这些做子女的极不人道的一面。父亲挖出来的树蔸子炸出一把火星，燃过的部分像龙身，每一片龙鳞都是火红的。母亲一边用火钳戳下这些火鳞埋进灰罐中，存到夜里为房间加温。父亲的第一个曾孙正坐在他母亲的膝上玩火，点燃了手里的小树枝，划来划去咿呀说话。我记得父亲当时低声辩驳过，他说起他六岁便死了母亲，而他的父亲是个常年不着家的赌徒，也说起了自己用草绳捆住裤头放牛的饥饿生活。我们没当回事，甚至有人说"你那是在旧社会"草草了结父亲的真正苦难。

我们成年后都离开了父母，聚少离多。我们不知道年复一年父亲劈柴的声音有了变化，一斧子下去，木头一分为二的脆响听不到了，变得像啄木鸟似的，一斧一斧地啄。柴堆仍旧会高高地码起。大年夜依然火光熊熊。烟灰如落雪，将父亲的头发染得灰白，再也没有褪色。没有人体会父亲用斧头啄出来的柴火与劈出来的有什么不同，反倒羡慕别人家烧蜂窝煤，烤无烟炭，轻视父亲没有能力改善现状，抱怨父亲没有创造更好的生活条件。自私的我们从来没有想过半路出家当农民的父亲，他那被割伤、跌伤、碰伤、蚊叮虫咬，皮肤像斑驳老墙的双腿。

树蔸子卖力燃烧，情绪随火焰高涨。这并非一场蓄谋的声讨。但刀子已经扎进了父亲的心脏。父亲的脸颊通红，神色局促，他两眼盯着树蔸子，眼里火光明灭，没有人在乎那是不是泪。我们早就形成了习惯，回来聚我们的，聊我们的，似乎有意显示我们的独立自主，让父亲在自己的家里变成局外人。而父亲并不要求参与。他可能一上午就在杀鸡、剖鱼、清洁内脏——他知道谁爱吃鸡肝，谁爱吃鸡胗，谁喜欢鱼肠，谁对鱼脬情有独钟——我们打牌时，他在旁边瞄上两眼。这种状态持续了很多年。也许这便是中国乡村家族的典型特征，父辈与子辈间是两条永不相交的平行线，中间是浑浊不清的河流，或者荆棘错乱的荒野，仅仅因为血缘的关系，彼此遥望指认。拳头和冷漠、武断和固执，天性和习惯，这些东西在巩固并证明父辈的权威，我们从血缘的天然矿井中捡起缺乏形状的亲情，不得不承认自己的根源。

7

森林里气温格外底,空气都好像冻住了。湖面结了冰。雪还时不时地下。房间里暖气正好。我的书桌对着窗外的湖。高的树木和低的丛林。雪地上有动物的足迹。我们见过熊的脚印。亲爱的 V,我尽量扯一些题外话,以便我能够平静地讲下去。如果我控制不住情绪,就会语无伦次,一想到给我生命的那个人不在了,而他原本可以多活些年头,我就会敲打书桌,揪自己的头发。

亲爱的 V,当我到达病房,护士正在给父亲清洗口腔。父亲眼神呆滞,他看了我一眼,没有表情,他早已不在现实中了。他身上伸出来的管子连着屏幕闪烁的仪器,或者悬挂高处的瓶瓶罐罐。我并没有如自己设想的那样握住父亲的手,抚摸他额头的皱纹,也没有替他轻捶憋闷的胸口。我只是像个质检员捏了捏那些塑料管子,橡胶管子,阅读那些根本不认识的医学术语。

我也没去抚摸他被针扎得瘀青的手背。我不知道该做些什么,好像被忽然推到舞台上出演一个你根本不知道的角色。我甚至都不知道具体的病情,心肌梗死?阿尔茨海默病?中风?我没有问。可能全是。我第一次觉得一切交给医生大可放心,而且父亲有公费医疗也不必担心经济支出。我也不是完全没想过带父亲离开这个小医院,到省城的大医院治疗。但那只是一闪念。我马上想到买房欠下的债务，手头没有足够的资金——你知道，这也是借口，我完全有能力解决这个问题。

事实上，我们毫无道理地相信，在全家人的照顾下，父亲会好起来。我们还讨论了轮椅，好像等着霸道的父亲因此变成了一个顺从听话的父亲，照顾轮椅上的他远比平时和他相处更令人期待。

时间混乱黑白颠倒，父亲时而暴躁，时而呓语，形象癫狂。家人甚至请了民间巫师来医院给父亲驱邪。我知道这十分荒谬，我不信这些，但我没有反对。那一刻我理解了人们为什么迷信。

医生很快告知我们积水已经淹没心脏，父亲随时可能离开，他建议带老人回家。

我们的神经都很麻木。父亲鼻孔里插着的管子像大象的长牙。让人想笑更让人心酸。我们租了氧气罐，办了出院手续，扔掉了所有住院物品。父亲到家后意识突然十分清醒，和前来看他的乡亲说话，笑得十分开心，一点也不像将死之人。而我们则着手准备父亲的后事，订寿衣、纸钱、千年屋。这情景也算得上荒唐。当时整个现状都不太真实。我打开电脑选照片为父亲制作遗像。拷贝好照片开车去城里。

沿河的水泥公路有父亲的功劳，他找熟人争取了政府的拨款。车平稳地行进，河岸的风景变化很大但依然很美。我想起很多年前父亲吩咐我去镇里买农药的情景，酷日当头,地上热得烫脚,我踩着泥巴路上绵细的尘土,一路上咬牙切齿——我本可以躺在凉席上吹着阴凉的南风午睡,而父亲却等着农药去田里杀虫。我也想起从家门口望见父亲走在长堤上,用刚领到手的工资买回了猪肉和日常用品,不用多久厨房就将飘出辣椒炒肉的浓香。而现在以及此后的千年万年,父亲的身影再也不会出现在这河岸边。他再也看不到油菜花金黄,再也看不到河流静淌,大雪纷飞。再过几天,他的名字就会刻上一块木牌和祖先的牌位一起放在堂屋的神龛中。

在冲印店等待处理父亲的照片时,我接到家人的电话,说赶快回来,父亲不行了。

亲爱的,你可以想象我是怎么离开凌乱的市区,在一条两边民居的乡镇公路上把车开得鸡飞狗跳,比从巴黎往回赶还要惶恐。我大骂自己太愚蠢了,赶回来原本就是想陪伴父亲,关键时刻却跑到城里来弄照片。我不知道为什么满脑子想的是给父亲做一张什么样的遗像,就像一个家里失火的人慌张中只想到抢救那些无关紧要的东西。谢天谢地父亲在等我。就如我之前告诉你的,他伸出手臂挽住我的脖子耗尽最后一口气。

亲爱的,不知道你是否理解,父亲住院的那段时间,我们的家庭氛围达到前所未有的温馨,父亲清醒时像个听话的孩子,十分顺从依赖,我们得到了与父亲相处以来最轻松愉悦的时光,这时候我们都没想没有父亲是什么样的景象。

8

  我现在想跟你说一个小插曲。有天早上我正在厨房烤面包，那个在《纽约客》发表过诗歌的美国女诗人一进来便朝我大发脾气，她打开消毒碗柜拿出没洗的碟子朝我吼叫，语速极快声音很大，连续几分钟情绪激动到匪夷所思。一开始我是蒙的，慢慢才明白她是指责我将脏碟与消过毒的干净碟混在一起，不尊重她的劳动成果。我没说话，一半因为没整理出英语句子，一半在消化面临的莫名攻击。能这样安静地面对挑衅我也算是修炼有成。我默默洗净脏碟，晾在铁篮里，继续我的早餐。我想了三天没想明白，跟主管写了封信，要求女诗人道歉。主管认为最好由我自己跟女诗人沟通，因为我提出了种族歧视问题，一旦公开化事态就会非常严重。

  晚饭后照样在壁炉前聊天，大家准备回屋休息时我叫住了女诗人，我说有话跟她谈。我开门见山，微笑但也严峻地说脏碟不是我放的，我不知道你为什么指责我，我感觉受到了伤害，我现在要求你跟我道歉。我刚说完女诗人就已经泪流满面，哭得我乱了阵脚。我理解诗人的情绪但对她这样狂风骤雨毫无逻辑的表现还是感到困惑。她依旧语速飞快地说了一堆题外话，包括她的敏感、孤独、神经质，似乎也抱怨了生活艰难，等她缓下来说出她上个月死了父亲时，我一下子就原谅她了，道歉也不要了，也不管她父亲的死跟洗碗有什么关系，跟着她泪如雨下。

亲爱的V，过去你触摸到我内心的硬核，现在你可能感觉到父亲的死改变了我的整个性情与人生态度。那天晚上我跟女诗人聊了很久，火光中跳跃着我们各自的父亲映象，说的都是遗憾与后悔。她说她后悔搬去法国离父亲那么遥远，羡慕我守在父亲身边看着他离开，而她的父亲脑溢血骤死让人措手不及，死亡像一堵墙突然横在眼前，每天都在撞击她的额头。

我不知道骤死与病重衰亡哪一种会让亲人好受一点，人们总会将在医院的最后一段时间视为"尽了自己的责"，可是谁知道我们还有多少欠下的责？谁又愿意面对亲人饱受疾病折磨却无能为力的现实？V，你的父亲在医院住了好几年，最后在重症监护室待了几个月，依旧留下太多遗憾，他走后你一个人游历欧洲，你是否在旅行中想清楚了困扰你的情感，一个人没有了父亲他还能不能在世界上找到自己的根源和归宿。我知道很多人将父亲的死亡视为父亲使命的终结，他完成了将我们带到世界上来的任务，人们的注意力侧重于自己的儿女。但我相信你不会同意父亲的存在就是这么简单。父亲并不是以父亲的名义这么走一遭的，父亲的存在一定有更深的含义，不然为什么没了父亲我就感觉世界有一半被抹成了灰白，不然为什么我走到哪里心都会空空荡荡？

炉火将息时女诗人又加了一根柴。整个夜晚只有木头燃烧的声音。她准备写一组关于父亲的诗。我说到父亲本来可以看到我特意献给他的书,那本关于故乡与童年生活的绘本,记录了小时候和父亲钓鱼,随父亲进城的生活,还有我们当时的煤油灯、贫穷、棉花地,但不知何故,出版社忘了将我的献词印上扉页,父亲没看到"献给我的父亲",我也没有说出这个失误。

我在下半夜谈到了母亲。母亲也是在我们的烤火间火焰熊熊时,讲起了父亲挖树蔸的情景。根据母亲的描述,我的脑海里形成了活动的画面,那完全不同于父亲劈柴的样子。劈柴的父亲是从容的,即便是后来啄木鸟似的叩击,也能听出父亲对生活的信心与内心的执着。母亲说,从来没有哪一截木头,像这一个大树蔸那样让父亲精疲力竭。父亲不自觉流露出来的老态,让母亲担忧,她提议等孩子们回村一起挖,父亲却要逮住难得的秋阳暖日,尽快将树蔸子码进柴房里。为了打赢这场战役,他带上足够的枪支弹药,锄头、斧头、耙头、锹、镐、铲、锤,两碗米饭填饱胃,嚼着杯底的茶叶,戴上白线劳保手套冲锋上阵。父亲的身体已经弯了,这使他干活时显得虔诚,似乎对眼前的事物充满了敬重。他很容易够着地上的工具,但摆幅和力度只能做到七八成,挥砍和挖掘的姿势显得怪异。以前几根烟的工夫就可以挖出一个树蔸子,这一回却花了三四天。紧攀地球的茁壮树根,几乎耗尽了父亲余生的体力,将树蔸子挪出深坑,他在地上坐了很久。

我在父亲死后的第二个冬天才得知这些。我不得不离开烤火间在寒风中呼吸。远处是父亲劳作的田野,他葬在那里,坟上还没有长出杂草。

亲爱的 V,如果你知道我们就是烤着父亲耗尽体力挖出的大树蔸燃烧的火焰对他发起了那场集体围剿,你便能理解为什么我的心总会被火焰灼痛。Yaddo 的天空蔚蓝。我走在没有路径的腐叶上,森林里传来父亲的砍斫声,像啄木鸟一下一下地叩击树干。静默的每一棵树都在等着父亲的斧头,深埋的每一个树蔸都在等着父亲的挖掘。而我,一个普通的人类,却不知道自己在等待什么。

壁炉的柴火渐渐微弱。夜仿佛深到了地狱。女诗人说了一句"天快亮了",两个没有父亲的女人伸开双臂拥抱告别各自回房。那以后,晚餐时她总是坐在我旁边,一个共同的秘密使我们亲密有加。

9

父亲的手臂落下去,眼睛合上了,他的躯体变得很长。我托着父亲的下巴,抵合他只剩三颗牙齿的嘴。葬礼很隆重。一切都顺利如意——这么说有点荒唐,人都没了,哪来的顺利如意呢?但乡下讲究这个,一个美满的葬礼预示着时运的好转,活着的带着缅怀会有好的生活。五年前我给父亲拍的照片被做成了遗像,他穿着我买的黑呢大衣和格子围巾,日夜在墙壁上望着母亲。父亲的衣服叠得整整齐齐，仍旧放在衣柜最方便的位置。母亲一直在哭，动不动就流眼泪。这让我想到他们其实感情很好。

亲爱的 V，没有父亲的家空空荡荡。我在屋子周围走动，所有父亲到过的地方都成了父亲留下的遗迹。土地和蔬菜在想念我的父亲。我最后来到父亲的杂物间东翻西看，我不知道自己在找什么。这里堆积着旧书桌和废弃的老东西，挂着父亲劳动时穿的工作服。我摸了摸父亲用过的钳子扳手，修理绿化的大剪刀，喷洒农药的手动水箱……我打开书桌抽屉，里面有剩余的毛笔和宣纸，读烂了的《毛泽东选集》。一个用绳子呈十字状扎绑得像食品包封的东西吸引了我。那是一叠父亲的老病历，病历本封面印着毛主席语录，有一条是这么写的："应当积极地预防和医治人民的疾病，推广人民的医药卫生事业。"给父亲看病的医生恐怕早已故去，他们用难懂的字写下不同的病症：瘀伤、肝区疼痛、右上腹隐痛、经骨痛、头疼、肺部如针刺、因外力打击导致脑震荡……

我对父亲的病史一无所知。我没去问母亲是什么外力打击，她现在不宜回顾四十多年前的事情。她需要平静。

离开时我带走了那些病历本。我珍藏着父亲的疼痛。母亲在夏天告诉我，我撒在父亲墓地的波斯菊花籽已经遍地鲜花。你知道那盛开的全是我的愧疚。

亲爱的 V，你说，我的父亲会原谅我吗？

接骨木酱

做丈夫的决定去绝育。这事他考虑已久，仔细研阅了很多资料，追踪了一些绝育案例，权威杂志上《论输精管结扎术》的科普文章，消除了他最后的顾虑。

结婚三年，避孕像一场永无止境的战斗，困扰着做丈夫的和做妻子的。那也是吃美食时嚼到沙粒的感觉。做妻子的两次被扩宫器撑得眼泪汪汪，承受着钳刮时的撕裂感。做丈夫的爱莫能助，想到两个人做的事，却由妻子一人承担，心里愧疚，如果不采取革命性的避孕措施，这件事会彻底破坏他们的感情，摧毁他们的生活。

做丈夫的早就发现，他们的赤裸并不自由，在理当飞翔的时刻，脑子里却想着别让精子着床，这不可避免地影响到性事的纯粹与欢愉。每次行房就像一场高难度的狩猎，围堵与捕获，既要开枪发射，又不能伤害猎物。做丈夫的虽说技艺娴熟，但避孕程序难免会伤害浪漫与趣味。从天性来说，狩猎的乐趣在于原始，在于野蛮，在于扣动扳机时的毫无杂念，以及猎物应声倒地的欢愉高潮。

"输精管结扎，不过是术后贴个创口贴的小事。"做丈夫的向妻子描述男性绝育。他经历了几段感情后才遇到妻子。妻子是早产儿，体质弱，性格强，欲望丰满，两人节奏合拍，所谓琴瑟和谐，大抵就是那样。两次意外怀孕之后，流产给妻子带来了负面影响，她开始畏惧冷水和风寒。做丈夫的生在农村，见过母亲绝育的伤疤，他对女性的同情心是自小建立的。女人们承担了怀胎之累，生产之痛、哺育之苦，避孕或绝育的责任不应该落在她们头上，他很早就发誓，将来一定要保护自己的女人，而这个时刻已经来临。

妻子的身体薄薄的，但前胸尖挺，有一股坚毅的力量。夫妻两人都对生养孩子没有兴趣，不愿在鸡毛蒜皮的日常中消耗生命。做妻子的有一个重要的观点，她认为受孕和生产是对女性的物化。上帝在造完人之后说，"要生养众多"，这是对女性的惩罚，要她们作为孕育母体，在生养过程中完成救赎，痛苦重生，才能获得社会尊重和家庭地位。

做妻子的对丈夫绝育的想法感到意外，她心里有一些根深蒂固的东西。从世俗层面来说，丈夫绝育，就会成为打上引号的男人，而她则是一个打上引号的男人的妻子，她知道人们的眼光，知道他们如何看待同性恋、变性人，以及其他特殊人群。

"既然是创口贴能解决的小手术，简便无副作用，为什么没见推广普及？"做妻子的想到公公婆婆将轻易粉碎丈夫的异想天开，也就懒得反对，只是随口提出一个质疑，仿佛在一场辩论中早就占了上风，定了胜负。

"在某种程度上，男人的生育自主权是受到侵犯的……"做丈夫的说，"有些人意外使女人怀孕了，他就不得不结婚当父亲，抚养孩子，不管他愿不愿意……这种附加的生活压力，会导致男性心理扭曲。"

"子宫是危险物。"做妻子的说。

"这就是为什么一说到绝育，人们理所当然地让女人去结扎，这是不公平的。"做丈夫的说道，"输卵管在腹腔深地，比处理输精管要复杂麻烦得多。你也知道，我的母亲，你的阿姨，结扎后都留下了后遗症。"

做妻子的承认这一点。

"我不想你受那种苦。"做丈夫的说得动情，"我不会让我的女人遭那种罪。"

就着宁静与温馨的灯光，做丈夫的即兴给了妻子一次高度愉悦，事后将那篇权威著作摊开在妻子面前，给她朗读他画了红线的重点部分。做妻子的在潮水涨退间脱胎换骨，最后只是面颊绯红地笑笑，说他的身体他自己做主。

做丈夫的是一个网络主播，以说历史为主。像他这样年轻、做自媒体混得风生水起的不少，通常是做吃喝玩乐的主题，严肃的历史内容获得成功的并不多见。做丈夫的有自己的语言与风格，亦庄亦谐，不清高，不媚俗，不胡说八道，是自己真正嚼透了的知识。妻子就是从一名听众发展而成的。她现在攻读博士，研究明代史。两人志同道合，当下年轻人五花八门的享乐方式，远不如查究一件久远的小事更吸引他们。

去医院的前一夜,做丈夫的铆足劲让妻子腾云驾雾,自己也睡了一个好觉,早上出门前洗干净身体,摸了摸即将接受切割的根茎,安慰它,鼓励它像个真正的男子汉一样接受生活考验,承担生活责任。在路上他的思绪走偏了一阵,忧虑一度占据上风,明晃晃的刀光在眼前晃动,但他随即意识到,那是清晨的第一缕阳光。

做丈夫的从阳光中看到了自由与解放。

一系列术前检查,一切正常。做丈夫的身体非常健康。戴眼镜的老医生称赞了这一点,说在这样的环境中,很少人能保持这么完美的均衡数值,紧接着问他是否真正了解输精管绝育术。做丈夫的心里突然一个踉跄,以为自己漏掉了什么重要信息。直到医生重复他早已烂熟于胸的内容,他才松了一口气。

"我对这个手术非常了解,做好了充分的准备。"

"结婚了没有?"医生一边问,一边做记录。

"结了。"做丈夫的答。

"是否征得妻子同意?"

"这事……我自己做主。"

"如果未婚,需要监护人同意。"医生的废话证明,他正在履行职责,让患者知晓医院的规定。

"一个成年人,有完全民事行为能力,不需要监护人。"做丈夫的显示他受过教育。

"你妻子同意吗?"医生又问了一次。

"她说了,各人的身体,各自做主。"做丈夫的回答。

医生的笔悬在纸上,仿佛思绪凝结。

"既然是小手术,手续就更简易了。"做丈夫的推进一步。

"有孩子吗?"

"没有。"

医生掷下了笔,面色忽然舒展。

"我们不打算要。"做丈夫的及时补充。

医生直起腰,靠向椅背长吁一口气,伏到桌子前,摘下眼镜盯着眼前的患者,仿佛这样看得清楚一些。与此同时,大堆的责任感从四面八方迅速围拢过来,簇拥着他松弛的五官:

"年轻人啊……我认为,你应该再花时间慎重考虑一下,目光长远一点,要考虑整个家庭,未来,而不仅仅是眼前……安全套、上环、药物控制……这些常见的避孕方式,还是行之有效的,大家不都做得挺好的嘛。"

"我们不要孩子,这是深思熟虑的结果。"做丈夫的说道。

"过几年,你们就不会这么想了……尤其是女人,"医生露出神秘的微笑,"母性这东西,一旦涌出,就会像洪水一样。"

"不会的。"做丈夫的倒像在安慰医生。

"除非人的天性到你们这一代真的产生了变化……"医生重新戴上眼镜,患者的固执己见,令他颇不耐烦。

"身体也是建筑,建筑是讲风水的。"医生撇下患者自言自语,转身从书柜里抽出一张《输精管结扎术知情同意书》,他没有立刻交给做丈夫的阅读签字,而是起身给空杯续水。他慢腾腾地,以便他的患者抓住机会,在最后一刻改变主意。他甚至拿着保温杯去了一趟隔壁办公室,在那里和人交谈什么。但他的患者并没有让他如愿。

除了陪妻子堕胎,做丈夫的没来过医院。他低头看着同意书,看到自己的名字与"患者"连在一起,心里生出荒诞感。医生说他的身体相当棒,这意味着他是一个非常健康的患者。他笑着摇摇头,差一点打电话和妻子讨论这一刻的感受。

做丈夫的坐在等候区。"手术室"那三个猩红大字,使他的心脏跳动加快。成为"患者"之后,他才意识到医院有一张冰冷现实的脸,一双咄咄逼人的眼睛,迫使人一踏入这块领地,就自动产生一股坚强独立的意志,以便更好地对付疼痛与不幸,任何病人所能依赖的,只有药物和明晃晃的手术刀。

做丈夫的拿出袖珍本《论语》,读点什么能使内心安宁,这是他的经验。其间他收到妻子的短讯:

"导师把两岁的儿子带到学校来了,所有人都在逗他玩。"

妻子的陈述句平淡客观,类似于"上课时间到了","在食堂吃午饭""走路到图书馆需要十分钟",没显示任何感情与温度。如果此时她打电话说,"导师把两岁的儿子带到学校来了,所有人都在逗他玩",做丈夫的兴许能从她的语气中察觉出某种隐约的母爱苗头,而这一苗头定会引起他的警惕,他不会轻易走进手术室。

正读到"子曰:'朝闻道,夕死可矣。'",听见护士叫"郑学史",做丈夫的心里有惊鸟腾飞。他朝护士扬了扬手,将书插进口袋,站起来,非常淡定地跟随护士的脚步。这个全世界最健康的患者,一个有五十万追随者的主播,在一个刚毕业入行的小护士面前,乖巧顺从。小护士甜美可爱,笑起来不遗余力,她明亮薄脆的声音让患者情绪放松。说笑间就到了住院病室。

"医生不是说,门诊小手术不用住院的吗?"做丈夫的惊问。

"是不用住院,但手术流程就是这样的。"小护士一边说话,一边给他戴上塑料手环,上面写着他的名字和年龄信息。她嘱咐他换上病号服,在自己的床位歇息,等着完成一些术前准备工作。出门前她扭头告诉他,床头有一个呼唤铃,有什么需要尽管按响,她随时都在,说罢嫣然一笑,飘然而去,颇像聊斋里面的角色。

紫白条纹服摆在床头,叠得方方正正。做丈夫的将它们穿在身上,举起戴环的手臂自我欣赏了一下,这一身行头让他对即将发生的事情产生了一丝恐惧,他感到不安,就好像他是被动推到这个境地的。他坐在床沿,开始用手机搜索绝育手术信息,渐渐稳下心来,确信他做的是一个有科学依据、有理论支撑的深思熟虑的决定。他甚至读了一篇令人振奋的短文，这篇文章描述，在欧美国家，男性结扎被广泛接受，这是通过两百多年来的两次避孕转型与两性性别平等运动结合而实现的。第一阶段发生在18世纪末期至20世纪初期。第一次避孕转型与第一波平等运动相结合，男性避孕与男性气质的关系，由相矛盾变为相融合，男性通过禁欲节欲等传统方式承担避孕责任。第二阶段为20世纪60年代至今，第二次避孕转型与第二次性别平等运动相结合，在政府很少干预避孕选择，相关团体提供高质量服务的前提下，许多男性自愿选择结扎手术来承担避孕责任，这成为男性气质的新特征。

"男性气质的新特征"，做丈夫的喜欢这句话，这与他的想法不谋而合。男性结扎，在精神和生理上会形成太监特征，这只是男人的借口。避孕的责任不应该落在女性的肩上，这正是显示男性担当与男性气质的时候。做丈夫的从低落的士气中重新抬起了头。当那位面容姣好的小护士再度出现，他朝她愉快地微笑，心里祝愿她也会遇到一个为了保护她而自愿绝育的丈夫。

"6号床，请去备皮。"小护士脆脆地说道。

做丈夫的自然知道什么是备皮。这意味着小护士要用她那双嫩白的小手给他清洁手术区域，刮除体毛，用碘伏擦洗皮肤，目的是在不损伤皮肤完整性的前提下减少皮肤细菌数量，降低术后切口感染率。做丈夫的庆幸早上明智地洗了淋浴，接着想了想自己私处，尺寸和形状都算正常，不必自卑，但不确定在小护士工作的过程中会产生什么变化。

做丈夫的怀着忐忑跟随小护士进了一个专用间，一个五十多岁的男护工早已在此恭候。小护士办完交接手续，再一次飘然而去。私处不用袒露在小护士面前，做丈夫的松了一口气，可眼前这男护工令他生畏，情愿将私处交给小护士，而不是眼前这个屠夫般的家伙。

男护工果然手脚粗重，他用刨土豆的现实主义手法完成了手头的工作。做丈夫的惊出一身冷汗。他按要求摘下结婚戒指和所有饰物，东西全部放到自助寄物柜。寄物柜吐出一张纸条，上面是取件密码，做丈夫的一时不知道拿这张纸条怎么办，于是紧紧地攥在手里。彼时男护工已经推来了手术床，他迈着锅炉工一样的步子，这让做丈夫的觉得自己是一堆可燃物。他遵命脱下病号服反穿，然后躺上手术床。这时候的男护工显露出一股莫名的权威，粗壮的身体散发出霸凌味，以及——也许是长期给患者备皮造就的——见多识广的自信。

手术室气氛森然，仿佛到了科幻世界。无影灯使做丈夫的脑海一片空白。他仰面躺着，直视惨白的灯光。余光看见主刀医师正从容不迫地戴上橡胶手套，手指舞动间，助理们麻利地准备手术器械，凌波微步，嘴里却谈论着股市中的小道消息，纤细清脆的金属声响在寂静的手术室轰鸣。

"手术时间需要多久?"做丈夫的提出一个他已知的问题,只是想提醒助理们,他们的心思应该从股票市场回到手术中来,集中精力工作。他感觉自己就像在危险的山路绕行的大巴乘客,司机不但不专心驾驶,还漫不经心地和别人说说笑笑,手舞足蹈。乘客难免不提心吊胆。

"很快就好。别紧张,我们随意聊天,也是为了让你放松情绪。"其中一个助理回答道,他包裹得只剩眼睛,听声音是男的。

"你准备好了吧?我现在要开始打麻药了。"麻醉师的声音是雌性的,"会有一点点疼。不过,你感觉到疼的时候,疼就结束了。"

做丈夫的感觉麻醉师的话有点玄妙,不觉稍微品咂了一下。而此时麻醉师的手指开始在阴囊摸索,他的耳朵看见她的左手拇指和中指在阴囊的前外方寻找输精管,将这根坚韧的祸根固定于皮肤之下,紧紧地捏住它,开始进针推药,一股转瞬即逝的刺痛之后,药液迅速弥散到输精管的周围,他感到下面被一层厚茧包裹起来,产生了重压和紧绷感。那个被妻子无数次抚摸的敏感之地,变成了一截木头。

做丈夫的知道全部理论上的手术细节,在脑海里清晰地进行了这场绝育术:

一把小尖刀从局麻针眼处切开几毫米,分离钳固定输精管,沿输精管纵轴稍加分离,将输精管固定钳伸入切口中,夹住输精管并牵出切口外;蚊式钳分离输精管鞘膜及血管,将输精管游离出一厘米左右,用两把蚊式止血钳,在分离段的上下钳夹输精管,随后去掉固定钳;剪断、结扎游离的输精管部分,以止血钳捻挫,用1号丝线结扎两端。提起结扎线剪去输精管约一厘米,检查无出血,剪断结扎线。将分离的断端用精索外筋膜将其与远端隔离,然后纳入皮肤创口内,止血。同法处理另侧输精管。术毕用无菌纱布覆盖创口,胶布固定。

做丈夫的在脑海中完成了手术,现实中的手术却没还结束,橡皮手仍在他两腿间忙碌。他担心节外生枝,想到手术中可能发生的小概率事件,万一正好发生在自己身上……不觉惶恐起来,后悔如一道闪电,令手术室的光线更加苍白。

时间慢得令人窒息。他正要开口询问医生,忽然闻到一股烤肉焦味,他知道高频电刀在灼烧输精管的切口。手术结束了。

男护工将做丈夫的推进住院病房,像卸下一车煤一样将患者倒入病床,一个字不说就推着手术车走了。做丈夫的在床上歇了一会儿,试着下地转了几圈,决定立即出院回家。要去拿取柜中衣物时,才发现紧攥手中的密码纸条早就不知去向。

他按响了床头的呼叫铃。

小护士很快出现。她仿佛忽然成熟了十岁,慢条斯理,微笑像一朵假花,说话时不看他的眼睛,也不停下在本子上做记录的手。她是他术后见到的第一个女性,她让他一下子就看到了他和手术前的自己之间有一道清晰的鸿沟，而她显然是站在术前的他那一边，鸿沟这边只有术后的他自己，像崖边枯草般孤零零的。

小护士打开了储物柜。做丈夫的取出自己的物品，转身离开时听到储物柜啪的一响，他感到自己被关在了黑暗中。

做妻子的在晚餐时得知丈夫已经做了绝育手术，就吃不下饭了。这么大的事瞒着她，去医院之前也不声张，作为妻子，她不知情，"没得到尊重"，似乎是她悲伤的理由。

做丈夫的耳边又响起储物柜关闭时啪的声响。他知道那不是自然产生的，而是归功于小护士手中的力道。那声响甚至震疼了他的手术部位。

小护士毕竟是一个不相干的女人，做丈夫的很快淡忘了医院发生的不快，但眼下妻子的表现让他手足无措。他捕捉不到妻子哭泣的真正原因。他回顾了他们此前的交谈，她说了他的身体他自己做主，因此绝育是他们商量一致的决定。他之所以独自行动，是因为这种小手术没必要浪费妻子的时间，她陪着去医院显得小题大做。他们夫妻间彼此依赖，彼此独立，每个人都有足够的行动能力，以及自我支配的时间和空间。

"你爸妈都同意了？"做妻子的止住了眼泪。

"这是我们的生活，不必事事和他们相商。"做丈夫的回答。

"身体发肤，受之父母，你至少也应该和他们沟通一下。"做妻子的勉强说出这一句。她对这事原是胸有成竹的，尽管丈夫没有传宗接代的压力，但绝育这件事肯定行不通，这一刀仍会被视为刻在家族荣辱柱上不光彩的一道印痕，公公婆婆是一道真正的大坝，他们绝对不会决堤。只是做妻子的万万没有料到，丈夫会绕开父母这一关，那一道岿然大坝根本没有派上用场。

"我妈会以命来要挟……所以这样是最省事的。"做丈夫的说道，"不过我们还是得保守这个秘密，避免他们血压升高，心脏犯病。"

当天晚上，做丈夫的伤口渗血，妻子大惊失色。所幸只是内裤摩擦引起，并无大碍，但整个夜晚失去了往日的温馨与安宁。做丈夫的直挺挺地躺着，不敢乱动，做妻子的除了抚摸他的头发，象征性地宽慰，没有更多的肢体接触，她甚至将被子在他们之间压下一条隔离线。夜色像往常一样在屋子里涌动。她安静得仿佛没有呼吸。他不由得伸手摸了摸她的胸口，检查那里是否还在起伏，且轻轻搓揉了两下。她的身体一贯敏感，往常他这么做，她总会迎上来，向他敞开。但也许是睡得太沉，也许是保护他的伤口，她很安静，连手指头都没动一下。

做妻子的很早就去了学校，说要替导师讲一堂课。门咔嚓关上，做丈夫的感觉自己被抛弃在黑暗中。妻子的变化,像小护士那样明显。他几乎一夜未眠,也没翻身。床上睡出一个人形印,仿佛是过于沉重的心理碾压出来的。

做丈夫的胯下微疼,他起了床,迈着外八字,像小脚老太般小心移动。先是拿镜子检查了伤口,一切正常,又对着镜子审视自己的脸,下巴上的胡髭还在,甚至比昨天更长。他放下心来。吃了培根和鸡蛋,开始准备视频内容,这一期他要谈"东林党的崛起与小说的繁荣"。

妻子带回他喜欢的芹菜饺子,考虑到术后宜食清淡,辛辣暂时从食谱中删除,她还在餐馆定做了清汤柴鱼片,说是术后补血,就像他动了什么失血过多的大手术。她的情绪有所回暖。他们和平常一样吃饭说话,交换各自的所见所闻和手头工作,家里老人的情绪动态,周末安排。重点聊了东林党。做丈夫的感到生活的车轮磕到一块石头,轻轻颠过去便回到了正轨。

其间有一阵仿佛话题聊尽,做妻子的咀嚼着沉默。

"有关这个手术的医学知识,我简直是一无所知。"做妻子的重新开了口。今天一整天,她都有种莫名的破碎感。脑海里总是浮现小时候看阉鸡和劁猪的情景。那些沾着血丝的小睾丸泡在清水中,因为富含蛋白质、氨基酸、脂肪、微量元素,补肾益肺,最终会烹成美食入肚。被摘掉睾丸的禽畜,没有性欲的干扰,会专注于长肉。最初她以为男人绝育也是这样。

"那么……精子都去哪儿了?"她问。

"被身体内的其他细胞分解和吸收了。"他无所不知。

"现在感觉怎么样?"

"有点疼。医生说,顶多一个月完全恢复正常。"

"有没有觉得……哪儿堵住了?"

"没有。"

"万一不能被身体及时吸收呢?"

"也许会影响附睾功能。医学上从来没有百分之百的准确,总有这样那样的可能。"

两人语气轻描淡写,仿佛谈论天气预报。做妻子的没再追究"尊重"的问题,也没有表现担忧和顾虑,就像一个母亲原谅玩泥巴弄脏了衣裤的孩子。做丈夫的不是有敏感神经和敏锐洞察力的艺术家,主管艺术的脑半球不发达,他擅长事实分析与逻辑推理,他很满意妻子一贯的开明大气与独立自强,理想的灵魂伴侣不过如此。

他们的生活平稳前进,各自工作学习,一起吃饭睡觉,选一部电影共同欣赏。为了不影响睾丸恢复,做妻子的规规矩矩地坐着,不再靠在丈夫的肩头,也不会将腿搁在他的大腿上。当电影中出现性爱场景时,她不会表现亲昵,而是保持面色冷峻,或者突然掐掉遥控器。历史片或纪录片是最安全的,里面没有男欢女爱的场面,且将他们带入对历史的思索中,忘却彼此的身体。他们更多地讨论历史话题,悬案和争议,严肃的如"西出函关,老子去了哪里?",好玩的如"李贽是否惯于狎妓"。仿佛一场禁欲实验，他们没越雷池一步，尤其是做妻子的，过去她总喜欢说带性暗示的双关隐喻，增加私生活情趣，但现在她连一句荤话都不讲了，以无可厚非的冷淡协助丈夫术后康复。

术后狩猎生活的第一夜，老将试用新兵器，做丈夫的暗自紧张，要是吃了败仗，心里留下阴影，未来可能一蹶不振。他从订晚餐开始为狩猎做铺垫。平时通常去川味火锅、韩国烧烤大快朵颐，出于首战告捷的迫切心情，做丈夫的选择了吃环境，去了烛光摇曳的意大利餐厅。他和妻子穿戴体面，配得上身穿白衬衣，领口系着蝴蝶结的侍者服务。餐桌上，细高的白瓷花瓶里插着一枝年轻的粉色玫瑰，离凋谢还早。妻子的脸在烛光的映照下棱角清晰，略显憔悴，也许是导师派活太多，论文压力太大。做丈夫的心疼妻子，从烛光上方伸手过去摸她的脸，这造成了一大片阴影，妻子脸上的光暗了下来。她用手提住那只即将触碰到脸上的手，自然地推送回去，说我们喝点红酒吧。做妻子的以前嫌红酒又酸又涩，这时主动提出来，不过是急中生智，掩饰被丈夫摸脸时的厌烦心理。

红酒佐牛扒，外加芝士浓汤，水果沙拉。吃得风调雨顺，国泰民安。但很快做妻子的肚子里就起了暴乱，腹痛，恶心，呼吸困难。这一晚在医院度过。居然是蓝莓过敏，幸亏抢救及时。狩猎生活因此推迟了三晚。这是一次煞有介事的性交，混杂着"实践是检验真理的唯一标准"的科学态度，做丈夫的和做妻子的都有点紧张。万事俱备，只欠东风，风筝总放不上去，它低空挣扎了一会儿，败下阵来。直到天亮前终于起了风，做丈夫的在妻子半梦半醒中将风筝放上了天。

山河依旧。

心中的石头落地。

做丈夫的一心想着用解放和自由的肉体创造狩猎新境界，不知道绝育对妻子的打击日渐沉重。剪断的是他的输精管，她的心里却空了一截，心河断了流，一端堵塞，另一端空空荡荡。她总觉得不对劲。有人不经意间问起她的丈夫，她就一阵心虚，仿佛别人已经知道她的丈夫是个绝育的男人，一个不能让女人肚子鼓起来的男人。

时间在隐秘的不安中流逝。术后的生活并不符合做丈夫的想象。身体解放了，精神却陷入了困顿。他们的婚姻越来越淡，妻子的表现越来越机械，他自己也渐渐失去狩猎的兴趣。最可怕的是，妻子的心理发生了连她本人也没料到的惊恐变化，母性的幼苗破土而出，迅速生长，转眼变成茁壮的渴望——她想要孩子。

做妻子的未按常规出牌，没走通俗路线，比如说指责埋怨，哭闹折腾；也没做高雅姿态，比如说坦诚沟通，分居冷静，协商离婚，等等。她像历史一样平静。她隐藏着内心对孩子的渴望，也不表露三十五岁之际，因受孕概率日渐降低而心急如焚。她是一个深谋远虑的人。在绝育问题上，她的策略没错，倘若丈夫不绕开父母这一关，她"兵不血刃"便能悄然获胜，还获得"开明大度"的美誉。她博士毕业留校任教，学业优秀不是决定因素，现实中的谋划与心机才是关键。她是个要强的人，做什么总能成功，三十五年过去，大大小小的梦想都接连实现了，包括三十岁结婚。她总是有自己的路数，这些路数做丈夫的是摸不清的，这是发生在她那个空间里的事情，正如发生在他空间里的事情，她也有所不知，比如他与粉丝私信互动，言语暧昧，甚至还有心跳加速的见面，这些小情调是婚姻的润滑剂，她们都不如妻子那么称心如意。

结婚五周年，做丈夫的提议去欧洲旅行，妻子因课程太多未能成行，连周末驾车短途外出也抽不出空，他这才意识到，他们的婚姻可能出了问题。他想和妻子认真谈谈，又觉得无从说起。他要沟通的问题，是一个看不见、摸不着、说不出的问题，当他试图用语言整理出来的时候，自己率先推翻了这个疑问，因为他发现，妻子的问题和他的问题密不可分，可能是他的问题导致了一个结果，而这个结果反过来影响着他。总之，要从婚姻这乱线团中梳理出谁对谁错，就好比追究先有鸡还是先有蛋。

做丈夫的思绪堵塞，越发想去郊外呼吸新鲜空气，又不愿只身前往，于是约了一个女粉丝，同赏密云的自然风光，在水库边的别墅区住了一晚，其间是否和女粉丝有故事，不得而知，至少他回家时看不出异样。妻子也未询问他外面这一夜是怎么睡的，还建议其他驾车值得一去的地方，比如怀柔汤河口，平谷雕窝村。妻子知道这些他不知道的地方，也意味着她的某一部分他所不了解的生活浮出水面。某种没来由的障碍阻止他询问妻子是否去过这些地方，何日何时与何人同行。他和她之间缺乏轻松自如的聊天环境，这会使一个普通的疑问变成质问，信任是他们坚实的基础，他不会打破这一层。

这一天，做妻子的主动提出去东边吃饭。餐馆是她预订的，三里屯的西班牙餐厅，在一栋白色建筑里。他热爱这里的海鲜焗饭，她喜欢他们的接骨木酱。这里的清静和灯光，适合正经谈话，天大的事，也不会有人在这样的地方大发脾气，顶多是黑着脸拂袖而去。

做丈夫的和做妻子的有一搭没一搭说着无关紧要的话，不急不缓地吃着桌上的食物，慢悠悠地喝掉半瓶白葡萄酒，一切都显得松散、随意，是那种不像有晴天霹雳的好天气，做丈夫的没有察觉到，乌云正从远处滚滚而来。

"我想告诉你一件事……"做妻子的空着双手放在桌面上，这个姿势不像是理亏的一方，更像是平等谈判，"首先，这不是谁对谁错的问题，我希望你站在高处往下看，俯瞰有助于理解发生在我们生活中的事。"

做丈夫的早就期待着和妻子做这样的坦诚沟通，好几次想过把问题放到桌面上来谈，但害怕得出不愿意看到的结论和不愿意面对的真相，他指望时间会从中调剂，问题会自行消化。

"有些复杂的事情，的确不是简单的对错可以定义的。"做丈夫的说道，"婚姻应该是相互理解和包容。"

"我知道你是一个有大气量的男人，包容我，支持我的学业和事业。"做妻子的很诚恳，"最近这一年多，很奇怪，我忽然很喜欢孩子。看到别人推着婴儿散步，我羡慕，也嫉妒，渐渐地竟然到了垂涎三尺的地步。我尝试过压制这股情感……但是，在这件事情上……我发现自己是那么的软弱……"

做丈夫的虽不能从妻子的这段话中得出任何结论，脑子里却已有不祥的黑鸟聒噪起来，耳朵像喇叭伸到她嘴唇边，眼睛注视着她盘子里残留的接骨木酱，像陈血，黑中带红。

"我考虑了三天，我想我应该告诉你……"做妻子的逼视着丈夫面前的刀叉，"我怀孕了。"

黑鸟哗啦啦从林子里飞起，呱呱乱叫着隐遁天际，瞬间是死一样的安静。

忽然，做丈夫的眼里闪现一丝灵光，仿佛溺水者抓住了一根稻草，获得了求生的希望。

"无论是医学理论，还是现实生活……都证明存在绝育后怀孕……这样的小概率事件。"他几乎是喏嚅着，舌尖无声地击打着牙齿，"……也许是天意，上天感觉我们的生活中缺了点什么……垂怜我们这种人畜无害的好人，所以……"

"不，不是那样的……"做妻子的打断了丈夫的呓语，"我怀的是别人的孩子。"

做丈夫的头像枯萎的花朵般耷拉下来，又缓慢地放下双手，搁在自己的大腿上，这样她看不见它们紧攥时青筋暴露的样子。

他扭头凝视着窗外。

天已经黑了，路灯昏黄的火光，灼烧着悬铃木树叶的边缘，疼痛使它们在微风中轻轻颤抖。

"任何时候我都会保护你，因为你是我爱的女人，我的妻子。"做丈夫的回过头来说道，他的肘关节撑着桌面，双手十指交握，"让我们共同来抚养这个孩子。"

"不，我不是这个意思……"做妻子的摇摇头，"而且……这对你也不公平。"

"你要离婚？"

"是。"

"然后和他结婚？"

"不，他并不知道这事。"

"为什么不告诉他？"

"……他有家室。"

"也许……你可以告诉我,他是谁?"

"不,这是我的隐私。"

"我是你的丈夫,也是你的朋友。"

"我不会告诉任何人。我会自己抚养。"

做丈夫的丝毫没有为难妻子,仿佛这也是他内心的意愿似的。他平静地签署了离婚协议,其间连一句高声的话都没说,紧抿着嘴努力维护一个男人的尊严,给妻子留下最后的印象,最好的印象。她曾经是他的女人,他始终会保护她,成全她,也让她看到她失去了一个打掉牙齿往肚子里吞的英雄,一个生活中的善人,一个婚姻中的典范,一个爱护女性的女性主义者……也许某一刻她可能回心转意,或成为她未来回心转意的因素。可以说这是爱情,也可以说这是阴谋。

他藏匿着内心的滔天巨浪。

妻子没谈婚后财产分割问题,房子是他婚前买的,即便是婚后财产,她也知趣不会索要。接下来找房子,搬家,收拾新居,都是丈夫主动帮她完成的,他的关照无微不至,甚至还把自己的路虎留给了她,说她和孩子更需要用车。这一切的确使做妻子的愈加愧疚,感觉自己辜负了一个顶天立地的好男人,甚至偶尔感到自己仍深爱着他。她也伤心,他们的婚姻原本是一只新鲜、汁水饱满的苹果,但他擅自去绝育,这是苹果被碰伤的部分,腐烂是从这里开始的。

　　几个相熟的人得知这对恩爱夫妻突然离婚，莫不惊诧，待发现做妻子的已有身孕，更觉得匪夷所思。观察他们离婚后的情形，似乎是做丈夫的犯了比较严重的错误，因而一直在努力表现，以求得妻子的谅解。

　　做丈夫的工作没受离婚影响，他的视频正常更新，在镜头前侃侃而谈，激情饱满，甚至比之前更具感染力。没有人能看出他内心涌动着巨大的悲伤、愤怒、怨恨，以及某种疯狂的嫉妒。这些负面的情绪交替，轮流主宰他的精神世界，浪头似的打得他晕头转向。时而悲伤覆盖，时而"愤怒"称霸，时而"嫉妒"为王——他不是嫉妒妻子与别人上了床，而是嫉妒那个人的精子着了她的床。

　　做丈夫的也不是完全没有察觉到他绝育之后妻子的变化，她那些若隐若现的表情，他们关系的微妙转折。他只是习惯于绕开，让时间磨钝现实的锋芒。这里头也包含他对妻子的爱，对婚姻的自信，相信他们之间牢固的感情基石，抵得住任何形式的冲击。也许正是因为绝育，他自身的心理产生了很大变化，这个生活粗线条的人，潜在的敏感特质被什么东西激活了，他的纤细神经能够捕捉到空气中的每一丝躁动、黑夜里妻子呼吸的异常，触摸到生活的纹理。他像一个孤身听雨的文艺青年，在漫天飘飞的忧愁与苦闷中，看见平静的水塘沉渣泛起，过去的细节浮上水面，产生了截然不同的理解与感受。

做丈夫的渐渐感觉自己的确有别于正常男人，仿佛任何一个生产精子的动物都在斜眼看他。那些被当作麻烦处理掉的东西，好比生活中的旧物件，久不用就扔了，某一天又需要它，却再也找不到了，人就会产生懊悔之情。

没想到那么快妻子就佐证了医生的预言。

他并不全信妻子的话，像她那种有城府和心机的女人，做每件事都会提前埋线，决不贸然行事。这很可能是一次纯粹的不忠与出轨，怀孕与母性大发并不是直接的因果关系。他花了些时间梳理妻子的关系网，仔细推敲粘在这张网中的所有异性，锁定三个嫌疑人。一个长相英俊，在学校里开了一间照相馆，自己当老板兼摄影师。做丈夫的侦察后发现，摄影师和女朋友同出同归，形影不离，他判断这种情感胶着状态下的未婚男青年通常无暇劈腿。第二个是妻子的大学同学，这个人生活在两百公里以外的城市，做丈夫的坐高铁过去，第一眼看到这个穿兜蛋紧身裤的男人，就迅速排除了他，因为"兜蛋紧身裤"是妻子极为反感的男人形象之一，其他还有抖腿、嚼槟榔、留长指甲、像坐月子的妇女裹块头巾等等。最后一个嫌疑人是妻子的博导，四十出头，博学有涵养，传统却不迂腐，符合妻子的审美标准。且她和博导在一起的时间远比他更多。妻子学校曾组织去郊外踏青过夜，访问历史遗迹，他们必然有大把私下相处的机会。

"身体也是建筑，建筑是讲究风水的。"医生的话在做丈夫的耳边回荡。做丈夫的开始相信身体里的风水。他的身体是一栋坏了风水的建筑，绝育后跌入霉运期，生活每况愈下。离婚后还病了一场，先是严重的呼吸道感染，持续咳嗽，无法更新视频长达三周时间，紧接着身上出现花瓣状的斑疹，奇痒难忍。"玫瑰糠疹"——医生赋予这种病一个诗意的名称，而呼吸道感染就是它的病发前奏。这种小毛病虽说令人不适，但来得快，去得易，真正困扰他，令他束手无策的是附睾郁积症——这是结扎后的远期并发症——由于附睾的吸收功能降低，随着时间的推移，精子以及分泌物增多郁积，私处产生坠胀疼痛。

建筑风水的问题，通常有化解的方法。比如丁字路口的房子犯板钉煞，气场不流通，造成"死气"和"煞气"，可挂五行八卦福镇宅理气；宅前或左右龙砂冲射，可用风水化煞镜，或种竹木解之。也就是说，风水就是气要如风一样自然流动，不可滞碍与堵塞。结扎便是了断了活水清流，身体里的风水形成了"死煞"，化解的方法，自然是复通输精管，释放精子，恢复流通。

做丈夫的决定去做复通术。不是为了生育，而是为了身体里的风水，要重新接驳过去和未来，而"现在"正是结扎的中心点，必须有刀子从这里伸进去，剖开这个结，疏通时光隧道。他去了几个医院咨询检查。情况超出他的想象，复通术比结扎本身复杂，吻合难度高，如果疤痕组织阻碍精子流动,需要进行难度更大的输精管附睾吻合术,不幸的是,他的输精管格外细小,复通的可能性微乎其微。但医生对这种充满挑战和突破的机遇是兴奋的,如果案例成功,他们的医学报告上面就能洋洋洒洒写上好几页。

做丈夫的犹疑不决。医学理论上失败是大概率,即便万幸在几个小时的手术之后重新建立了精子通道,死水变活水,身体也不可能恢复原样,叠加的伤口与疤痕可能进一步破坏身体的风水。进退两难中,他感觉自己一手好牌打得稀烂,覆水难收的颓丧与懊悔折磨着他。心情持续阴霾,某天忽然一缕光线闪现脑海,照亮了问题的症结:妻子是整个事件的核心与关键,她却置身事外。他为她绝育,她没反对,事后却不尊重他的付出,甚至和别人进行狩猎活动,让外人的精子着了她子宫的床。

一场风雨之后落叶遍地,气温骤降。秋天来得萧索——做丈夫的以前从未有过这种体验,他感觉到阴云积压的重量,风带着毛刺,鸟叫声透出丧偶之哀。人工小池塘里的荷叶开始泛黄,春天孵出的鸭子已经羽翼丰满,静静地伏在水面。它们还是娃娃的时候,妻子常给它们喂食。他脑海里浮现当时的情景,妻子的笑容里除了愉悦,还有一丝很明显、但却被他忽略的天然母性。他觉得以前的他是个瞎子,现在恢复视觉,统统都看见了。

做丈夫的依旧定时更新视频节目,不在乎锐减的点击量与订阅用户,这类数据已经无法带给他快乐与成就感,更不能充实他的生活。他想着如何重新支起坍塌了一边的房屋。他绝对宽容,因为爱她。他也接受她腹中的孩子成为他们生活中第二个不可告人的秘密。

他经常去访问前妻,给她带去鲜花和食品,明里继续一个好男人的角色,稳住她的心;暗里窥视她的生活,必要的话,他将清扫任何她回心转意中的路障。在西班牙餐厅里被那个晴天霹雳击中所造成的内伤,他也是隔了一阵才感觉出来,就像电影中某人被捅了致命的一刀,走了几米远才扑通倒地。

他留给妻子的那辆路虎,驾驶座底下嵌有一个微型窃听器。到底谁在妻子的子宫里播撒了不道德的种子,这个真相对他具有莫大的诱惑力。他想方设法破解生活中的谜团。不过,他没有获得特别有价值的信息,没有可疑的男人出入她的住所。只有她的博导偶尔过来,带给她成箱的水果和牛奶,他们在车上的聊天没有超越师生和朋友关系。博导在她家逗留的时间不长,也从未在她家过夜。做丈夫的渐渐相信,妻子肚子里的东西的确无人认领。这是个好兆头,只要他持续努力,她回心转意的希望就会更大。

秋高气爽的某一天,做丈夫的去了朋友的农场,在郊外骑马饮酒。朋友带他认识了不少野生植物,尤其是接骨木,妻子爱吃的接骨木酱,就是来自这种美丽的植物。他打算亲自给妻子制作接骨木果酱。他并不是只摘果粒,而是连根拔起整株接骨木,带回家它们仍是鲜活的,这样做出来的果酱味道更加鲜美。

做丈夫的在网上查阅如何制作果酱时,听到妻子在车内的交谈。他知道那是她的大学室友,他们结婚时的伴娘。她们谈了谈同学的生活变化,伴娘说起自己花心的前男友,说男人是生殖器指挥大脑。妻子不赞成她的说法。

"我不太明白,你为什么要离婚,自己一个人养孩子。"

一片音波的嗞嗞声。

"我不知道……问题是从他绝育后开始的。"

"……为了妻子的健康而去绝育,肯这样真心付出的男人不多……你怀上别人的孩子,他还对你依旧照顾,宽容……说明他是真的爱你……依我看,他是一个真正有胸怀,有担当的男人。"

"……有时候我对自己无能为力……我说不清楚那种感受……反正一切都变了样……我对他的身体……产生了生理上的反感,然后……扩展到心理上的厌恶……"

做丈夫的屏住呼吸,一动不动,仿佛害怕惊动她们。

断断续续的音波破解了一个女人的心灵密码。原来妻子很在乎他体内鲜活的千军万马,即便这些调皮、恶作剧、充满危险的小怪物使她遭受了两次不小的罪,即便需要时时防备它们,她内心里仍是情愿它们活着,兴奋拥挤,嘈杂无序,在闸门打开时呼啸而出。她的快感基于这个意象,她的高潮也有赖于这些肉眼看不见的小生命。她还说，绝育后他打过补丁的身体里万马齐喑，只剩下空荡荡的液体，像充满微生物浮尸的脏水，这让她很不舒服。她甚至觉得没有精子活蹦乱跳的性事，缺乏活力，没有生命，是一种真正的虚无。她感觉自己在枯萎。她渴望浩浩荡荡的精子冲进子宫，像海浪冲刷崖壁，也许正是这种渴望激发了她心底潜藏的母性。

做丈夫的动手制作接骨木酱。厨房还保持妻子使用时的旧样，装橄榄油的小瓶摆在烤面包机旁边，面包蘸橄榄油，这种吃法她是从意大利餐馆学的，有时当早餐，有时算零食。烤炉上搭着擦手的毛巾，有一片明显变脏。会尖叫的蓝色开水壶蹲在炉灶上，她走后，它没再发出过任何声音。所有的东西都在原来的位置。他没动过它们。现在他开始使用这个厨房，到处都是妻子触摸过的痕迹。他发了一阵呆。慢慢清洗接骨木，包括叶片、根茎、未熟透的果实。切细、捣碎、添加辅料，跳过蒸煮环节直接装瓶。在冰箱放置半个月后，这瓶凝聚他心血的接骨木酱，看上去毫不逊色于西班牙餐厅的。

天将黑未黑时，做丈夫的来到了妻子的住处，提着他亲手制作的果酱和一箱澳洲牛奶。妻子的肚子很大，大约是七八个月的样子，他推算了一下受孕的时间，不过完全不记得妻子那时的行踪有什么可疑之处。客厅里新添的婴儿床和小推车，像刺一般扎进他的心里。但他神采飞扬地说起如何在朋友的农场发现接骨木，朋友教他如何制作果酱。他现在爱上了烹饪，才体会到其实制作食物也是一种享受。他感觉妻子内心发出一声叹息，这叹息里有遗憾，也有愧疚。她的眼圈稍稍红了一点，但立即恢复原样。他没有像从前那样给她一个朋友式的拥抱，因为他正在仔细品味她说的生理反感和厌恶。过去的狩猎生活中，两具躯体曾经那么多次热烈地合二为一，而今她溢出来的只是"反感"和"厌恶"，这比那些进入她体内的非法精子更让他难受。

"车能借我用一下吗？我准备开车去敦煌，做几期现场直播。"做丈夫的临走时说道。

妻子把钥匙给他时，摘下了环扣上的毛毛狗。那是她后来挂上去的。

做丈夫的花了两天开车到敦煌，在大漠胡杨林欣赏落日时，面包机嘭的一声弹出了妻子烤好的全麦面包，她拿起橄榄油又放下，打开冰箱，拿出了接骨木酱。做丈夫的眨一下眼，夕阳就下坠一毫米，眨一下眼，光线就微弱一丝丝。胡杨林伸向天空的枯枝像溺水者的手。妻子坐在餐桌边，双手抱着果酱瓶抵触俯低的前额，那是一种近似于祷告或忏悔的姿态。大漠的日落每一秒钟都在产生变化。几只黑鸟掠过镜头，云空被它们抹去一丝绚丽。妻子将果酱均匀地抹沫在面包片上,垫上煎好的鸡蛋,扣上另一片面包。她要吞进两个人的食物,这一份三明治也只能算作加餐,稍后她还要吃上一顿。

做丈夫的转动摄像头,太阳已经不见了,世界空空荡荡。远处低矮的沙漠峰群,像妻子柔软的身体曲线,无数个她躺卧在渐趋黑暗的大地上,寂静的棉被正覆盖下来。大月份的孕妇吃相完全不像姑娘那样斯文,妻子吃得很快,在咬最后一口三明治之前,她感觉不舒服,心跳加快,呼吸不畅,她抓起手机打电话。做丈夫的推进镜头,聚焦一座沙峰,看见沙漠表面被风扫出的水纹正在荡漾。妻子摇摇晃晃,晕倒在马路边。

天黑下来之前,做丈夫的将拍摄器材塞进后备厢。

汽车行驶在荒野中。黑暗使月亮变得清晰。

做妻子的第二天早上才脱离危险,仍有头晕和恶心。她醒来第一反应是伸手检查腹部,孩子还在。

"有什么食物过敏史?"主治医生进了病房,一个实习生拿着笔和本子做记录,一个给她测量血压。

"蓝莓。"做妻子的回答,"但我昨天没有吃蓝莓。"

"昨天晚上吃了哪些东西?"

"面包鸡蛋三明治,接骨木酱……"

"化验结果中发现有蓝莓成分,另一种毒性是含氰苷……"

"什么是含氰苷?"

"是一种毒素，来自未经煮熟的接骨木枝叶和根茎果实……这种接骨木酱，处理好了，是一道美味，处理得不好，就是毒……"主治医生的手指扣住病人手腕处的脉搏，随后又检查了一下她的舌苔，"哪个厂家生产的，可以去追究他们的责任……"

做妻子的脸色苍白。半晌，方才无力地回答：

"是我自己酿造的。"

2022 年 10 月 27 日

女猫

随着一个紧实的拥抱,几个月的虚拟爱情落进现实。三十多岁的人,在通往婚姻的旅途中,并不看重车窗外的景致,目的地才是最期待的。她来他的城市开始新的篇章:和他相处、同居试婚。他开车来机场接的她。他是一个笑容开阔、口腔洁净的男人,比照片更为顺眼。她没失望。副驾座上有猫毛,显然是米雅的。他给她发过那只黄猫的照片,一只八岁的母猫,城府很深的样子。她说它很可爱,不过那是一句违心话。他左手开车,右手攥着她的手,车技娴熟,不时侧过笑脸来看她。她知道,他对她也很满意。虚拟与现实的无缝接驳鼓舞着他们,四十分钟的车程根本经不起甜蜜的消磨,眨眼间就到了他的住所。

　　这是一个不错的社区。园林绿化颇为讲究。树上的蝉鸣声烘托着人间烟火气。人工湖里的睡莲开着白花。一对鸳鸯泊在水中,展示宁静的一面。他已经为她复制了新钥匙。那枚金黄的钥匙,在他裤兜里煨得浑身滚烫,她仿佛触到了他的裸体,心神为之一荡。他站在她身后指导她开锁,轻柔地吻了她裸露的后颈,她在那酥痒带来的晕眩中将钥匙插入锁孔，按照他说的，向左旋转两圈半，推门不开，手上加了一把劲，不料却用力过度，门被猛然推开的声响显得粗鲁。

"轻点，别伤到米雅了。"他急切地说，"它总在门边上等我。"

开门弄出那种响声，让她感觉自己像个愚钝的乡下人，他说话的语气里似乎也有这个意思。黄猫不在门边。他关上门，边喊米雅边脱鞋，给她递了一双拖鞋之后，就抛下她去寻猫了。

他的妻子五年前因车祸去世，被撞断了腿。房子里没有留下她的印迹。

她打量她即将生活的地方。这是一个长条形的公寓，空间很大。按设计规划，玄关右侧为临街大凸窗卧室，左侧依次是客厅、餐厅和厨房。但他改变了布局，大凸窗卧室改成了猫房，里面是与猫有关的一切。堆着整包的猫粮和猫沙。满地猫玩具。一人多高的猫爬架、猫抓柱、轨道球、隧道、帐篷……猫屎盆和铲子都是粉红色的。

玄关左侧的客厅是联结其他空间的通道，变成卧室后没有任何私密性。这里也是遍地玩具，逗猫棒、弹簧鼠、猫抓板、仿真鱼……她用脚拨出一条路来，站在他们日常翻云覆雨的地方。室内并不温馨。简单到寂寥。除了墙上那张有猫的电影海报以外，并没有任何装饰。一张猫的专用楼梯挡在床侧，人必须绕到另一面才能上床。

她想起他说的，猫有腿疾，不能跳跃。

是猫非床不睡,还是他需要猫睡在身边?

她忽生一股"寄猫篱下"的感觉。

他是一个零售市场分析师,精于制作数字图表,他甚至能将他们的感情波动做成图表分析,他们正是在恩爱值爆表时开始见面试婚的。这种节奏和步调一致的感情并不常有,彼此认定对方是那个正确的人,可以携手到老的。

甜蜜占据上风。她开始幻想着如何布置卧室。

客厅家具风格现代。灰色大理石面圆茶几,上面有茶盘、杯垫。灰色沙发是新的,缝隙里插着一根系着羽毛的逗猫棒,它像面胜利的旗帜,宣告着猫的领土与地位。它无处不在。

一丝对猫的厌恶浮上她的心头。

他在厨房哄猫,嗓音是尖细甜腻的:"米雅,今天怎么不高兴呢?……哦,宝贝……至少喝点鱼汤吧……这可是你最爱吃的呀。"

她走进厨房,看见漂亮的中央厨柜兼吧台,那是她喜欢的。她看见自己在那儿洗碗切菜,他从后面撩起她的裙摆,但吧台上面的猫餐具扫了她的兴。那些精致的器皿里盛着精致的食物,猫像个芭蕾舞者,姿态优雅地站着,仰着头朝他咪咪地叫。

他给猫介绍新来的客人,仍是那种甜腻的腔调。

这是一只普通的虎纹猫,尖削的脸,吊梢的眼,冷幽的目光。她讨好他,假装欢喜地抚摸它。它躲开她,两眼斜盯着她,脑袋在他的腹部来回磨蹭,喉咙里发出咕噜咕噜的愉悦声响。他则用不久前在车上紧攥她手的那只手，反复捋着竖起的猫尾。他们配合默契。

他本应该抱着她亲吻，胶着中一起倒在那张大床上。但他一进门，手和心都不在她身上了，好像她已经在这里生活了很久。

她情绪控制得很好，微笑着参观厨房。看不到人的生活痕迹，处处是猫的物品。灶台上垒着小罐头食品，外壳上印着猫头，一看就是高档货。洗碗池堆着猫用过的餐具，上面沾着酱食。猫毛无处不在。

"你尽管按你的喜好来收拾房子。"他说。

他们在餐馆吃饭。这时候，他完全是她的了。爱情又衔接起来，重新美满如意。他打算周末和她去买床上用品，花卉植物，选哪种挑哪样，一切都由她做主。他给了她管理家居的权力与自由，等于颁发了"女主人"委任书。她很谨慎地使用这个权力，没有直接指出猫不该占有主卧，而是委婉地从风水角度谈开来。比如卧室，是一个家庭最重要的地方，它主健康运势，还有生育与感情，如果卧室不够私密，且是出入通道，会破坏风水能量。

"我只要你住得舒服，"他说，"都听你的。"

他对她宠溺时，她觉得自己是只猫。

他们当晚就动手调整布局。猫和它的一切被挪到闲置的餐厅。他拖动吸尘器清洁地毯。她卷起袖管，擦窗拭壁，清除猫的痕迹与气味，一边想着如何努力去爱他最爱的东西。

猫坐在对面房间里，冷峻地盯着他们。

抬席梦思时，有一张照片掉下来，照片里是一个长发女人，胸前抱着一只黄色奶猫，生日蛋糕上插着很多蜡烛，烛光将那张年轻漂亮的脸和黄色奶猫的眼睛映照得分外明亮。不用问，她知道那是谁。他知道她知道，因此也没说话，只是将照片放到别的什么地方以后，回来继续干活。

她喜欢这个卧室，透过大窗可以看见天空和樱花树，做猫房简直太浪费了。他们在屋中拥抱，彼此都很满意这番劳动成果，他称赞她的设计与审美。他低头准备亲吻她时，忽然想起了猫梯，于是放开她去搬梯子，依旧挡在床沿边。这个丑陋的东西占据不少空间，还严重地破坏了整体美观与气氛。

她知道，现在她不能对这个梯子发表看法，更不能移开它。

全屋收拾妥当，洗干净身体头发之后，已经是凌晨时分。就着窗外透进来的昏黄灯光和花香，他们这才有时间投入亲吻，探索彼此疲惫不堪的身体，开始试婚的第一次性生活。

窗外朦胧。光线对于做这类事情恰到好处，双方的身材和脸庞都显得漂亮完美，眼袋、雀斑、眉毛稀疏等瑕疵均被很好地隐藏起来。他很结实。手法细腻。世界罩在一张薄薄的被单下。他们不必着急。时钟走完那半圈，他才需要起床上班。而她可以睡到任何时候。床在重压下呻吟，带来更大的刺激。谁也不想太快结束。他们面对面,以一种最省力的方式运动。正如痴如醉之际,她看到一团黑影爬上他的脑袋,惊吓过后,她意识到是那只猫。

猫滚落在两具身体中间,头在他胸前磨蹭,嗓子里呼噜呼噜响,尾巴扫到她的脸上,她闻到一股鱼腥味。

他试图将猫挪走,但是猫抵拒着,后爪子勾住被单,发出不情愿的叫声。

她转过身,背对着他和猫,假装疲惫地睡过去了。

天还没有大亮,他轻轻吻了一下她的额头,小心翼翼地下了地。她听见猫的呼噜声随他移动,仿佛是他的呼吸声。她微睁双眼,看见他带上房门的背影,腋下夹着猫。

他和猫构成一个固定的世界。她感到自己是多余的。

不过,这种想法没持续多久,另一种情绪打败了它。昨天晚上,他是握着她的手睡的,隔着猫,给了她足够多的安抚。他向她道歉,承诺下一次做爱,会预先关上房门,事后再放猫进来。她希望每晚都把它关在外面,但没说出来。她依然谨慎地行使他赋予她的权力。她处在一种尴尬的年龄,特别怕把事情搞砸,多少懂了些委曲求全的艺术。更何况她已经按她的喜好布置了家具,把他的家弄了个天翻地覆,如果又逼他撵猫下床,打破他们的生活习惯,未免有些得寸进尺,给他留下自私、对动物不够友善的印象。

她起来,拉开窗帘,推开窗,自然光透进来,新鲜空气驱散了房间里的浊气。樱花树上有两只鸟,在相互梳理羽毛,嘴里叽叽喳喳。她不禁脸露微笑,静静地看了一会儿,直到它们飞走,留下一树静寂。

她决定对那只猫好。抱着这个想法,她来到厨房,猫已经高举尾巴,在吧台上吃早餐了。她读出一些娇宠的意味。她克制内心的反感,甜美地叫了声猫的名字,摸了摸它的背。她主动问他,如何喂猫,猫爱玩哪个游戏,他不在家的时候,她会照顾好它。

"我的猫。我的女人。"他心满意足地亲她的脸。

女人一样的猫,还是猫一样的女人?她的思想在这个问题上停留了一下。

他介绍猫的饮食习惯,那种温柔的语气显然是针对猫的。他赶时间上班,最后象征性地拥抱了一下她,叮嘱她,不要关闭客厅的百叶窗帘,猫喜欢坐在那儿看外面的行人和狗。否则它容易抑郁。

厨房里只剩下她和猫。她们相距几米,隔空打量。

"米雅……"她率先打破僵局,走近它,但是不敢伸手摸它。

猫轻轻喵了一声,从吧台那头走过来,仿佛这样可以将她的脸看得更仔细。

"我可以摸你吗?"她伸出一只手。

猫慢腾腾走到那只悬空的手下面,挨着手心磨蹭起来,它释放的信任与温柔,瞬间让她充满感动,对它变得怜爱起来。她甚至抱起它,脸对脸地亲热,内心同时升起对他更深的爱意。

她让猫趴在肩头,开始清洗满池的猫餐具,心里涌动甜蜜与幸福,想着他,期待着晚上的黑灯时刻。

他给她在餐馆订了午饭,晚上带她出去吃泰餐,又问她与猫相处如何。这一天,她陪猫玩遍了所有的玩具游戏。猫很聪明,她从中获得了快乐。

下午五点多,猫不再玩任何游戏,坐在大门边,尾巴在地上扫来扫去。没多久,她听到钥匙插入锁孔的声音,门被轻轻推开,他回来了,刚进屋猫就贴过去,紧挨着他的小腿磨蹭起来。他抱起猫,一边跟猫甜腻说话,一边敷衍地亲了她的额头。无论他走到哪里,都没有放开猫,坐在沙发上和她说话时,手也在抚摸着猫,从猫头到猫尾,捋过竖起的尾巴,一遍一遍,不厌其烦。

那只手本应在分别一天后饥渴地抚摸她的肌肤,诉诸思念和欲望。蜷在他怀里的本应是她,而不是一只猫。

她又变成那个多余的人了。

但是,幸福感在晚上回来了。他关上了房门,让她尽了兴。

事后她去了一趟洗手间,返回时猫已经在床上了。他正专心细致地捋猫,好像在弥补刚才对它的冷落,他的手没再碰她。

属于她和他的夜晚结束了。她面向窗口侧卧,整晚都没翻身。

周六。在街上与他牵手行走,她突觉身心一阵轻松。

天空明媚。穿过林梢的风清新甘醇。她深呼吸。他没有察觉,猫一直压在她胸口,他还总把猫放在她怀里,试图让她们增进感情。

没有猫,她的胃口很好。他们在一个干净的小馆子吃了重庆小面,灌汤包子。店主称她为太太。她和他愉快默认。他们边吃边聊,新闻、房地产、零售市场,最后话题回到自身,关于婚姻和孩子。因环境和时间关系无法深入,他们将留待床上去讨论。

他们来到一个巨大的综合商场,成为最早的一批顾客。他还是那句话,挑她喜欢的,她喜欢了,他就会喜欢。他攥着她的手,十指相扣。商店服务员也将他们当作夫妻。他们确实很登对。他比她高一头,身形挺拔;她穿着平跟鞋,照样窈窕。

她谢绝了店员的推荐,心里知道自己要哪一种。他们在床上用品区移动,像欣赏艺术展览那样,不时伸手摸捏材质,测试手感,讨论颜色是否与家具窗帘相配。她并没有独断专横,而是尊重他的意见,甚至顺从他的想法,除非真的差距太远。

沙发抱枕很重要,可以提升客厅的动感。他的沙发是灰色的,她想着用亮色的抱枕点缀。雪白假羊毛抱枕柔软舒适,金色的布面抱枕清爽洁净,都很漂亮,她心里偏向假羊毛的,有一种额外的温暖。她问他喜欢哪一种,他指着假羊毛抱枕说:"米雅会喜欢这个,它最爱这些毛茸茸的东西。"

她心里有一种被针刺的细微痛感。一只普通的猫，总是轻而易举地破坏她的心情，甚至都不用它亲自出场。好像是它对他施了魔法，无形中操控着他，故意让他说出那番话来。她进一步想起和它相处的时候，它允许她抚摸它，和她一起玩游戏，那些友好也许是伪装的，它是一只城府很深的猫，懂得用表面的单纯柔弱蒙蔽他。

她假装考虑片刻，不惜舍弃了自己的偏爱，选择了布面抱枕。这时候，布面抱枕那金色的光泽带着一丝胜利的意味。

"还是布面的好，人造羊毛容易生螨虫，藏污纳垢。"她这么解释道。这只是她根据地毯生螨虫推测来的。她不想他笑话她吃一只猫的醋。当然，这个擅长数据图表的分析员，对女人的心思毫无察觉。他点点头，同意她的话，称赞女人在家居布置方面的天才，揽着她的肩，在她的耳朵上赏了一吻。

他将金色抱枕填进大型购物车里，对首批战果心满意足。

她挽着他的手臂。他的身体有一种温柔的吸引力，像那个羊毛抱枕，她渴望把脸埋进去。

她之前是喜欢猫的。第一次听说他有一只猫时，她还挺开心，没想到那只黄猫会像一颗石子，卡在她幸福的齿轮中。她对他的一切都很满意，他的床上功夫让她大快朵颐。但除了关门行房的那一阵，她和他可以无缝接驳、亲密拥抱之外，猫无时无刻不在。当她依傍着他，一起在沙发看电视，猫就会过来盘在他腿上，嗓子里呼噜呼噜，他那双抚遍她全身的手，就得在猫身上忙碌，从头捋到尾，眼看着猫毛渐渐油光顺滑。

她心里反感猫，总是坐直了身体，正襟危坐地盯着电视机。他们一上床，那只猫就跟过来，伏在他的身边，他捋着猫入睡，好像他身边没有睡着一个女人。

她要了一张淡蓝色薄毯，坐在沙发上看电视时，腿上有点凉。她选的是那种手指粗的毛绳编织毯，既可以保暖，又可以搭在沙发装饰客厅。他捏了捏她的手，放到嘴边蹭了一下，说晚上给她煮热姜汤水泡脚活血。他一句话，就瓦解了她对猫垒筑的排斥与嫉妒。因猫而对他悄然削减的爱意，像潮汐无声地涨了起来。她将脸贴着他的手臂，又一次决定对猫好。

在过去的三十五年中，她有过两次恋爱经历。第一次是二十四岁，本命凶年，男友劈腿；第二次发生在二十八岁，对方出国，感情渐渐脱离了轨道。此后几年，她像颗种子在时间中沉睡，直到这个爱猫的男人，让绿芽破土而出。

现在，他们在商场边上的盆栽店，她要从这满院的花卉盆景中，挑选属于他们的植物。他教她认识了不少品种。他嗅花的样子，像一匹马。他不急不缓，很享受这种时光。

这就是生活，她想，为了一朵花，慢下来。

人海茫茫遇见他，幸运。她吻了他的手臂。

"这是猫草，米雅最喜欢吃。"他指着一盆青草说道，"这种草含纤维，可以刺激肠胃蠕动，帮助猫咪消除胃里的毛球。"

"猫会吃草？"她有点惊讶，同时松开了他。

他点点头，给她讲与猫有关的知识、米雅的个性，好像她将接替他照料那只黄猫似的。

他说米雅时独一无二的语气，仿佛一颗沙粒摩擦着她的心。

也许是花香过于浓郁，她感觉空气有点稀薄，胸口一阵发紧。

为了讨好他，她将一盆猫草放进购物车，另外选了平安树、散尾葵，以及耐旱的多肉植物。

晚上，她正在洗手间给面部补水。

"你过来看。"他倚在门边说，带着得意。

她好奇，顺着他指的方向看过去，只见猫淡定地卧在淡蓝色新毛毯上。

"呀，那是我的。"新毛毯她还没开始用，就被猫霸占了，她本能地冲过去，从猫身下抽出了毯子。但随即意识到，他喜欢猫卧新毯的样子，要与她分享。如果她与他相拥，同样充满爱意地注视这一幕，他们的感情也会再次升温。

但她粗暴地毁坏了这个时刻。

"我好像有点对猫毛过敏了。"她弥补似的为自己辩解。

晚上,他一边看娱乐节目,一边抛掷沙沙作响的锡纸球逗猫,猫追到锡纸球,咬回来给他。出于对毛毯一事的弥补,她也陪猫玩了一阵游戏。最后她玩累了,躺在沙发上,头枕着他的大腿,盖着那张新毛毯,从毯子里伸出脚趾头逗猫。每次脚趾头探出来,猫便用爪子轻轻极速一搭。它反应很快。她忍不住咯咯直笑。

他很高兴她们相处这么愉快。

但这和谐的一幕很快便以她的尖叫声结束,猫爪像刀片割开了她的大脚趾,豆大的血泪汩渗出。

她和他之间和谐完美,从肉体到精神。但是,猫在搞破坏。它就像一只新鲜苹果被轻微碰伤的部分,一小点损伤正在腐烂变色,细菌慢慢攻击整只苹果。只有挖掉这一小块腐烂,苹果才能储存更久。

她的脚趾头还有点隐隐作痛。

他吻别她上班。屋里只剩下她和猫。短兵相接。她盯着它。它瞪着她。中间隔着中央厨台,以及它早餐后的脏碗碟。

昨天晚上,它的呼噜和他的鼾声搅在一起,在耳边如滚滚雷声。那处境让她觉得有点滑稽。他不知道她睡不着,也不知道她想他抱着她睡。但至少她清楚,他更愿意抱着猫睡。她上了几次厕所。刷了几回手机。黑暗中的屏幕亮光刺激得她两眼流泪。直到窗口亮起来,他和猫离开床,她脑中的尘埃落定,恢复平静,她打算睡一会儿,但他一大早就在用尖细甜腻的噪音和猫说话,声音传到卧室里,那只猫在喵呜喵呜地回应。她也听到猫粮落到碗里的沙沙声,猫餐具触碰大理石台的声音,眼望着床边的猫梯,心里涌起一股厌恶。这件东西又大又丑,结实地挡住了半边床沿,好像卧室里睡着行动不便的残疾人。新买的蓝白隐花床套,抱枕和枕头,同花色的新窗帘,按她的审美收拾的,明亮温馨,但猫梯破坏了一切。

猫一动不动。它有点心虚,似乎知道自己给她和他之间造成了罅隙,眼神既严峻又惧怕。

她和猫僵持了一阵,猫撇下她率先调转头去。它从沙发上面走到客厅窗台,嗅着那盆猫草,用脑袋蹭着草叶,这样旁若无人地玩了一阵,舔了舔爪子,就目不转睛地盯着窗外。

有人在遛狗,黑狗抬腿朝灌木丛撒尿。

她走过去,放下了客厅的百叶窗帘。屋里的光线暗了下来。

猫吃了一惊。它扭转头瞪着她,仿佛在问:"为什么?"

她心里有胜利的小快慰。接着她开始施展他赋予的主人权力,将散尾葵搬到卧室靠窗的角落,挪走猫梯,让床罩自然垂落,将被面抚扯得像镜子一样平整。她欣赏着重新布置的卧室,没有猫,显得宽敞干净。等他回来,她打算跟他说，让猫睡它自己的房间。中午她出去散步，在商场买了一盏粉红色的布罩台灯，点缀浅蓝色调的卧室，想象周围黑下来，她和他在那圈暧昧的粉红光晕中兴风作浪，不觉心湖荡漾。

她开门时很小心。但猫不在门边。换了鞋走进卧室，浅蓝色的被罩上赫然一团黄，那只猫盘卧床中，冷冷地看着她，没有表现出一丝惊慌。

没有猫梯，它是能跳上床的。

她大声叫它下去。它岿然不动，眼神咄咄逼人，露出决一雌雄的坚定。她拿起一个木衣架去捅它。它像老虎般叫嚣，龇出尖牙，对衣架又咬又抓，和她搏斗起来。她没料到它这么凶，手上便使了点劲，它的吼叫声吓人，像一个垂死挣扎的亡命之徒。衣架传递着它的反抗力度，她几乎就要败给它，它那拼命的架势让她有点害怕，但正是这种害怕给了她勇敢，逼她真正拿出人类的强大来。

它敌不过她，滚下床去，没站稳，晃了一下，但还是撑起了身体，瘸着腿离开了卧室。

它狼狈颓丧，恢复了一只小动物的脆弱。

她很疑惑：没有梯子，这只有腿疾的猫，是怎么跳上床的？难道它的腿疾是伪装的？

她来到厨房，为刚才的粗暴感到愧疚，居然对一只几斤重的猫大动干戈，未免可笑。

她想着给猫准备食物，缓和一下气氛，与它握手言和。

她不敢去捉它，把餐碟放到地上，喊它的名字。

它躲起来了。

她下午睡得很死。由于猫、他、性生活，以及新的环境，她连续几晚失去睡眠，原是想小睡一下，再起来准备晚饭——她主动要亮一手，为他做一锅川味水煮鱼。她是被开门声惊醒的。同时听到他逼紧嗓门，用甜腻尖细的声音和猫说话。进门第一件事，他本应该喊她的名字，让她出现在视野里，然后来一个阔别后的亲吻与拥抱。但他没来推卧室的门。她知道他会坐在沙发上休息，他和猫会有长时间的耳鬓厮磨。如果不是想起要做水煮鱼，她会避免看见那一幕。

她硬着头皮去厨房，如她所知，他正在专心地捋猫。

猫盯着她，充满敌意与紧张。

"把百叶窗帘拉上去吧。"这是他见到她说的第一句话。

她这才意识到自己犯下的错，心里羞愧，又无法对关闭窗帘的事自圆其说，便装作没事似的打开窗帘，然后逃也似的躲到厨房做饭。她心绪不宁，影响了菜的味道，远没达到平时的水准，但他还是亲了她的脸颊，称赞她的厨艺。他似乎并没有把窗帘的关闭当回事，更不会想到她与猫之间发生了战争。她心里慢慢自然了。他们在吧台吃饭时，聊了一点上了热搜的话题，他显得疲惫，兴致不高，说今天特别忙，有两回眼前发黑，差点晕倒。她包揽了洗碗清洁等杂事，让他去休息，他也说他感到一种前所未有的疲倦的确需要躺下来。

她在厨房洗刷。然后蹲下来擦地，所有角落都清洁到了，一大把猫毛扔进了垃圾桶。最后她把自己收拾干净，穿上吊带睡衣，一个人在沙发上看美剧。时间刚好八点，离睡觉还早，她没去打扰他，想着他休息好了，就会出来和她一起说会儿话，毕竟一整天他们只互发了几条信息。不过，她也担心，因为她没听他的话，关上了窗帘，伤害了猫，他不愉快，所以撇下她独自待着。他不是那种什么都挑明说透的人，跟他在一起，需要放聪明一点。

房间里没有任何动静。再精彩的电视剧，她也看不进去了。心里渐渐不是滋味。她才来一周，处在蜜月中，不应该获得这种冷落。他可以枕着她的大腿休息，如果内心需要她，他会希望她待在身边，享受她的抚慰。她思考着自己是否应该进房间，说几句温柔的贴心话，表达一下关切和担忧。但一想到猫正和他相依相偎，就觉得自己是多余的，自己的温情也是多余的。

她怀念没见面前，他们的关系那么亲近，无话不谈，现在住在一起，反倒隔着千山万水，咫尺天涯。

问题在猫。她是这么想的。

挨到十点多，终于到了睡觉的时间，她关掉电视，轻轻推开卧室门，情况令她意外。房里亮着灯，他正靠在床头，电脑放在腿上，一手捋猫，一手打字。她当然也看到了床边的猫梯,他恢复了原来的样子。

她知道,已经没必要和他谈猫的事情了。

他到底是不是真的不舒服,他有没有睡觉,醒了有多久……反正他没想着出去看她一眼,说几句话,问一问她今天过得怎么样。她观察他的手,那只手单纯地捋着猫尾,握着那根竖直的东西,从根部往上捋,一遍复一遍,那猫尾仿佛是他的阳具,他正享受捋动过程中的愉悦与满足。

猫也在享受着,呼噜呼噜。

白天与猫战斗获得的胜利,瞬间化为乌有,它正获得他比平时更多的温柔。他沉迷于捋玩一根猫尾,将她长时间冷落在客厅,这样的夜晚是羞辱的。

她第一次感到负面情绪一触即发。她想大喊一声:"我受够了这只猫!"

但她只是面向窗户,做了一个深呼吸,顺手拉合窗帘间的缝隙,挤出笑脸,转身上床。

"我以为你一直在睡觉……你感觉好点了吧?"她语调轻愉。

"休息了一阵,还是有点晕。"他看了她一秒,手不离猫。

她从这句话里听出一个重要信号:今晚他不会和她过性生活。

"米雅的腿瘸得厉害,现在它一定很疼……"他把猫抱在胸前,给予它更为细致的温柔与怜爱。

他没有质问她为什么拉下百叶窗，挪走猫梯。

一丝怜悯从堆积的负面情绪里挤出来，她想伸手摸一摸猫，但害怕它尖利的爪子和牙齿，手只好落在他的手臂上，摸到结实的肌肉，她希望这只温暖的胳膊挽住她的脖子，亲吻她，驱散心头的乌云。

也许他是个心思粗糙的工科生。他开始处理工作邮件。他的手臂和身体围成一个窝，猫在窝中。

她闭上了眼睛。冰冷的孤寂包围了她。

脑海里那个声音又开始叫嚣。

她欲言又止。

是猫的问题，她的问题，还是他的问题？

他总算熄灯躺下。她屏息等待，希望他的手会爬到身上。

世界安静极了。只听见猫的呼噜声。

"也许，我还是离开的好。"终于，她对着天花板轻轻说道。

他过了一阵才回应："如果你真那么想，我尊重你的决定。"

他没问为什么，似乎早已深思熟虑。

但她心目中的剧本不是这样写的。她等着他靠近她，抱紧她，请她留下。

夜静静下沉。接近黑暗的底部时，她扭转头，想对他说猫能跳上床的事，却看见猫的黑影挡在中间，它眼里闪着磷光鬼火。

  翌日清晨,他照常上班,她比他晚起来一个小时。挫败感令她很不好受,她无法在两个人的关系中找出硬伤,感情却是这样结束。她喝了半杯牛奶,开始收拾行李,准备搭下午两点的航班回自己的城市。她听到客厅有些声响,目光穿过玄关,看见猫在客厅里奔跑,踢玩粉色的锡纸球,跳上沙发,又从沙发鱼跃而下,一点也不像是有腿疾的猫。

         (《人民文学》2022年第9期)

偶发艺术

没人知道会发生什么。走进塑料空间，脚步有上刑场的迟缓，表情是蒙的。塑料墙像玻璃那样反光。几位观众，不如说更像演员，贼一般四下环顾，轻手轻脚，连屁股落在椅子上的动作也充满表演意味。

通过道具摆设，可以看出这是一家酒店式小公寓，屋里尽是杂物，锅碗瓢盆，果汁机、药罐子，电炖锅的电源亮着，像定时炸弹。小窗口晾着衣服，红裤衩十分扎眼。窗外印着房屋出租标语和电话号码——不妨设想，这一布景是为了表示租客通过这种方式找到此房源，省下了中介费。但显然观众不关心这个。他们要看到人物，想知道故事。当他们熟悉了屋里景况，并厌倦这种持续的单调时，第一个人物上场了。这是一个骨骼粗大的短发妇女，拎着沉重的购物袋，肩膀垮着。她将东西放在地上，做出掏钥匙开门的动作，进屋就挽起袖子忙碌，弄得乒乓作响。她面色憔悴，带着苦楚，不时用衣袖擦拭眼睛，摇摇头。果汁机绞动苹果，声音爽脆，果汁如泉水叮咚流响。一时间只听见绞动和流淌的旋律。那声音听得人口舌生津，忍不住直咽唾液。第二个人物红衣女人正是踏着这节奏走出来，仿佛她脚下踩得汁液四溅。她停在那扇虚拟的门口，朝屋里瞄一眼，曲指敲打空气，门咚咚响了多次，里面的女人才有反应。

"是志兰姐姐吧？"红衣女人径直抓住对方的手，她精心打扮过，脸小五官小，"我是戴丽蓉，志清的大学同学……我……啊呀……"女人声音哽咽，五官变得更小，仿佛是笔在脸上点了几点，"我才知道消息，心里好难受。"

果汁机绞动虚空，声音变调。

"我是志梅。"女人关掉电源。两人在床铺上坐下。戴丽蓉重新捉住志梅的手，似乎借此才能呼吸。

叫志梅的女人像一堵墙那样朴实，一堵墙通常不会在乎青藤怎么攀上来，野草怎么在墙缝里生长，青苔怎么覆盖，狗怎么朝它撒尿，它始终是牢固的，脸上凝结风雨。但此时的她仿佛一枚潮湿的哭弹，因戴丽蓉的到来被烘干了，并点燃了引线，在一阵滋滋的火星迸溅之后，终于炸裂。她哭了一阵响的，丽蓉也陪着放开过几秒钟嗓门，滚出来的眼泪比眼睛还大。但她受过教育，她懂得克制，知道怎么哭得好看。谁都能看出她的穿戴不穷，脸上也是花过钱的，这种年纪还敢涂红唇，在普通妇女中算得上勇敢。

志梅边哭边完成了对苏丽蓉的仔细打量，声响慢慢衰歇下来，像唱京剧般，呜呜咽咽的。

这场景虽略嫌聒噪乏味，但观众通过这一幕明白了事情缘由。志梅唯一的弟弟志清，得了癌症，医生说只剩一两个月时间，扛不过本命年，窗前的红裤衩也没法驱凶化吉。志梅在医院边上租了这间酒店公寓，给住院的志清做后勤，煮粥炖汤榨果汁，一趟一趟往医院送。起先志清还能吃流食，昨天下午忽然连水也下不去了。她说弟弟上过大学，他的命比她这个没文化的姐姐值钱，她宁愿拿二十年寿命出来匀给弟弟，可是谁来做这样的分割呢？

戴丽蓉仿佛因为眼睛太小，大颗眼泪滚不出来，只能在眼眶里转。就这样，她噙着自己的眼泪安慰别人，拍背、递纸巾，薄薄的红嘴唇里跳出温柔、得体的话语，最后竟丢出一个惊人的秘密，让志梅忘了悲伤。

"姐姐，我和志清……我等了他二十年，却等来这样的结果，我怎么受得了。"眼泪仿佛突然因被囚禁而产生愤怒的力量，一下子夺眶而出。戴丽蓉的脸很快湿漉漉的，闪闪发亮。

两个观众咬耳朵，一个悄声说："是真哭吗？"

一个回答："是哩，眼泪像是自来水龙头控制的，厉害。"

音乐幽幽地响起，像夜风拂过杨树林。

"志清说过有人一直在等他，原来是你。"志梅反过来捉住丽蓉的手，不觉面露喜爱，"我见过你们的毕业合影，那时你是长头发。"

"是的，志清帮我剪过开权的发尖。"

为同一个人哀哭，两个女人早已迅速增加了彼此的感情与熟识度，此时仿佛老朋友。"你和我们做一家人多好。

志清他没这个福分。他就是这样的命。当年要是不和劳静结婚，随他娶哪一个，都不至于这个结果，根本不可能得这种病。退一万步讲，即便是得了这个病，她要是贴心，知道自己的男人不舒服，怎会任凭他在家喝几个月稀粥不闻不问，也不催促他去医院检查呢。否则志清是能多活些年头的。瞧瞧吧，入院半个月就封喉了。"志兰很生气，她说志清毁在这个女人手里。

"他命不好。"戴丽蓉站起来，原地转了一个圈，又坐下。

志梅倒了一杯果汁给戴丽蓉："喝吧，反正他也喝不了。"

"我很想为他做点什么，可我这身份不适合……"

"是，志清毕竟是别人的丈夫。"

"我后来也成家了，有一个儿子。但没法过下去。我仍然等着。志清今年四十八，我四十九。头发都白了，你别笑话我，来之前我去发廊染了发。我们也两年没见了。这些年也起起落落，分分合合……出门前，我想了好久，该穿哪件衣服，穿成什么样子。我记得他以前喜欢我穿红的，喜欢我披着头发。现在头发掉了一半了，披着不成样子。老就老了吧，拼命往少女样子打扮反倒可笑……他知不知道自己活不了多久了？他那么聪明，怎么会不明白呢？对了，半年前我过生日，他给我发了一个微信红包，要我去买糖吃。他还说要和我见一面。他应该是老早就知道自己得了什么病。我后悔没见他，肠子都悔青了啊。昨天从同学那儿知道消息,我一宿没睡着。脑子里放电影一样,把这二十多年都过了一遍,怎么也不敢相信这种事情会发生在他身上。"

女人的哭泣声如雨停前稀疏地落下几滴,最终彻底告一段落,理智和沉着回到现场。

"你还没看到志清吧?"志梅是两个孩子的母亲,戴丽蓉知道,她熟悉章志清家里所有的情况,就像她一直生活在章家一样。"你要有思想准备,他在化疗,病样子看不得,而且变得脾气暴躁,动不动就骂人。想想也是,身体到处好好的,偏偏喉咙里长了一坨东西,让你不能吃不能喝,换了谁都会烦的。来吧,我们一起送些东西过去,也许他能吃上一口,食物总是能让人振作的。人世间也会有奇迹。"

灯光熄灭,黑暗抹掉了两个女人。

观众忘了鼓掌。

背景音乐混乱,夹杂愤怒的叫喊,哭笑,还有燃烧的哔剥声。画外音在探讨偶发事件于个人命运的意义。说到章志清在乡下出生时,父亲正在城里忙着,母亲生完孩子就起来照顾生活,父亲回来后揍了母亲一顿,据说是饭里有沙,硌疼了牙。他说不打不长记性,逼母亲写检讨悔过。志兰志梅吓得不敢出声。后来,父亲吃不开了,受冷落了,没有朋友,也没有明显的仇人,没有提拔,也没有明显的打压。父亲揍母亲变得更加频繁,几乎每次回家必有打骂,走时不忘留下家用，父亲的权威就是这么树起来的。志清与父亲并不亲近，在他看来，父亲就是一个名词，一种称谓，没有别的内容，然而必须如对祖宗牌位一样恭敬。

此时的观众似乎进入故事，凝固在黑暗中，耳朵渐渐相信事情的真实性。

灯光打亮，落在观众席。三男两女，有个老的，剩下的比较年轻。聚光灯在那个头发花白的男人身上停顿片刻，投向表演空间。道具已经摆好，两张木椅配八仙桌，上面摆着瓷壶和杯子。墙壁上贴着大头像，两边是对联，还有贴得歪歪扭扭的财神图。屋梁上挂着几串腊鱼腊肉。这是二十世纪八十年代的普通农家，带着贫乏、安宁，却暗地里挣扎的气氛。

年轻人双手揪着自己的头发在屋里转来转去。

灯光明暗交替间，他换着不同的姿势悲伤：坐在椅子上，脑袋埋在两腿间；肩膀耸动；捂着脸，额头搭在桌沿上。

最后，他直起腰，眼睛亮闪闪的。

"全完了……怎么办？"年轻人痴痴地看着观众，"我现在该怎么办？他怎么能这样做？就这样把我的档案从学校拿出来，递到酒厂……我不想去酒厂，我不想和他在一个单位，他在那里得罪了所有的人，退休后也没有人来看他……再说，我要去别的城市，有几个单位想要我，我在斟酌，丽蓉要分到长沙，我必须和她分到一个城市，我答应她我们要在一起的。可现在……他怎么能这样做？他怎么能擅自决定我的未来？我是一个人，我有我的想法，他不尊重我，他不尊重任何人。他完全不管别人怎么想。他真是个冷血的大独裁者。"

年轻人激动得面红耳赤，紧握拳头，似乎要立即送出一拳解恨。他清瘦文弱，戴着眼镜，像根豆芽，想要动武的样子显得可笑，因为那条细胳膊，就算是打在豆腐上也有折断的危险。

"嗨，你上来，你来演我那独裁父亲。"他忽然指着观众席上那个灰白头发的男人。

后者一愣，但也爽利，略作犹豫，便离开座位，刻意挺了挺胸。他径直坐在八仙桌边，膝盖撇成八字，胳膊搭在桌沿，仿佛穿着戏袍，马上要捋一把长须唱起来。观众忍不住笑了。

年轻人固执地背对着父亲，似乎只有背影才能表达他的反抗情绪。

"志清，工作的事情落实了，你怎么反倒不太高兴？你想想，酒厂一个大学生都没有，你在那儿扬眉吐气，谁都要高看你一眼。往后你只管在厂里大声说，你是章显贵的儿子。""父亲"的声音洪亮。

"台词不是这样的。"年轻人低声说道，"父亲也不是这样的腔调。"

"我认为这就是章显贵的真实心理。""父亲"回答，"他就是要你给他复仇。他这种人一辈子都不会反省，临死都不放弃战斗。"

"剧情是这样的,我等他先说话,他抽着烟,沉默中咳嗽几声。我们像在暗自较量。最后是我先开口。我说:'爸,我不想去酒厂。'"年轻人看着"父亲",说道,"您接着演。"

"我没有办法按你们的剧本演,相信我,我比你们更了解人性。""父亲"做出罢演的样子,"而且,你父亲根本不会觉得自己做错了什么,他认为那只是他的一份工作,他那么做了,拿点薪水养家糊口,如果对别人造成了伤害,那也是'工伤',和个人无关。"

"那是另一回事,跟本剧没有关系。"年轻人说道。

"怎么会没有关系呢?不是在探讨偶发事件对人生的影响吗?既然要厘清偶发事件在志清悲剧命运中的作用,同样要厘清偶发事件在他父亲身上的影响,他父亲为什么会变成那样的人,他为什么要那么做。尤其是当你们认定,父亲擅自投档,是志清悲剧最初的起因,厘清父亲的性格形成就更有必要,那是不能剪断的。"

"这样厘下去,就跑题了,没止境了。"年轻人双手绞缠片刻,"不过,您的想法非常深远。您现在的行为是偶发的,是我们没有预料到的,自然成了演出的一部分。我们相信您使剧情变得更加丰富了。"

"我不懂艺术,人生经验也很有限,我就是来了解偶发的。""父亲"这时倒有些羞涩不安,"看问题不能单一,不能陷入一个误区,要注意到章志清自身的问题。当他说不想去酒厂,父亲会大怒:'投档还剩最后一天,我要是不投到酒厂,你恐怕哪里也去不了,在家里种地干活?行啊,问问你挑得起几斤?扛得了多重?'"

"'今天收到了长沙那边的好消息',但我决定把这句台词咽下去,"年轻人说道,"让观众注意力集中到志清那张凝聚了伤心、愤怒,以及无助的脸。"

酒厂,一栋两层楼的老建筑,巨大的烟囱,白烟涌出来,在空中消散。隆隆的机器轰鸣声,显出一派生产生机。鸟儿飞来飞去。前景是一个简陋的小房间,窄床,长条桌,高背椅、暖水瓶、塑料桶、拖鞋,墙上贴着中国地图和世界地图。志清进门,脱下白色工作服挂在墙上,喝了口水,从抽屉里翻出衣报放进盆里,拎着桶准备出去。一个扎着长马尾巴,穿超短裙的姑娘蹦蹦跳跳,到门口故意放慢了脚步,扭腰细步走进来。

"我刚到车间找你,你不在。今天这么早下班了?"女孩说道。她苗条,像根电线杆。

"这批白酒酿造发酵出了点问题,暂时停工。"志清烦恼,没正眼看她。

"酒出问题,你就不理人了?"少女堵在门口,"你为什么总是这样一副高高在上的态度?"

"你先自己待着。我去洗个澡。"

"不行,咱们现在必须谈清楚。"少女夺过志清手里的东西,哐当放到一边,"那女的是谁,你为什么一直留着她的相片?"

"碍什么事了？又不占地方。"志清一副厌战的语气，"劳静，请你最好别不经我同意就翻我的东西，尊重我的私人空间。"

"你要那么多私人空间干什么？"少女很惊讶，"我妈说，两个人在一起就不应该有什么秘密。"

"你妈说你妈说，你就不能自己多读几本书，自己想问题？"志清打开抽屉胡乱翻一通，"照片呢？"

"你不是老放在胸前的口袋里吗？也许在你钱包的夹层里？或者在枕头底下？"劳静停顿一下，说道，"你还不如裱起来挂在墙上呢。"

志清摸摸口袋，望了一眼挂在墙上的工作服，明显松了口气。

"我不想去医院堕胎，"劳静一屁股坐在床上，抻了抻床单，"太丢人了，我全家人都会抬不起头来。"

志清肩膀软垮下去。

"我得去洗个澡，一身汗臭。"他重新拎起水桶。

"慢着慢着，等一下……"从观众席跑出一个女人，几步上前拦住志清，她穿着宽松的布裙，神色极为不满，"我觉得这儿有点问题，像劳静这个角色，她不会在这种时候提照片的事情，她不可能给自己节外生枝，制造没必要的麻烦。对她来说，和志清结婚才是目的。我认为她这时候会表现得温柔甜美，'你去吧，衣服留着我来洗。工作上的事情，不要太担心。想想你来之后，酒的质量好了，产量也高了，年年评先进，你贡献大着呢。'对吧，应该这样。

这是我理解的'劳静'。"

"编剧说了,'劳静'才十八岁,是那种受家里娇宠,不读书,只打扮,没什么头脑的女孩,她妈是垂帘听政的慈禧太后,她就是个布偶娃娃,被她妈用五个指头操纵着。没吃过苦头的女孩子通常都听妈妈的话。关键是,那时没有现在开放,劳静的大家族都在这个小县城,她根本用不着耍什么心计,你在人家眼皮子底下把人家姑娘弄怀孕了,敢不娶她?在当时的情形下,这可不是件小事。"志清说道,"而且当时城乡差别很大,'志清'乡下出身,对县城人来说,他们骨子里觉得这是能扯平的,也就是说,初中生'劳静'完全配得上大学生'志清',再加上怀孕的筹码,结婚就是天经地义了。但'志清'心里爱着那照片上的姑娘,不愿和'劳静'结婚。'劳静'仰慕'志清',在她那儿,爱情就是爱情,她没想过以怀孕来挟他。但这已经不是她个人的事,你看那边,她的大家族全来了。麻烦您先下去吧。"

一群人拥了过来。劳静的父母、叔叔婶婶、舅舅舅妈、哥哥姐姐、堂兄妹、表兄妹……他们像神奇的植物,瞬间从空地里长出来,衣服摩擦如叶子沙沙作响。他们是来和志清"商量"婚事的。

"国庆节是个好日子,就定这一天吧。"劳静的妈妈墩硕结实,面色红润,她桌子一拍下了结论。

植物们风吹一边倒,一片沙沙附和声。

"……现在结婚还没这个条件,没存款,没房子,父亲身体不好，我有医药费压力……再说，劳静还小，过两年等条件成熟了，都从容些……"志清谁也不看，就看着墙上的地图，好像在设计一条进攻路线，准备夜袭敌人阵营，然后转过头来征求参谋长的意见，"劳静，你说呢？"

他扑了个空，劳静已经不在屋里。他发现自己断了后援，身陷困境，唯有孤军奋战了。

亲戚们有些骚动，劳静妈挥挥手抚住了他们的情绪。

"志清，没钱，没房，没关系，白手起家更光荣。我们这个大家庭别的不说，就是心齐，团结互助。这些年都是这么过来的。日子说难也难，说易也易，只要两个人一条心，什么都不怕。"

志清面对地图一动不动。观众只能看见他的后脑勺。他脖子正在流汗。他的确该洗澡了。他仿佛也意识到这一点，拎起水桶冲开人墙。

"还没谈完呢！酒席在哪里办？"劳静妈追问。

"你们说怎么办就怎么办。"志清头也不回。

那女观众再次截住了他，不知道是因为热，还是过于激动，她的脸通红的。

"哎呀，不靠谱。我觉得逼婚这一幕完全可以删掉，毫无意义。这能证明志清是无辜的吗？这谈不上偶发事件，没有说服力。是他自身性格的原因。他是成年人，应该为自己的行为负责。我虽然不知道他和那个戴丽蓉是怎么分手的，或者说之后保持一种什么样的关系，但是可以肯定的是，志清依然爱着戴丽蓉，同时也喜欢劳静。劳静比戴丽蓉漂亮，可在精神上无法交流，她的无知和无理让志清伤脑筋。他通过劳静证实自己只爱戴丽蓉，并且这爱更加深。不管他和劳静是情不自禁，还是出于寂寞，都是他自己主动做的，因此，逼婚不构成偶发。从这儿开始，基本上可以断定，你们这个剧本关于偶发与悲剧关系的探讨都没法成立。"

"谁也不是当事人，甚至恐怕当事人自己也不说清呢。"志清换了一只手拎桶，"这一大家族的压力排山倒海，谁也挡不住。我倒是觉得这一群人不该出现，让志清和劳静两个人周旋，会更有意思。"

女观众耸了耸肩："结婚、离婚，从来不是一个或两个人的事情。如果现实就是这样的呢？艺术要逃避生活，避免过于真实吗？那怎么通过艺术表达生活真实呢？"

"为了突出主题，可以不惜扭曲生活。"

"这么说我就糊涂了。那生活是什么呢？"

"志清，酒席摆多少桌？你们乡里有多少亲戚？"劳静妈的大嗓门穿透剧场。

剧有十八部分，剧场用塑料隔了六个空间，每个空间上演三部分。没有时间顺序。可以从任何一部分开始欣赏，获得不同的体验。观众自由流动。有免费茶、咖啡、水果、点心。这种演出和别的不一样，观众也不是一般的观众，都是文化艺术界有身份的人，他们在中场休息时讨论剧情，分析人物，甚至小声争论。灯光微妙，影子落在塑料墙上，像另一幕舞台剧。

"劳静根本不懂基督教,她突然信仰上帝,其实就是怕死。她爱财如命,自私,冷漠,如果她真懂基督教义,她就懂得如何爱他人,不会任由怨恨填满了她内心。"那个灰白头发的男人端着一杯茶,一直说到茶冷热气消,一口喝下半杯,"对不起,请允许我剧透一下。劳静将自己的病怪罪于章志清,这是荒唐的逻辑。妻子意外怀孕,怎么单怪丈夫?流产后得绒毛癌,这是万分之一的概率。此时劳静四十出头,国家已经号召生育二胎了,如果她生下来,结果肯定不一样。"

"林老师,你认为,劳静的意外怀孕,也是影响章志清人生悲剧的偶发事件?"短发观众问道。

"当然。如果你不介意我剧透更多,我可以谈谈我对整个事件的看法。用宿命论的观点来说,几乎所有的偶发事件都具有绝对杀伤力,都是奔索取章志清性命去的。回放整出戏,有太多值得咀嚼的地方。章志清入院前几年,也就是劳静得绒毛癌的时候,他已经感觉嗓子不舒服,像有菜叶贴在喉咙里。老话说得好,贫贱夫妻百事哀。1997年酒厂倒闭,章志清也下了岗,沦为无业游民。那张大学文凭不值钱了,身上的光环也退了,劳静以及劳静家族就不那么看得起他了。下岗后章志清挣扎过,开过早餐店,亏了,试着借钱做饲料生意,被坑了,欠债了,最终像木桩子半截被直接钉进土里,动弹不得。劳静妈的杂货铺生意很好,每天钞票数得刷刷响。章志清便留在家里给劳家煮饭，研习菜谱，辅导儿子功课。但一个男人只会煮饭，饭菜做得再好，也没有价值，更不能赢得尊重。章志清刻薄话听多了，心里积郁，对父亲的怨恨也更加清晰。这期间劳静还发生过一段不了了之的爱情，章志清无力追问，也自觉不配追问，因为他有戴丽蓉。可能劳静知道这回事，出轨找平衡。婚姻这么无聊，不在内心兴点风暴，就没有存在感。风暴过后，婚姻会有和风细雨的阶段，于是有了劳静的意外怀孕。事情好像一个麻线团，有时很难抽出线头来。当然这正是这个剧要做的，探讨，分析，追根究底。

"再说回劳静得了那要命的病，吓得日哭夜哭。化疗期间，一个信基督教的朋友到医院看她，祷告，布道，轻而易举将劳静拉入她们那支爱跳广场舞的队伍。三个月后劳静病情稳定，八个月后基本康复，劳静出院第一件事就是给教堂捐了五千元。那教堂是一个商人新建的，经常以上帝的名义，发起各种五花八门的捐款。劳静对上帝比对任何人都要慷慨。

"劳静和上帝生活。她唱圣歌。和教友相处。每周日去教堂，对上帝说心里话。她把上帝挂在墙上，把教友带到家里搞活动时，让章志清待在房间里不出来。章志清百依百顺。他打几份零工挣钱，下班买菜做饭，洗碗拖地，老老实实将工资摆在抽屉里。章志清原本是喝酒的，但不酗酒，大约是这时候开始，章志清每天至少喝三顿白酒，烧喉咙的高度烈酒。也是这个时候，他明显感觉喉咙里有东西。观众，甚至剧作家也不知道章志清心里怎么想的。他是否意识到某种不祥？或者他忽略了自己的身体，或者他知道有病无钱治，索性不去看病？这个谜永远没有机会解开。我们只能依赖后面的剧情来解读和判断。"

"林老师，我觉得章志清已经对生活失去信心，对死亡看得很淡。生命的火焰可能就在那时熄灭。我太了解那种不能离婚不能挣脱的感受了，那是地狱，真正的地狱。我要是一只淋湿了翅膀的鸟，凭两条细腿也要走出去，这样才有机会重新飞起来。更何况还有戴丽蓉。否则，那样窝窝囊囊地活着，岂不是两边负罪？"

"设身处地来看，没那么容易。他提出离婚，遇到各种阻力，母亲以死相逼，连上初中的儿子也以跳楼要挟。人在一张网中，蛛丝四面八方黏缠着你，是由不得自己的。"

"可怜戴丽蓉，二十年等来一噩耗。"

肿瘤医院胸内科。病房。穿条纹服的章志清躺在床上输液。床头柜上摆着水果，茶杯、药品。他长时间看着液体一点一点滴下来，好像在记数。

戴丽蓉走到病房外，忽然停步不前。

"等一等，我的心跳太快……我千万不能哭。"戴丽蓉扶着墙，做深呼吸，前胸起伏，"……这样的见面，我是想都没想过的。我真怕我受不了。梅姐，我还是不进去了。"

"到了这儿都不进去，你会后悔的。"志梅说着就进了病房，"志清，你同学来看你了。"

戴丽蓉正面对墙壁犹豫，脸上赶紧堆起愉悦。

志清看见她，眼睛一亮，随即暗下去："都惊动你老人家了，我猜是夏胖子嘴巴多。"

"你怎么不早点告诉我，医院我有熟人，兴许能帮上一点忙。"眼泪已经在戴丽蓉眼眶里转，"脾气还是这么犟。"

"医生都头痛得要死，你帮得了什么。"志清说。

大泪珠默默地滚出小眼睛，戴丽蓉憋着不出声。

"劳静呢？"志梅问。

"医生叫她去办公室了，估计又要宰我一笔狠的。可能要给我装支架，看我要进口的还是国产的，要铝合金的还是纯黄金的，他们会说纯黄金的没副作用……嘿嘿，不是说化疗效果很好吗？这一下又说穿孔了，要立即禁食……你做的什么好吃的，我闻一闻。"志梅打开饭盒，"嗯，真香，幸好我也没什么胃口。"

戴丽蓉冲出病房，趴伏走廊墙壁，整个人好像在努力嵌到墙里去。

"我们刚知道结果时，通宵通宵地哭，无法接受这样的现实。"志梅站在她身边，拍拍她以示安慰，"你先陪一陪志清，我去医生那里问问情况。"

"他装作没事一样。他心里该有多么难过。"戴丽蓉说话时，志梅已经走了。她像个梦游者一般站在走廊里。

短发女观众早就坐不住了，她几步上前，拽了拽戴丽蓉衣摆："我一直想知道，你和章志清是怎么分手的？"

戴丽蓉吃了一惊，低声说："加戏了？剧本里没这段呀！"

短发女观众点点头："你真等了他二十年？"

戴丽蓉面色尴尬，东张西望，想看导演是否有什么暗示。

"看样子你完全不知道。你根本没有吃透你演的人物，没吃透角色性格，就不可能演好，也打动不了观众。"

"我只是认为，他们怎么分手，这个细节在整个剧中根本不重要。1980年代没有手机，联络靠写信，难免产生各种各样的误差、误会。那时候因工作分配而分手的恋人很多。还有不少两地分居的夫妻，一年也见不着几面，睡不了几回觉。丽蓉和志清的事情，不过是沧海一粟。我从没把丽蓉当虚构的人物来看，我觉得她是一代人悲剧的缩影。要放在今天，这花花绿绿的世界，那么多交友平台每天在发生数不清的爱情，等你二十天就算不错了，离婚也算不了什么……我为什么等了志清二十年？他是个孝子，他一直说分配问题出了意外。当我知道是他父亲一手操纵之后，我们分开已经两年。我去酒厂找他。那时劳静已经怀孕，他们准备结婚。我们一起吃了餐饭，像普通同学。劳静把我的那张照片还给了我，但志清瞒着她又要回去了。他什么也没解释。没错，事情总会水落石出，可是人啊，谁耗得过时间……要是我当年不赌气，就算他失信，分回老家小破厂，我们可以耐心等待以后的工作调动……天啊，难道这个偶发事件，难道我，是他悲剧命运中最初、最致命的一击？"

"这就说不清了。你先去陪志清，好好说会儿话。"短发女观众回到座位。

"是我对不起他!"戴丽蓉揪住胸口的衣服,"他一直在苦苦挣扎,可他的双脚陷在泥沼里。可怜的人,我以为他结婚后会幸福,我以为我嫁人以后,对我俩都好。我们在不断地犯错。然而错误并不能挽救错误……我真不忍再看,他脸上已有死人的样子。"

戴丽蓉低头走进病房,坐在病床前的凳子上。她想给他削个水果,拿起来放下去。

戴丽蓉和志清聊天的画面转入背景。

灯光打在病房过道里。

志梅和劳静拖着疲惫的脚步,缓缓地走过来。满脸绝望。

"姐,我们是装不起进口支架了……本来就没有什么积蓄。"

"志清都这样了,别让他死前再受支架质量问题的折磨。"

"装了副作用也很大,而且肿瘤很快会压迫支架……"

"不装活不了几天。你们是二十年的夫妻,你不要舍不得钱。"

"上帝保佑。你说哪儿去了,我砸锅卖铁也要给志清治病。"

这时,观众席有个年轻人站起来大声说道:"看不下去了,太不合逻辑了嘛!"他走到舞台中间,盯着劳静,"整个剧我已经看了两遍,我还是没看明白,为什么你信教之后,上帝并没有软化你,反而使你的心更加冷硬?这说不过去。还有一点就是,为什么两年前发现不适不就医?那时候花钱是能救命的。志清自己一直在吃抗癌药,你从来不看他吃的什么药?或者你知道是抗癌药,装作不知道?不至于呀,虽说你粗心、无知、自我,但也不至于歹毒吧。"他搓搓手,"唔,这种疏忽漏洞在剧本或小说中可是硬伤。观众不是那么好哄的。"

"你不了解志清的这个人物性格,他不爱说话,什么都闷在心里。"

"那是因为你们无法沟通。后来你心里又有了上帝,说实话,劳静,你从上帝那儿学到了什么?"

"这我不知道,剧本里没写出来……莫非,连这也成了志清悲剧命中的一个偶发因素?"

年轻人说道:"我不信上帝,却坚信魔鬼。你自己知道,上帝可能只是你营造的个人避难所。尽管你日跪夜跪,恳求上帝垂顾志清,可是当志清需要你,当你能做出更实际有效的事情的时候,你去哪里了呢?"

志梅笑道:"虽然编剧一再强调避免给人物做任何的道德审判,但你这几句话还是挺意味深长的,并且闪闪发光。"

一年半以前。春天。农家小院。几个人坐在瓜棚下闲聊。小孩子追逐一只蝴蝶。狗吐着舌头。瓜藤爬满围墙。树上开着石榴花。炊烟在屋顶上升起。屋里传出菜刀剁砧板的快乐声响。声音渐渐变得缓慢无力。章志清从背景里走出来,身穿蓝衣服,系着红围兜,袖子卷到肘部,脸上有汗。

"大姐你来接着剁吧，我实在是不舒服，"他解开围兜，搭在椅子上，"喉咙痛得厉害，我想躺一会儿。"

"没问题，大家不要嫌我做得没志清做得好吃，红烧肉还是志梅负责，我搞不好。"章志兰系上围兜，"都十一点了，怎么还不见劳静过来？"

"我打个电话给她。"父亲说道。

"爸，别给她打。"志兰音量增大，"平时也就算了，今天是您的八十大寿，她一个做晚辈的不早早回来祝寿，还要一请再请？太不像话了！"

"她妈店里忙，走不开喽。"章显贵戴上老花眼镜翻手机号码。

志兰抢走父亲的手机："爸，这一次我真不同意你打电话，她爱来就来，不来拉倒。当了二十年的儿媳妇，她给公婆买过一双袜子没？帮你们洗过一只碗没？她家里的事情志清里里外外全包了，她当公主就在她家里当好了，我们家不需要什么公主。"

"是啊，志清太辛苦，这次看他瘦了好多。"志梅也不同意打电话给劳静，"他们两口子怎么安排生活，咱们不管，牵涉到对老人的态度，她要做得不对，我们肯定有意见。我们这些女儿女婿外孙外孙女们都是客人，劳静作为章家唯一的儿媳妇，昨天就应该回家来待客的。不是所有的事情志清都可以替代。"

父母亲沉默，神色忐忑不安。于是父亲扛起锄头，在后园挖来挖去。

观众林老师已经悄然上台，靠在瓜棚柱子上观看这场争论。他摇了摇头，一声叹息：

"你们在这儿批评劳静，似乎是为志清鸣不平。为什么你们没有一个人想到去问一问志清怎么不舒服？为什么喉咙痛？他是否发烧？严不严重？需不需要去医院？按照剧本中描述的姐弟情深，前后矛盾，不应该出现这种显得淡漠的表现。"

"志清从来没生过病，连咳都没咳过一声。"志兰说道，"大家可能以为他喉咙痛是吃辣椒太多上火。"

"应该不是淡漠，我们了解了章显贵那种性格，在他的笼罩下，家庭成员之间表达情感的方式没那么细腻。不过……"志梅有点伤感，"编剧这么编排，也许是为了制造遗憾吧。这会使观众对志清这个人物产生更多遗憾与悲悯。而且，恰恰在这个时候，父亲的高血压突发……"

菜地里的章显贵呼吸困难，慢慢倒在地上，手脚开始痉挛。

"快拿救心丸来，先给爸吃一颗。"志兰边说边打急救电话，"水，倒杯水。"

大家手忙脚乱。

志清拖着脚从房间出来，混乱的场面并没有使他清醒振作。他似乎正忍受着巨大的痛苦：

"又到地里挖土了是吧？总会有一回救不及的。"志清靠着墙，等父亲恢复意识，转身想回房间。

"看得出你正在发高烧，而且烧迷糊了。但现在没人顾得上你。"林老师拦住了他,"坦白说,你这时知道你得了病吗?知道发烧和喉咙痛的原因了吗?你和劳静感情到底怎么样?做儿媳妇得她自己来做,你替代不了的。你这到底是对婚姻无可奈何的妥协呢,还是对劳静真的宠爱?按道理,宠爱是会有回报的,为什么劳静对你漠不关心?剧本后面,在你的葬礼上,夏胖子说了个秘密,说劳静对你有怨恨,她报复你,有这回事吗?"

"您的问题真复杂。"志清说道,"要说他们的夫妻感情,千丝万缕,不可能像黄豆和黑豆那样,很容易识别分类。但闭上眼睛摸上去,是一回事。要我说,这个时候志清对自己的病情可能有所察觉,网上一搜就知道怎么回事,但他并没去医院确诊。也许是讳疾忌医,有某种恐惧。每个人想法不一样,我们不可能找到一个绝对正确的答案。"

"虽然我提了很多意见,但我从不觉得这个剧不好。也许是因为它留下许多悬念的缘故。也许这也正是它迷人的地方。"

"我回来啦!带了爸爸最爱吃的白干子。"远远地传来劳静甜美的画外音。黑狗也汪汪叫起来。

"是我打了电话给她。我说,大家都念叨你,你不回来三缺一。"

"你用心良苦。"

"这么说来,父亲的心脏病也成为偶发因素之一了。"

私语者嘴里轻轻喷出气体,滋滋声像蛇吐着信子,激动时失控，有些音节变重，根据听到的"捆绑""道德""囚笼""价值"等关键词语。可以判断他们在争论志清该不该离婚，什么是婚姻的道德，道德捆绑下的人生有没有价值。人就是善于自我囚禁的动物，他们在这笼子里一边伤感无奈，一边自豪于自己身上的牺牲精神与道德光彩——瞧，我是一个负责任的人，我是一个伟大的父亲（母亲）——志清就是这样的，儿子填补了人生的缺陷，儿子是良药，治他百病。但那些如针尖一样刺扎的寂寞蠢动，只有戴丽蓉才能平复。观众是洞悉人性的，他们一直在用自己的思想丰富这出戏。

酒店公寓。阴雨天。不时有闪电划过窗前。果汁机、电饭煲、豆浆机，所有电器指示灯都灭了，没有搅拌机的声响，锅冷灶凉，房间显得格外冷清。

志梅背对观众，看着窗外飘雨。

戴丽蓉出现。她甩掉红伞上的雨水，理了理头发。门是敞开的。志梅的背影像一件家具。

戴丽蓉手里的伞掉在地上，她第一反应是志清走了。"梅姐……"她的声音像猫爪般往前探了探。

志梅转过身："是你来了……这种天气……啊，鞋袜都湿了，我拿双拖鞋给你。"

志梅从床底下拿出一双塑料拖鞋。"别再带什么东西了，人参燕窝都没用。这几天装了支架，不能吃，水都不能沾。先前做吃的给他，还觉得自己有点用，现在感觉自己就是一截废物。"

"这是最后一次,我以后不来了。"戴丽蓉说道,"他不欢迎我。"

"你应该了解志清。"

"我以为我了解,但现在我糊涂了。你不知道,他说我一直是自作多情。"戴丽蓉眼睛又水汪汪的,"我病了好几天。好不甘心,这二十年难道是我的幻觉?我昨天专门去了一趟母校。我们第一次接吻的地方,那棵榕树更老更多须。图书馆、教室、操场、公园里的长椅、夜灯下的小路,凡是我们过去走过的地方,我都去了。我想证实过去是真实的。我证实了,又恍惚了。现在我明白,除了我们可以用手触碰感知的物质,没有谁能证实那种缥缈的事情。由两个半圆组成的圆,如果丢失了其中一个半圆,那半虚空是不能自我证实的。我的悲剧是,那个半圆还在呢,就已经无法证实了。更残忍的是,那个半圆说,他是假的,连证实都没必要了。我去母校,就算是与他,与过去告别。"

"你不应该生气。想想一个将死的人,他的苦衷。"志梅说,"无论如何,现在日夜守在他旁边的是劳静。"

一位女观众走进房间,打断两人:"我觉得这里情节推进太慢,戴丽蓉的戏太多,离主题远了。她总是哭哭啼啼的,显得很没主见。她难道不明白,频繁来医院会引起劳静反感?她一直是劳静心里的刺。你们忘了劳静因为照片和志清吵架?她容不下一张照片,容不下一段往事,自然也容不下情敌时常在身边出没。依我看,劳静这种吃醋吃到死的人,看到戴丽蓉和志清在一起很不高兴,不顾志清病重，私底下吵过，志清只好故意嘲笑戴丽蓉自作多情，挥剑斩情丝，然后专心表演患难夫妻。苦啊。"

"志清可以婉转一点，何必临死还要撕碎别人的心。"戴丽蓉说道。

"我认为，他说那无情的话，是为他死时减少你的悲伤，不必过于怀念。他是爱你的，这把剑刺得越深，对你越好。"女观众说道，"如果你对人物的行为理解不够，你的表演会影响整个剧本的感染力。你这时候应该知道，刺中你心窝的，是一把幸福之剑。"

"让我品味一下幸福之剑刺中心窝是什么感觉……"戴丽蓉闭眼仰面，回过神来，便说，"能不能换一种方式来形容？把幸福和利器绑在一起，总觉得危险。"

"幸福就是利刃，谁握着都得小心。"

"回到剧本吧。"志梅说道，"丽蓉，你不来医院了也好。活着的，都好好活着。"

"我再说一句就走，"女观众对戴丽蓉说，"劳静其实也是可怜，没有志清，也许她能嫁一个真正爱她的呢，也不至于现在四十出头，就要变成寡妇了。"

"这么说未免太刻薄了。"戴丽蓉回答，"怎么能将过错引到病人身上？他活着难道是为了让自己吃尽苦头吗？"

"志清应该向两个女人谢罪。"女观众的话更加无情。

集市背景。凌乱，嘈杂，自行车、三轮车、摩托车横七竖八。不时响起一阵烦躁的汽车喇叭声。满头白发的章显贵挑着担子，颤巍巍走到菜市口。他放下扁担，腰背还是弯的。

"买土菜吧，自家种的，没有农药化肥的。"他对着前方喊道，"五块钱一把，十二块钱三把。"他在台上走了一圈，朝不同方向吆喝。

一阵忙碌后，章显贵站在空筐边数钱："……46，47，48……"

"章大爷，你一个退休干部，不在家享清福，怎么做起小买卖来了？"林老师像领导干部那样背着双手，做出威严的样子，"志清有医保吗？"

"搞不清。"章显贵说，"我挣一分是一分。"

"你大概也不知道社会形势，你儿子住院一天几千块，你挣这点小菜钱，还不够一天的床位费。"

"一天几千？哪个病得起喔？"

"砸锅卖铁、家破人亡的多了。"

"志清再住段时间就可以出院了。"章显贵说道。

"噢。"林老师踱了几步，"这个剧本我倒背如流。志清最终是死了的。上一次演出中，有人建议修改结尾，志清得到康复，让他在劳静和戴丽蓉之间，面临新的选择难题。当然，意见没有采纳，剧本照旧。我一直觉得章显贵这个人物值得深度挖掘，但剧本没给这个空间。不如咱们现在聊一聊这个人物？你觉得你理解他吗，他当真相信志清能治好？"

"志清住院这年，章显贵八十一岁，这个年纪的老人，脑子多少有些糊涂，加上农村生活封闭，受外界变化的影响不大，他的生活或者观念还停留在几十年前。家人怕章显贵受刺激，对他隐瞒了志清的真实病情，他一直相信志清能治好的。章显贵幼年丧母，父亲是个赌鬼加酒鬼，童年称得上凄惨。当然旧社会的人大多生活凄惨。"

"章显贵并非对子女冷漠，事实上，儿子的死亡，直接导致他后来的崩溃，简直像一场来自死者的报复……观众朋友们，对不起，我剧透了。"林老师挥挥手，"也无妨，本来就是探讨，想到哪儿就说到哪儿吧。章显贵疯傻那一幕，本是下一场在隔壁空间演，咱们索性挪到这一幕算了，还有了点诗歌的跳跃效果。是不是？"

"这样跳会不会显得突兀？"章显贵说道，"还是再铺垫铺垫崩溃的先兆。章显贵是头犟驴，温情软话他是不会说的，也不会说'对不起'，即便他觉得自己错了。这种人的情感，实则是非常浓烈，尖锐易折的。"

"剧本本来是副漂亮清晰的骨骼，硬是补些肉上去，也不相洽，该省略的省略，免得拖沓。你，章显贵，每天风雨无阻，去集市卖菜筹钱，其实已经有了老年痴呆症的前兆，要充当拯救儿子的英雄。章大爷，你最大的不幸，就是你从不了解自己。"

"我很想再演一演章显贵面对儿子尸体的那一幕……前几场我都没有演到位，要么过于夸张，要么过于拘束。有的观众不赞同当场昏厥，说那是中世纪欧洲女人的表现，所以她们总是带着扇子和嗅盐。当然，这是不能相提并论的。欧洲女人喜欢晕倒,多半是胸衣太紧的缘故,或者是传统观念中贵妇要苍白娇弱才能显示身份,身体健康的女人多被看作身份下流的象征。"

"甭管那些贵族妇女是真晕还是装晕,就章显贵的昏厥来说,我认为合乎实际。我在生活中见过这种场面,与滑稽剧中昏厥者自掐人中醒过来的大为不同。章显贵重男轻女,更何况儿子还是大学生,他的世界是靠志清撑起来的。志清的死出乎意料,他难以接受。某种程度上,他认为是自己的失败……依我看,你只需要稍稍处理一下晕厥,倒地时尽量自然一点。"

"可不好掌握呢,不如现在练一练,你帮忙看着。"章显贵酝酿情绪。

一个怯生生的观众参与进来:"算了吧,彻骨的悲痛是没法表演的。最好是别安排章显贵见到儿子的尸体。"

章志清出院,一身皮包骨。肿瘤挤坏了支架,压迫气管,咳嗽,多痰,呕吐,发烧。食道空隙剩牙签般大小。医生打发他回家休养,就是等死的意思。

黑暗中传来剧烈的咳嗽声。聚光灯亮起。室内。章志清像一只大虾躺在床上,喘粗气。志梅坐在床边,用棉签蘸了水,涂在他发白的嘴皮子上。劳静平静地东擦擦,西抹抹,最后洗干净痰盂,放在床底。

没有人说话。屋里有哀伤和肃穆的气氛。

劳静妈风风火火进了屋,径直抓住志清的手:"崽呀,这样子怎么能出院？不要担心钱的问题，娘骨头缝里剔出肉来都要给你治病。你自己也要乐观，听到没有？一定整得好的。"

章志清的嗓子已经烂得说不出话。

"劳静跟你说没，她有个教友的老公也是得了这个病，前年信了上帝，现在活弹弹的，上天揽得月，下海捉得鳖，一个月还能挣四五千呢。"

章志清一阵猛嗽，一口气上不来，脸都憋青了。

志梅替他捶背，眼泪落下来："看看他的手，都扎烂了，针扎十几下都扎不进去……志清自己要回家，就让他待在家里吧，不要再受那份罪了……至于上帝，要是上帝管用，医院早就关门了。我读书少，不明白为什么以前这儿没有上帝，大家生活都还好，有了上帝之后，病痛倒越来越多了，村里的那些新坟，都是得癌死的，有的比志清还年轻……"

"病还是要治，无论如何都要治，哪个忍心看着他这样子，而不去医院治呢？志清当了我二十年女婿，我一直把他看作亲生儿子，跟自己的儿子没两样的。"劳静妈并不控制嗓门，"劳静，快打120叫救护车来。"

劳静像士兵听到指令，立刻执行。

"不行。"志梅咆哮了一声，"搬进搬出，病人受不了这么折腾。谁也别做主，听志清的意思，他说去医院就去，他要是想待在家里，就待在家里。"

劳静妈俯身倾向志清："崽啊，我的好崽，听话，咱们去医院，好吗？你要有信心，一定会好的。娘绝不会丢下你不管。"

志清点了点头。

"我们章家人全都说不出这样漂亮肉麻的话，"志梅鼻孔里哼了一声，摸摸病人的额头，说，"志清，告诉姐，你真的想去医院吗？"

志清抓紧志梅的手，连连摇头。

"崽呀，你要听话呀，咱们去医院，好好整病，啊？"劳静妈语气有点逼迫。

"还整，整个鬼！"志梅霍地站直，"我知道，你们就是不想他死在家里。"

"章志梅，你讲话要凭良心。"劳静妈被烫了似的，"我骨头缝里剔出肉来……"

"别说这些，我不爱听。志清像个上门女婿一样服侍你们一大家子，最后连在自己的床上落气的权力都没有？邪了门了！我看看谁敢动他。"志梅面红耳赤，短发几乎竖起。

劳静一直没吭声，这时呜呜地哭诉起来："这么讲要不得呢，误解太深了啊。这几个月我日里夜里，寸步不离照顾他，天天祷告，我的教友也帮我祷告，就是希望他好起来……他要是走了，我也不想活了的啊……"

志清摆摆手制止他们，咳嗽，吐出一口血痰——事先含在嘴里的番茄汁。

这一幕似乎特别有吸引力，临近结束，才有一位女观众皱着眉头打断演出：

"这里不合常情，家属怎么会在病人面前发生这种赤裸裸的争论？我记得我大伯母住院时，一直不知道自己得的是绝症，更不知道自己会死。让病人知道他活不了几天，这是很残忍的。"

"章志清知道自己病情严重，他还反过来瞒家属，宽慰别人。"志梅说道，"志梅是故意当他的面和他岳母吵，就是想让志清看穿这个慈禧太后的虚假和伪善。"

"我还是不太理解。她们为什么会不让他死在家里呢？"

"死在家里会晦气的，知道不？她们连自己的亲人都会嫌弃，还有比这自私无情的吗？不知道你看完全剧没有，章志清下葬时，劳静都没跟去坟地。"

"她为什么不跟去坟地下葬？"

"这是当地乡俗，女人如果还想再嫁人，是不能送死者去坟地的。"

"噢。可怜的章志清。"

"活着的更可怜。"

"剧中提到劳静报复志清，我不太理解。难道她存心要让自己成为寡妇，让儿子失去父亲？"

"这是一个报复的度，她没有掌握好。"志梅回答。

"我没有这样的亲戚，"女观众问劳静妈，"会有人这么市侩、斤斤计较的吗？……噢，真没想到，一个剽悍的岳母，也能成为悲剧人生中的偶发因素。"

病房。医生进出。章家大小围着病床。章显贵躺着，瘦得像骷髅，但精力旺盛，说话时唾液飞溅，枯枝般的手指在空中划动：

"哈哈，老子天下第一富豪，你们都莫上班了，都回来，我发钱……全家都登仙……天九，地八……拿八百万去，救活志清……中国银行还有一个亿的定期，快点给我去取了，摆一百桌……"

"知道了，爸，你这样喊了三天三夜了，快歇一阵，听话，吃完这点粥，我们就去银行取钱。"志梅端着碗勺。

"不吃！你们也不要吃。要登仙。"

"吃了才有劲飞起来，爸。"

"走开！莫碍我的事……你们都想害我。"

"喝口仙水吧。"

"妖精！你，哪里来的妖精？"

章家人在床边忍不住笑出了声。

画外音：二十天后，章显贵死在医院。

散场时观众默默走出场地，有人打哈欠，也有人就剧本好坏大声争执。剧场的灯都灭了，里面一片漆黑。

"站住——"忽然有人大叫一声。聚光灯重新亮起，劳静在那束黄光中，像一条被飞蛾包围的大虫挣扎，"你们就这样心安理得地走了？这不公平，整个剧对我这个人物都是不公平的。说真心话，我觉得它就是一坨狗屎。太主观了，刻意的导向，偏激的情绪……你们，从编剧、导演到观众,居然从头至尾剥夺了劳静的发言权,你们甚至蔑视她的眼泪。你们把章显贵的死算在她的头上。你们把她塑造成一个狠毒的女人。你们让大家误解她,仇恨她,把她丢进一个比坟墓还冰冷的世界……倘若你们对她多一点了解,你们会认为,她才是这场戏中最悲剧的人物。"

观众站在门口朝舞台张望。

"为什么这么说?"一个中年男子发问。

"最痛苦的不是死亡,而是活着。如果只有死能唤醒你们,我已经准备好了绳索。"

她站上凳子。

"不行,这样处理也太用力了。"导演的声音。

"我期待明天的观众。"

灯再次熄灭了。

作家肖像

这些道听途说的二手材料，也许存在误解、偏差、添油加醋，但熟悉A的人都认为整个故事没有脱离基本真实，大部分内容众所周知，和A关系亲近的人提供了某些情节、细节，心理活动部分由具备生活经验的人，以洞察人性的天赋加以完善，合乎逻辑的揣测推断属于文学性质的虚构，使其血肉丰满。

有人认为，A悲剧性的根源可能是文学，可能是生理缺陷——镶嵌在眼眶里的那只狗眼珠并不能美化他那张毛孔粗糙的脸，也不能使他横肉丛生的面部变得柔和，这个畜牲的器官仅仅是填补了一个实际的黑坑，却制造出无形的心灵空洞，影响了A通过眼睛向同类传情达意的功能。也许这扇心灵的假窗户导致了交流障碍，使他不得不借助肢体和语言暴力。

人们以为A习惯了那只狗眼，直到他在第一次结婚的第十个年头当众发飙。那时候A已经遇上贵人，这个表现出写作才华的农民，当上了电视台记者，继而被推荐到某大学作家班深造，发表了几篇小说之后，脱胎换骨成了作家。文学附体，A脸上那只狗眼依旧死灰，但神情举止与从前不同，人眼微醺，鼻梁上架了一副眼镜，走路时下巴抬起来，头略偏左肩，像是憋着一股劲——没当作家之前，那颗脑袋在脖子上倒是规规矩矩的——直到某次A在酒桌上向自己的狗眼开火，人们才意识到，他过去在乡下艰难成就的婚姻就像一身破旧的衣服，在如今金碧辉煌的殿堂中显得灰暗寒碜不合时宜。在场的人数年后仍能逼真地模仿出当时的情形，A猛地从座椅上站起来，摘下眼镜，手指自己的狗眼珠，说："我这个样子，哪个会要我？"

作为一个贫穷和戴假眼的农民，A在大龄时终于结了婚，那个随他迁城入户，没有文化的妻子大刘——朋友们习惯以大刘和小刘来区分A的两个刘姓女人——做姑娘时和已婚的村支书发生关系，此事人尽皆知。姑娘的处女膜和A的狗眼被灵巧的媒人分放天平两端，意外地使一对男女半斤八两门当户对。A原本就为脸上的狗眼自卑，清除了家里任何照得见人脸的东西，婚后又增添妻子被别人破身的羞耻，这根暗刺扎在心头，疼得他挺不直腰。随着身份转化阶层上升，这根刺越来越清晰尖锐，双重屈辱的煎烤，使这个在小地方混出头面的A脾气更加暴躁易怒。

不管A对他的女人多么粗糙，他的背叛、抛弃、暴力、性虐、自私、悭吝等诸多不太美好的品行都获得了她们无限的宽容。这一点颇令人费解。A被他的女人视为玉石，她们心甘情愿地呵护奉献，连同它的瑕疵一并擦拭打磨。这块玉石在女人们手中流转，浸染她们各自的体温、汗水、眼泪、生活，经年累月，其质地不但没有变得温润通透，反倒模糊不清暗影重重，而她们被玉石粗糙的部分弄伤，没有人怨恨，更没有人反目成仇，惹人艳羡。

　　出于对死者的尊重，读者最好不要刨根问底，不妨将此事完全看作虚构，世界上并不存在一个这样的人，一个发表过一点东西，因文学的加持而志得意满的男人，获得本市文学奖酒足饭饱后横尸街头，连同体内的酒精欢娱荡漾春情一起摊在冰冷的马路中央。

　　原配大刘没有特别之处，普通得连描述她的外貌都显得多余。不管她年轻时有过何等痛楚的感情经历，终归在"伤风败俗"的道德评判覆盖之下，直到婚恋形式多样，人们见怪不怪的时代，A却仍然没有达到社会的宽容度，对那事依然耿耿于怀。没有人知道村干部对大刘的情感属于哪种类型，总之没有任何谴责的言语落在村干部身上。多年来大刘和村干部一直保持良好的关系。村干部的父亲过世，大刘特意回乡参加葬礼，A大怒，痛打了大刘一顿，喊了多年离婚的口号付诸行动，谁劝都不管用。此时他们的女儿已经参加工作，为了给A冷静的时空，大刘去了北京和女儿生活。顺带提一下A和女儿的感情，父女俩的隔阂是从做父亲的听护士恭喜他得了千金时掉头就走开始的。A想要的是儿子。当女儿在离婚问题上公然袒护大刘时，A声称要断绝父女关系。

　　A在大刘腾出的时空里并没有自我反省，相反立刻将一位年轻的女记者揽到怀中。女记者是个文学青年，对 A 的仰慕填补了他的生理缺陷以及他异于常人的性情。她知道好些伟大的作家，在他们伟大的作品背后隐藏着私生活丑陋的一面，赌博、吸毒、淫乱、情妇、私生子，自私、负心等等，她说得出一长串名字，而且她认为中规中矩成不了好作家。女记者具有城里姑娘的大方洋气，旁人也觉得大刘没有哪一处比得上她，虽说对于始乱终弃嘴上有道德上的评判，心底里却是羡慕 A 的，因此 A 真正办理离婚时，不再有人劝阻，而大刘也安静地——也许是绝望地——成全了他们。

女记者并没有使 A 获得新的创作灵感，相反进一步激化了他内心深处的自卑，按道理她根本不应该看得上他。他怀疑她嫁给自己的动机是想要在电视台里站稳脚，调进这个单位来。他也怀疑任何和女记者有联系的男人，老觉得自己被戴了绿帽子，甚至觉得这事情周围的人都知道了，只有他还蒙在鼓里。人们在聊天，看到他走过来就闭上嘴巴，他认为那是在议论他和他年轻老婆的风流韵事。他越是恼怒性欲越是强烈，而性生活这件事让他感到自己的地位与强大，他从后面揪住记者的头发，或反钳住她的手，打她的屁股，咬她的乳头，把她弄得到处青紫。这种情况过去也发生在大刘身上，只不过大刘把这当作夫妻间的隐私，或性生活里合理存在的一部分。A 的悭吝、自私、酗酒、暴力等品行，在女记者这里表现得淋漓尽致，但是她将这些视为 A 的独特之处，正因如此 A 才与普通人不同。

不幸的是，女记者婚后不久查出绝症晚期，在病床上苦苦挣扎之后，永远离开了 A。

这段由死亡终结的婚姻仅存在了一年多，没有留下子嗣，时间迅速抹掉了女记者在 A 生活中的痕迹，人们也淡忘了她。就像是被一阵骤雨淋击过后的植物，在短暂的萎蔫后重新舒枝展叶，抬头挺胸，A 倒掉酒杯里的愁苦，满上自由欢愉，在饭局上无节制地畅饮，被蠢动的性欲带到某个暧昧的房间，尽情消耗肉体。他同时开始着手写人生第一部长篇，一部史诗般宏伟的作品，关于清朝光绪年间到民国时期南洞庭湖区的垦殖史和人世沧桑，他打算把自己经历的爱、死亡，以及种种失去巧妙地糅合进去，野心是要和马尔克斯的《百年孤独》媲美。

听说 A 在写世界名著，大刘悄然回来，照顾 A 起居，洗衣做饭。A 坦然接受她的伺候，仿佛天经地义。大刘怀着虔诚之心做好的食物，像下酒菜点缀搭配 A 那杯"写作"的香醇美酒。这模式过了一阵，好心人便劝 A 复婚，说于人于己都是桩善事。A 和大刘已重新进入婚姻模式，但两人都有没提出复婚，随后他们的第一个外孙出世，人们也觉得血脉的延续比一张婚纸更有说服力。大家都以为 A 投身到伟大的创作当中，这艘颠簸的船最终停泊在大刘宁静的港湾，用不了多久，他将鸣响文学的汽笛，那部史诗般的大作也必然将他重塑。

但随之而来的艰难超出人们的想象。A 总是因为创作瓶颈大量喝酒，每次都要呼朋引伴，拉人陪喝，喝起来无休无止。朋友们起先还觉得陪 A 喝酒散心，多少算是参与创作名著的方式，将来没准混进著名作家回忆录里，沾点荣耀与谈资，于是最初也是喝得心肠滚烫，笑语欢声经常持续到深更半夜。但很快有人觉得不太对劲，A 似乎是打着写名著的幌子喝酒，拍桌子骂粗口，透支未来的名气与威望——渐渐地只剩下一两个人肯陪他吃饭喝酒。

大刘的厨艺长进，她奉献出伺候伟大作家的全部虔诚与敬重，赢得了在 A 身边的生活。外人看来这个家庭之前的挫折都是有价值的，一如风雨过后水落石出。然而石破天惊，大刘在一个昏黄的下午知悉 A 得了一个儿子，她是在洗碗时听到他在电话中向亲戚报喜，显然是有意让她听见——他甚至都不屑于当面跟她谈。此后也没有。据大刘自己讲，她当时只觉得眼前一片昏黄，就像掉进黄河浊水中，不能呼吸。A 一连打了好几个电话，强调儿子的生辰体重，如何健康可爱，丝毫没有提到那个婴儿的母亲。在 A 把母子俩接回来安顿前，大刘什么也没说便去了北京，且制止了女儿愤怒中打电话的冲动，叫她不要破坏她父亲的喜悦。

也就是过了一个冬，油菜花开的时候，A 联系大刘，说他儿子没人管了。大刘于是知道，那个女人是个"菜花癫"，油菜花一开，她就背起旅行包说要去开会，商谈国家大事，A 阻拦多次，她最终还是半夜跑了。用不着 A 放下姿态恳求，大刘立刻就回来了。无人知晓大刘怀着什么样的心情盘弄这个比她外孙还小的婴儿，似乎她所品尝到的滋味是甜的。这小男婴在大刘怀中白白胖胖地笑,爬行、站立、学步,几乎是一夜间就满地奔跑。他长得聪明漂亮,机警伶俐,A到哪儿都带着他,仿佛在胸前佩戴一枚战争勋章,人们一眼就能看到他的荣耀。A的精神面貌变化巨大,整个人印堂发亮眉目舒展,一个温柔细腻体贴负责的父亲替代了那个酗酒打女人的野蛮汉,他对儿子的耐心无人能比。

这是A最忘我的时期,他甚至忽略了自己的身体和情欲,至少四年人们没有看到他沾上别的女人。他也没有出去寻找孩子的母亲,他不知道这个女人来自哪里,去往何方,人们也不知道A是怎么和她发生关系的。她算得上神秘。人们在A未来的遗作中能看到她的影子,他将她比作蒲公英,风一吹就飘扬,种子落到土里就发芽。也许这蒲公英飞遍了全国各地,落下了无数的种子。既然飘扬是蒲公英的天性,A也就心安理得,儿子是他唯一在乎的事物,甚至覆盖了他与马尔克斯媲美的文学野心。

A的创作瓶颈消失了,至少没有人再看到他为此苦闷。他和大刘以及这个蒲公英籽变成的男孩构成一个颇为奇怪的家庭。说奇怪——自然是旁人的感觉,人们的想法肯定因素复杂,且带着某种评判。不过大家一致认为,这一回A的生活无论如何上了正轨,人们称赞他的慈父形象,没有哪一个父亲比他称职,人人自愧弗如。

不幸的是,随着儿子白血病的诊断结果的到来,A胸前这枚勋章瞬间失色,他的世界随之坍塌,他彻底被击溃在瓦砾堆中。他在这片废墟上长久地挣扎,寄望于科技、医学，以及人类的知识智慧，在梦想与现实间时醒时昏，但始终笃信人类发明了"奇迹"这个词汇，就有可能用在他的命运中。他每晚睡在儿子的病床边，将年过半百的身体放进那张狭窄的行军床，很难说他真的睡过觉。有人看见他，几乎认不出来，脸上肉都掉没了，腮部放得下鸡蛋，连那只暴突的假狗眼也有了感情，隐隐闪现人间的悲凄。那时离那孩子去世还有两星期，事情从一开始就已成定局，他连奇迹的气味都没嗅到。人们不再背地里嘲弄A，他们眼中的悲剧父亲、英雄父亲，在医院里度过了整整八个月，唯有深夜膝头上的笔墨承载他无法忍受的痛苦和煎熬，他遗作中最感人肺腑的部分就是在医院写的。

按道理，在经历不幸与人生低谷时，人对周围的事物会涌生珍惜之情，容易做出平时不会做的抉择，比如一个原本对婚姻犹豫不决的人，某次空难劫后余生，马上向相处多年的女友求婚。人们以为A会和大刘复婚，相依为命。事实相反，A很快弹回原型，酗酒、打女人、骂粗口，变本加厉。他是否继续性虐大刘，这事只有大刘知道，当然大刘不会说，她认为这是夫妻关系中的一部分。不过人们很快知道了小刘的存在。这个生过两胎的女人按政策结扎过，到城里生活多年蜕去了乡下人的壳，自己在小区开了个文具店，她的口头禅是"吃了没读书的亏"，言下之意，她要是读了书是要成大事的。这个女人乐观健壮，经常面色潮红——或许是处于更年期，或许是因为A的缘故——大白天将她拽离工作岗位上楼弄一把是常有的事。

无论如何人们对 A 的行为更加宽容，还有什么比中年得子、得而复失更悲怆的呢，每个人都有自己的子女，根本不需要多加解释，即便 A 做出杀人放火大逆不道的事情，人们恐怕也会将之归结于他所经受的痛苦并垂怜于他。连他们自己都不相信未来会比失去的儿子重要，谁也没有资格要求 A 坚强振作，忘掉不幸，甚至都不敢打断他舔伤口的行为。这件事影响了他整个朋友圈的氛围。人们跟 A 相处变得小心谨慎，不再有人拿他开玩笑，将他放进某个段子里取乐。在他拍桌子骂人说大话自贬自嘲狂妄自负等情绪交织时，大家现场配合扮好听众角色。大刘再次黯然赴京，人们也没有对此做出评判，或许是习以为常，或许是早有预料，A 的历史毫无障碍地翻到了小刘这一页，他们以迅雷不及掩耳的速度结成了夫妻。

小刘独自带着两个儿子，日子原本过得不坏，因为对文化和读书的崇拜促使她注重教育，她生活中唯一跟文化沾边的事就是卖文具，各种笔墨纸本的价格张嘴就来，根本没想过某一天会和一个 A 同床共枕，尤其是这个 A 正在写一本世界名著，这部作品极有可能在她的气味中画上句号。她没少想象自己作为作家夫人挽着他的手臂出现在某类颁奖场合的情景，巨大的满足感抚慰着她。至于 A 本人的各种毛病，包括连柴米油盐钱都不掏一分出来，小刘也从不计较。然而 A 一点都不爱她的孩子，总想将他们支开，蜜月期过去很久还是一样。孩子的外公外婆觉察到这个问题很严重，有意拒绝照看孩子，他们不在乎 A 是什么身份，只看重人的基本责任。这么一来，A 与孩子之间的矛盾仿佛水落石出，那坚硬而突兀的存在无法视而不见。

通常来说，一个痛失孩子的父亲，心中的父爱需要倾注的对象，但Ａ不同，他只爱自己下的种。不过人们也早该想到，这个对大刘的情史终生耿耿于怀，时刻担心因妻子不忠蒙羞，看重处女膜，对女人贞洁毫不松懈的男人，绝不会喜欢妻子与别人生下的孩子，甚至连他自己都没料到，他对这两个孩子几近厌恶。他们在客厅里吵闹，尖叫，奔跑，弄得嘭嘭作响，他儿子以前也是这样，但那些噪声让他幸福愉快，涌动着莫名的骄傲，而这俩孩子弄得他烦躁不安，他想拎起扫把揍他们，永远轰出门去。但理智屡屡阻止了他，火窝在心里越憋越烈，最终火舌舔向小刘，一些莫名其妙的暴力行为几成常态。

小刘对读书人文化人的崇信在Ａ这里彻底瓦解已是两年后的事。这期间她经历了几番情感波折，婚姻之船颠簸摇晃，她眩晕并尽力稳住船舵，直到她明白Ａ与孩子之间的冲突是他们婚姻中不可调和的矛盾。要放弃周围因她高攀了Ａ而闪烁的羡慕眼光并不容易，这虚荣一度让小刘以为自己突破阶层，进了上流社会，然而所有这一切，包括这次婚姻的荣耀与作家夫人的头衔，都无法排挤孩子在她心目中的地位。小刘在处理婚姻问题上的表现反倒像文化人，她先是表达了自己对这段婚姻的感激，从这里她学到了不少东西，也得益于Ａ的文化熏陶，但从Ａ事业发展的角度考虑，她和她的孩子是拖了后腿的，他们严重影响了一部世界名著诞生的节奏。对于那双年纪正值"八岁九岁狗都嫌"的儿子，她毫无办法。经过深思熟虑，她认为分开对彼此都好。

倒不是离婚的事情多么突兀，也不是离婚本身让人难以接受，A只是惊愕于离婚的发言权竟然落在一个女人手里，而这女人将自己的意图隐藏得滴水不漏，也不知道她什么时候起的心，没有半点征兆。与其说A不愿离婚，还不如说他不愿女人占上风。大发脾气之后分居，之后由他正式提出离婚，这事才算和平了结。

大家意识到，没有什么能填补A丧子的虚无，写作也无法照亮他生活的黑洞，至于女人，也许他没有真正遇到与他灵魂匹配的。人们搞不清他要什么样的女人。当大刘仍然对A抱有幻想，谁也没去为大刘当说客，主要是不忍看她被召之即来挥之即去的待遇，倒是有人劝大刘放弃A，别再遭他的罪。不过这种说法也许是一个旁观者的偏见，没准当事人觉得挺好，大刘早就适应了A阴晴不定与暴风骤雨的脾气，一旦掌握了他的规律习性，她那柔软宽阔的胸膛就有足够的空间给他电闪雷鸣。

话又说回来，还真没人能列出A卑鄙无良行坏使恶的劣迹，他也只是个普通人，和大家一样，要说遭罪，哪一个不在各自的婚姻里遭点儿罪呢？要是遭点罪就散伙，哪里会有白头到老的。有人认为大刘有大智慧，她就像放风筝一样，任A满天空飞，她心里头的线绳总是绵延不尽。一些为大刘抱不平的人，仿佛被大刘照见自己的促狭，闭上了多情的嘴。但依旧有怒其不争的，认为大刘活得一点自尊都没有，在一个装了只狗眼珠的男人的轻视与欺负下生活，打都打不醒。

　　这个乡下妇女到底是智慧还是蠢钝，人们还没来得及理出一点思路，A的生活便发生了戏剧性的转变。新的女人大家都认识，多年前嫁到几十公里外的省城，退休后经常回小城探亲访旧。平时大家都管她叫骆嫂，原是和大刘同村，据说她俩过去很要好，无话不谈，各自离乡后疏于联系。这事说起来真像讲故事一样。年轻时骆嫂在村里当广播员，播读政策文件表扬奖励之类的东西。A的写作才华还没被外界发现，还在种田养猪生孩子打老婆。他后来才知道，他婚后的生活早就夹杂在大刘和骆嫂的私房话中，他的性活动细节被一个不相干的年轻姑娘熟悉，多少年以后，这个不相干的姑娘在年过半百之时抛夫弃子跟了他。

　　让人们困惑的是，一个年过半百的女人，究竟哪里来的激情与勇气，促使她做出这种几乎惊世骇俗的举动？化学物质、荷尔蒙激素、情欲……这些都不足以发动一个机能衰退的女人身上的发动机，而A本人似乎也不具备令人疯狂的魅力，最后人们锁定一个东西：文学。骆嫂老早就从杂志上读过A的小说，她有非凡的解读能力，她能复述每一个故事，而经由她说出来的故事往往比A写的更有趣更富深意。他们没有注册婚姻，只是同居，但比任何人都更像夫妻，甚至人们认为A找到了灵魂伴侣，这在一定程度上稀释了他的拳头与暴躁。A的生活貌似开始静水深流，世界名著正缓慢无声地攀爬向终点，一如他本人的生命。

　　因为A，大刘与骆嫂重新搭上线。某一次大刘像职员交接工作般，交待了A的生活习惯以及注意事项，诸如蒸鱼不要加醋，保护好茶杯里的黑垢，睡觉打呼噜不要弄醒他，和朋友聚会时不能打电话……骆嫂是否执行不得而知，反正她没有像多年前的大刘那样对她无话不说，也许是到了这个年纪，男女之事的确也没什么可讲的。她们在电话里聊得挺不错，大刘一点都不介怀。她留在北京带外孙，或许是过于操劳，人们在A的葬礼上看到她明显老了，双目潮湿浑浊，皮肤上开出大朵大朵的老年斑。

当晚A是往回家相反的方向走到肇事点。一辆桑塔纳撞烂了他的脑袋。那只让他终生自卑的狗眼珠脱离了他的躯壳飞弹出去，被车轮熨成了薄片。终结A生命的地方，离斑马线五十米远，也许他是想抄近路去对面的街道，有人说他惯于在陌生女人身上寻找愉悦，尽管他正和他的灵魂伴侣同居。也有人说A在那条街上有一个相好的，他不定期造访。无论如何，这个年满六十、经历过生命中至暗时刻的A，手持被打碎了的人生圆镜，始终四处寻找修补的地方。

有人说他过马路时正给大刘打电话，此说法未经证实，因为没有人去问大刘。不过这引起人们的好奇，假如这是真的，A在获奖当晚酒足饭饱之后，走在空荡荡的夜街，为什么会给远在千里之外的大刘打电话，他对她说了些什么？

在A生命中浮出水面、并为大家熟知的五个女人，除了因病去世的那位，以及蒲公英一样飘荡无影的，大刘、小刘以及与A同居中的骆嫂都参加了A的葬礼。她们相聚一堂，用各自情感成分不同的泪水与A告别。此时此刻，如何恰如其分地表达与身份匹配的悲伤是一门学问，外人也可借此观察她们与 A 的感情深浅。大刘扑倒在 A 身上，以乡村妇女不加修饰的嗓门断肠号哭；骆嫂只是不断擦泪擤鼻涕，攥紧变得脏污的纸巾堵住嘴巴；改嫁了的小刘除了在几个特定环节红了几下眼圈，还能平稳地抚慰大刘与骆嫂。她们像亲戚般团聚在 A 的遗体周围，共同的失去使她们捉住对方的双手，从另一个女人的手心感受 A 的存在，想象 A 与他人亲密的情景已毫无醋意。她们的 A 躺在那儿，一张丝绸被单盖住了整个躯体，包括那张无法修复的脸。在这个抽象又具体的符号象征面前，她们是那么海阔天空，如此亲如家人。

当骆嫂将 A 的遗作放在死者胸前，人们才知道 A 真的完成了一部史诗巨著。书于翌年出版，并在 A 的周年忌日举行了作品研讨会。大刘、小刘和骆嫂闻讯而来，她们坐在主桌外围，每个人经过精心打扮，面色虔诚地听专家学者们高谈阔论，没想到被主持人邀请发言。她们从各自的角度讲述她们和 A 的生活细节，以及他创作这部作品时的情景，她们的声音充满赞美与怀念，听起来更像是她们参加 A 葬礼时应该讲的，那时她们谁都没有说话。

根据她们的表述，人们总结出一个结论：A 其实是个相当温柔善良的男人，只是在文学上走火入魔，有意塑造与作家身份匹配的不同寻常的一面，以掩盖其平庸的个性特征及生活经历。也许这是女人们对 A 的人格的集体粉饰，也许 A 的确在刻意塑造"作家"的传奇色彩，不过这已经没人去求证，人们唯一能肯定的是，中年丧子和横尸街头等意外不可能在 A 的设计之中。

芳草长堤

回乡必须横穿小镇。沿大米加工厂林立、建筑树木蒙灰的无名公路东行，在酒厂高耸的烟囱下拐弯入镇，立刻跌进城乡接合部的嘈杂旋涡。过去的牛车变成了汽车摩托，车忙人乱，而街道依旧狭窄，要从这片混乱无序的路况中脱身并不轻松，堵死是常有的事。她庆幸自己早就离开了这里，托一次失败爱情的福，或者说，感激那个抛弃她的人，要不然她就是此刻混乱市井中的某一个中年妇女，穿着睡衣趿着拖鞋，对身后的喇叭声充耳不闻。

　　仿如泥潭中跋涉，车终于从古桥上盲眼算命先生和他们的信徒中挤出来，驶入两排低层建筑剪裁出来的麻石街。这条街上有旅社、杂货铺、理发店、五香米粉加工厂、梧桐掩映下红漆剥落的老戏院，一个屋顶十字架、门口香炉青烟袅袅，像教堂也像寺庙的宗教场所，全程两三分钟便到了小镇的尽头，迎面是豁然开朗的乡村景色，芳草长堤，岸边杨柳飘拂，河水波光粼粼。她黯然远走，对镇上这些自童年便熟悉的事物不再正眼打量，心底的秘密被多年的人生经验深裹，连她自己都触摸不到了。

麻石街上竖起一道又一道"沉痛悼念"的充气拱门，一望就知是桩有排场的丧事，离世的无疑是个有福之人。她瞥了一眼死者的名字，目光如夜驰的车灯从路牌上一晃而过，没留下任何印象。车在戏院那一段堵住了。灵堂和花圈占了半边街，看唱孝歌的人填满了剩下的空地。

戏曲衰落，戏院荒废，唱戏的人改为在丧葬活动中唱孝歌谋生。红漆剥落的戏院大门提醒她关于时间和历史，多年前在戏院那只被攥握过的手似乎还留着他的余温，梧桐树下的初吻带着薄荷的清香，驳接乡镇的芳草长堤充满恋爱的欢愉。

一个男人出来疏散人群，引导她开车跟进。人潮如水在车尾后重新弥合。她放下车窗，向这位热心肠道谢，这人忽然满脸波纹荡漾地叫出了她的学名，这个看起来挺老的人说他们是初中同学，她顿感沧海桑田。他接着提到另一个人，顺着他的手指，她的目光落在充气拱门上那个被沉痛悼念的名字——季羡军。她也不是立刻想起此人是谁，就像乒乓球落到地板上，蹦跳几下，滚了一段之后停下来，她才猛然一惊。

她后来也感到奇怪，明明是刻骨铭心的，却连主角的名字都模糊了。也许她铭记的不是爱，而是事。一个老土的故事，城乡差别之下的爱情夭折，对刚出社会的她迎头一击，失败的凛凛寒意伴随，使她时刻清醒。

她记得他们最后一次见面的情景。那是一个轻雾如烟的早晨，在故事与杂草同生的芳草长堤，面对一艘停泊江心的挖沙船——他曾经带她在这船上过了一夜。他弟弟季慕军在挖沙厂当监工，一手安排的，他始终和哥哥站在同一战线上，共同抵抗父母对乡下姑娘的偏见，为他和她的爱情赢得了生存空间。平心而论，那是她人生中最为浪漫深情的夜晚，十八岁，朗月当头，江水幽幽，她成为他的女人。

分手十分突然。此前她还一起照顾他住院的弟弟，他的脑袋上缺了条口子，身上多处是伤，因怕父母担心隐瞒了病情。她从家里带来适合病人吃的食物，喂汤喂药，晚上睡折叠床，他则挤在病床上。他们的爱情在这里更深更稳。如果那天一大早他是向她求婚，她绝不会感到惊讶。

但情况正好相反。他似乎通宵没睡，神情异常严肃。他没有解释那只吊在脖子下打了石膏缠满纱布的手是怎么回事，那五根专职撰写政府文件报告的手指，裹得像襁褓中的婴儿只露出五个脸蛋尖。他是个文弱书生。她知道它们的温柔和美。但它们完全没有触摸她的想法。他本人也没拐弯抹角，开门见山且神色哀伤地说，他准备和城里的一个大学生结婚了。

后面来车按喇叭，她往边上挪车，错挂了倒挡，差点撞到后车。急促的敲锣打鼓声鞭炮声，以及震耳欲聋的铳响掩护了她的尴尬。她虽没想起眼前这个人的名字，但记得他和季慕军都是被镇学校刷掉的差生，降级转到乡中学重读，他们都不爱学习，带着街上男孩的痞气整蛊闯祸。她和他们只同学一年，几乎没什么交流。

"季慕军可真是舍得为他哥哥花钱。这不，戏院包场连演三天呢。"他意犹未尽，移步到车窗前继续聊这桩非凡的丧事，好像他和她之间没有相隔三十年，好像她是专门来采访这件事的。

与初恋情人在三十年以后的街头偶遇，却是阴阳两隔。她不想了解一桩丧事办得如何热闹铺张，一身寿衣如何价值不菲，棺材是什么名贵木材，她想的是他五十出头，因何早死，有无孝顺的子女，此生过得是否如意？在他后来的婚姻生活里，他是否偶尔会想起她，有没有试过打听她的下落，有没有愧疚当年的残酷无情。

她脑海里又浮现那时的芳草长堤，河水蜿蜒直到天际，本应是良辰美景。当他说要和一个出身城市的女大学生结婚时，黑鸟从树林中惊叫飞起。此后静寂。轻雾比之前浓了几分。他强调身份和教育，这两样珍贵的事物，都是她缺少的，她认为自己没有权力阻碍别人获得更好的，任何性质的胁迫都是不道德的，自尊心拒绝她表达爱意。这时候说什么都已无足重轻。他神色凄然，伸出一只手，想要一个分手的拥抱。她拒绝了这种充满怜悯与伪善的温情，在泪水涌出眼眶前，迅速转身离开了他。

"季慕军组织了一个同学群，但谁也联系不上你，这次回来了，一定聚一聚。跟你说吧，慕军发了大财，自己就有好几艘挖沙船，手下工人一大堆。咱们聚会吃喝玩乐全他管。所以啊，过上好生活并不见得要上大学，好多上了大学的也并不怎么样……"

她从不曾和故人联络叙旧，各有各的生存哲学，没有共同语言，价值观又相差太远，没有辩论的基础，此刻她也没有想到反驳。也许是为了吸引她加入群组，展示留在故土的人，如何用不着走南闯北照样过得有滋有味，老同学始终在聊季慕军如何发迹，以及他们在当地的生活如何热气腾腾，完全不知道她心的某部分已被迅速冻僵。

不应该是这样的场景。她无数次想象和他在这条街上偶遇，他必定听说过她读了博士，有了大城市的户口，他也必然知道他在她命运中的作用，他会笑说他功不可没。他可能从一个意气风发的文艺青年，变成平庸虚胖的中年男人，生活安稳无风无浪。当他们像老朋友似的坐下来，他不可避免地说起自己的儿孙，这也是大多数人这辈子最拿得出手的东西。她也不会问起那个城里的女大学生，虽说当年她很想知道这个女程咬金的来龙去脉。

孝歌声哀恸哽咽。高音唢呐刺穿悲伤的氛围，多种乐器奏响，仿佛风雨大作。

他要和她结婚。当他收拾祖上留下来的房子时，她是这么想的。那座房子在长堤边，白墙青瓦，有一个由四根木柱撑起的气派堂屋，门口一眼塘，水面开满睡莲，蜻蜓飞舞。水边有芦苇、白茅，遍地鸭跖草、苘麻、莎草、苍耳、蓟、含羞果、辣蓼草……似乎所有乡间的花朵都来了，带着喜庆。知了像监工在树上声声催促。金银花藤顺着老槐树爬到半空中落下清香。他们像夫妻一样打扫庭院，除尘拔草。她感到大自然以及沉稳静默的祖屋都在以它们自己的方式祝福他们，期待它们的新主人。

她喜欢祖屋的样子，还说要是镇上都是这种白墙青瓦的风格，一定会很好看。他笑着说，以前里头住的可都是些走路不利索的小脚女人，像他奶奶那样。不过他也承认旧建筑的美，好的东西应该有传承。

收拾完祖屋，他们满身尘土，翻过长堤跳进河里游泳。她潜水。他看她很久没浮上来，急得大喊她的名字。夕阳沉落时，他们像两条鱼在水中交尾。河水涌动。潮涨潮退。多年后山河依旧，它们会证明他是爱过她的，像她爱他一样纯粹。

也就是在他们打扫完祖屋的第二天，他弟弟受伤住院，他们在医院陪伴病人，放下了祖屋的事。他弟弟长相跟他相反，皮肤黝黑，身材偏矮，像个壮实的乡下人，好武爱斗，受时下流行的香港武打片影响，时不时惹点麻烦事，但都靠他的关系摆平了。他对弟弟近乎宠溺。有人说这是他为了弥补弟弟在父母那里受到的冷落。不过应是无稽之谈，季羡军是那种温柔敦厚、心地良善的人，兄弟俩深厚的感情是打小建立起来的。

她心中最柔美的时刻是和他的相识。那年冬天特别冷，降下了五十年来最猛烈的雪，积雪高堆，只看得见长堤上行走的半截人影。那一年全乡开始办理身份证，作为村里少有的高中生，她被选中做身份信息搜集登记工作，最后又被安排到乡政府誊抄身份资料。将近一个月时间每天早出晚归，顶着刺骨河风沿长堤往返，时而风雪交加，大雪如飞蝶乱扑，不论天气如何恶劣，她心里始终流淌着温暖黏稠的蜜——去的路上想到有他在，回时想到明天又能见到他——他负责全乡身份信息采集工作，他们就是这么认识的。她在他的办公室誊抄资料，这些手写体将作为永久的存档与依据。他教她很多，嘱咐她认真仔细，尤其是出生日期，千万不能出错。他也给她泡茶，往炉子里添炭。不知不觉，他这些简单的日常行为渐渐蕴藏了别的含义。一天下班时分，北风咆哮癫狂，天色漆黑，一幅世界末日的图景。他留下她，将她安置在办公室，从食堂打来晚饭，两个人一起吃。讨论工作，烤火说闲话。火苗舞动。偶尔迸溅火星。夜渐渐滑向深海。心跳声覆盖了外面的喧嚣。呼吸如静静的落雪。下半夜风平浪静。她趴在桌子上睡着了。他没回宿舍休息，为她守着炉火。天就那么亮了。

"我身边就有现成的例子……"老同学摆出了长谈的架势,"就拿慕军他哥哥来说吧,读了大学,有公职,朝九晚五,都没干出点眉目来,人就进了监狱……一待二十年,出来没享几年福,人就没了。书不是白念了吗?"

这短短几分钟是她生命中最具戏剧性的时刻,关于他这几十年的空白,被一个个惊人的消息填补,漫长的光阴在讲述者嘴边飞逝。她没有像舞台剧中的女主角那样闻言惊愕,反倒表情麻木,两眼呆滞。头几年她曾经等待他的消息,盼他千方百计找到她,联络她,关心她的情绪和生活,对突如其来的变化做出某种解释。要找到她并不难,她的父母绝对不会对他隐瞒她的电话号码。但他从不曾寻找她,他将她忘得很彻底,他的无情使她更加发奋图强。

"为什么进了监狱?"就像对陌生人的故事产生了兴趣,她让老同学坐到副驾,关上车窗开足冷气,与其说是为了让他在舒适的环境中讲得更加精彩,不如说她是想掩饰内心的波澜起伏。他那么好的人,怎么会犯罪?犯的什么罪?原来他多年来杳无音信是因为身陷囹圄?二十年牢狱,她一次也没去探望过他,她才是那个真正无情的人啊。她甚至都没问他的手如何受的伤,扭头就走,且拒绝了他最后的拥抱——他单臂所环抱的虚空刺痛了此刻的她——如果不是只顾着骄傲的自尊心,她一定能察觉到那天的分手隐藏着某种蹊跷,他眼神里异样的忧伤,他欲言又止的凝重……往事忽然清晰如镜,她开始自责起来。

"这个事情,说来话长啊!我也是过了好一阵才知道的。"老同学从兜里摸出烟盒,手指敲击烟盒底部,一根烟像命运之签冒出头来。她不抽烟,本是摆手谢绝,却又仿佛要查看命签般,伸手接过这支烟。老同学替她点火,她像是怕他忘了似的,又问了一遍那个人犯的什么罪。

此时街上一阵骚动。车窗被急迫地敲响,来人连声催促老同学去处理事情,那边全都乱套了。作为本次丧葬委员会的主任,老同学负责所有的调度安排,他对完成一桩圆满的丧事满怀热情。但他仿佛卖关子似的没有立即回答她,反倒说起即将到来的同学聚会,相当认真地记下了她的电话号码,然后起身离开,在车门外转过身俯下头来低声说道:

"他啊,杀了一个人。"

她在车里默默地抽那支不知其味的烟。老同学带来的消息像一颗颗石子,绞磨着她的脏腑。爱过一个杀人犯——顿觉毛骨悚然。他为什么杀人?被杀的是谁?他是怎么下手的,割喉,砍颈,刺心脏,钝器锤击?她仿佛看到他脸上溅满鲜血,跨过死者的尸体离开现场,径直走到她的面前。

她有点慌神,手误碰到什么地方,雨刮器忽然快速工作,发出吱吱的摩擦声。她扔掉烟,启动汽车缓缓离开,从反光镜看到忙乱喧哗的葬礼现场渐渐后退,风吹动充气拱门，他的名字轻轻摇晃，仿佛在挥手道别。

她感觉方向盘变得沉重，车轮也似乎陷入泥泞。

车驶出小镇，进入芳草长堤。河水已经混浊。一艘挖沙船在河心工作。她看到了多年前的那对年轻恋人，听见江水在船底呢喃。女孩早已面目全非，而那个年轻的文弱书生，此刻正躺在一副上等的楠木棺材中，长长的白皙的杀过人的双手温柔相叠，搁在恋人深深嵌埋过的胸膛，那颗因为爱情而怦怦跳动的心脏停止了运动。

曾经像教徒进入教堂那样虔诚热爱过的人，是个杀人犯。不，这不是真的，那双温柔的手只拿得起一支笔，一张纸，只捏得起她的头发，她的外套，它们绝不会去碰任何凶器，没有哪双手比它们更加温和理性。

车仿佛是自己停下来的，正好是他们打扫完祖屋后下河游泳的地方。她记得这个河湾的弧度。他们的脚印已被野草覆盖。歪脖子柳树被虫蚁蛀空了心，一半枯死，一半鲜活。她放下车窗，河风灌进来，肺叶舒展。她望着水波层层推进的河面，听到他叫她的名字，她潜水的时间太久，他的呼唤饱含着深情和急切。

"他啊，杀了一个人。"

一种模糊不清的感觉使她推迟返城，参加她并不感兴趣的初中同学聚会。她的加盟，使聚会提高了规格，季慕军包下了河边最美的小酒楼。一窗美景，河水橘黄。情景大致和她预想的一样，三十多年前的同学，尽是些陌生的面孔，眼皮浮肿，身体变形，他们情绪热烈，大声谈笑，质朴到近乎粗野。她进来使气氛有短暂拘谨，甚至警惕，最终很快熟络起来。她总算认出了几个原先关系稍近的，同时感觉时间的残忍。同学们早都离开了乡村，在镇里做小生意，在市里和省里有着或好或坏的工作，也有几个因病离世或意外身亡的，过去的班主任和语文老师也都作古了。

这些事刚说了个开头，季慕军到了，她一眼就认出了他。他和他哥哥那么神似。她眼圈顿时红了。

他扎扎实实地拥抱她，她感觉到这里头的千言万语。

他身体不太利索，稍晚她会知道，这与三十多年前那次受伤住院有关。

聚会没什么主题。聚的次数多了，旧早叙完，只剩下吃吃喝喝，男的拼酒，女的助兴。因为有新人加入，大家又重新回顾当年，谁偷窥了谁的情书，谁暗恋皮肤白净的学习委员，谁考试作弊被老师逮住……季慕军始终在抽烟，失去兄长的伤感在脸上隐约闪现。在街上遇到的那位老同学负责聚会的气氛与热度，稍有冷场，他就提议谁干杯酒，谁唱支山歌，谁来段花鼓戏，掀起一轮轮小高潮。这样闹腾一阵，在座的自动分成小团体，有的聊儿孙，有的谈生意，有的已经醉态毕露。这表示聚会成功，酒足饭饱，散场后关系比较亲密的几个，会去足浴中心泡脚醒酒，聚会在这里才算真正结束。

季慕军引她来到露台,这是她不曾领略的小镇风貌,河边的迷人景致让她颇为惊讶,河水倒映着青白建筑,显出异样的美好与繁华。那条重点保护的文化古街,其建筑均变成了白墙青瓦木格窗,风格像她和他哥哥一起打扫过的祖屋。季慕军将哥哥加为股东,兄弟俩各占公司一半的股份,他刑满释放时,都不知道自己已是家财万贯。出来后一直独自住在祖屋里,镇上这些建筑,也是他捐钱改造的。

"他是因为我出的事,"季慕军说道,"他不是杀人犯。"

季慕军那天的讲述掺杂了眼泪与悲伤,过多的沉默与停顿,激动时语无伦次,之后仍不断在给她的短信中补充疏漏。他后悔年轻气盛惹下的祸。当年他工作的船与另一艘挖沙船产生纠纷,他是个监工,地盘争夺本不关他的事,但他为老板打抱不平。那时社会有打斗的风气,年轻人为姑娘,为面子,或争一时之气,头破血流并不稀奇。他在打架方面有点名气,谁赢他就能威望升级,因此对方下手狠毒,用板砖和西瓜刀将他打趴了,且公安局里有人,连医院费都不用支付。

"我每次惹事,都是他帮我摆平的。身上裂几道口子,断几根肋骨,像个死人一样在医院躺个把月,他比我更痛心。他要尽哥哥的责任。"季慕军当时是这么说的,"他一个文弱书生,根本不是打架的料,一上场自己先受了伤,后来骨头没接好,手臂一直是弯的,手指头也不那么灵活了。"

她眼前晃动他负伤的形象,那只缠满纱布的坏手吊在脖子下,另一只好手要拥抱她,她一点也不知道站在她面前的是个杀人犯。

"他没杀人。"季慕军好像知道她在想什么,"那个人自己跌倒了,后脑勺撞在石头上。"

案子背后的社会关系比本案复杂。面对审判,他们无能为力。整个家庭因此崩塌,父亲首先被击垮,半年后积郁离世;母亲努力活着,但也没有撑到儿子出狱的那一天。

说到这些,季慕军有一阵长久的沉默。

他说他欠他们的。他哥哥是如何欢天喜地地收拾祖屋,如何秘密地选定了日子,准备去她家求婚。她几乎马上要成为他的嫂嫂。

"所以,他编出一个女大学生来。他了解你的性格,既刚烈,又柔软。他知道只有这么做,你才会掉头就走……他说,这样对你更好,你面对和承受的,就会简单得多。"

河水将沉默绵延至很远的地方。她感觉到命运的惊涛骇浪。

她不知道什么是简单。车在芳草长堤上低速行驶,她第一次缓慢仔细地观察沿路的一切。坟墓、菜地和违建民居,分割和破坏芳草长堤的统一。垂杨老柳所剩无几。她忽然意识到,芳草长堤的秀美,连同她生命中的那个埂,都已不复存在。她与故乡之间形成了新的秘密关系,这里头有一种不为人知的和谐与默契。还未离乡,她就已经开始思念它了。

2021 年 7 月 14 日

太阳升起时的
静脉曲张

六年后接到他的电话。他说已经回北京了。那口气就好像昨天他们还在一起吃饭。

往事搅动。旧怨新发。她准备敷衍了事。

他们的故事是在拉萨发生的。她工作稳定。生活圈固定。人称得上传统。一到拉萨就脱离了现实，涌起一股莫名的浪漫不羁。原先的环境里，周围的人互知底细，彼此审视，眼神像无所不在的空气——一旦远离这些，她就缺氧了。她当时的情况并不危急。头三天晕晕乎乎的。在酒店睡觉吸氧。三天后适应。跟当地人一样活蹦乱跳的。一蹦就蹦到了他的面前。一跳就跳进了他的怀里。

他住的是独门独院。院内有树。墙边有花。还养着一条咖啡色藏獒，名叫二郎。就是额头中有一只慧眼的二郎神。二郎像只憨胖的熊猫。每天清早隔窗观望床上的他们。它体味很重。嘴里流出来的涎沫弄得到处都是。她没来得及跟它建立更深的感情。

眼前晃动六年前的事物。连窗帘的花色都没忘。连阳光如何割分客厅中的茶几都记得一清二楚。

电话里是过去那张被高原过度暴晒的脸——除了北京口音，他的样子就像是个彻底的康巴人——正在营造轻松愉快的老友气氛。

老天跟我开玩笑。没想到。最后还是回到了北京。你挺好的吧。

挺好。

还在老地方吗？

嗯。其实她早就辞了职。离开南京去了上海。还发生了一些事情。都没必要跟他说。

手上的风湿还痛不痛。

风湿啊。转心里去了。想起他煮艾叶水给她烫手去湿的情景。风湿没了，是他的功劳。

心里怎么了。

被人甩了嘛。一到阴雨天就发作。

你呀。你可真会记仇。

不明不白。死不瞑目。

那我现在告诉你原因。

别。好像我多在乎似的。没兴趣。

你就这副脾气。

我倒是记得你做的麻辣火锅。

总算有一样让你惦记的。

当然不止这一样。她什么都没忘记。遇见。第二天。

她住进他有花有树有狗的家里。二郎蹭了她一手口水。当晚月光朗朗，繁星闪耀。他领她看夜空。告诉她星星的布阵与名字。她是过了三十五岁的女人。这种浪漫情节不在奢想之中。还有更多的未知。新的开始。充满好的可能。也藏着坏的变数。

她什么都没忘记。他带她见到的美景。他也让她体验到什么是真正的寒冷。

那个去看丹顶鹤的凌晨，她几乎冻成冰棍。

他的变化就在那时。

他们是和其他摄影发烧友一起去的。

凌晨三点多从拉萨出城。这里的星星和月亮样貌截然不同。他走遍西藏。屡进无人区。他拍摄危险动物。雪山绝境。花草树木。也拍摄牛毛帐篷和碉房里的家庭生活。他跟她讲过很多。自然的。人文的。民俗的。宗教的。但那个早上他一路没说话。他没看她。车在道路平坦时也没将她的手攥在手里。

车前灯逼得黑暗连连败退。更浓密的黑暗从车尾压迫过来。

不能惊动丹顶鹤。他们把车停在离湖沼挺远的地方。下车徒步。四周晦暗不明。几只手电筒亮了起来。影影绰绰。她和他们一样，将鞋子裹上塑料袋。避开浅水坑。飞跃石滩上细薄闪亮的溪流。尽力拉开胯部避免一脚踏进溪水中。路况复杂。像野外生存训练一样激烈。黑暗中她感到衣服越来越薄。寒气在皮肤滑动。

她已经不知道哪个人是他。哪一束光来自他的手电筒。她顾不上了。她必须留心脚下。抓住手电筒一闪而过的亮光。但她一次次踩雷。他们匆匆奔赴前方。没有人停下来问她。都以为她是个训练有素的老手。从这点她可以肯定，他没跟他们细说。比如说她是他新交的女朋友。比如说她是个探险方面的菜鸟，但对野外有一种病态的向往。当然她也没告诉他，他对野外的热爱与探险技能，是让她着迷的重要部分。

她接受在急行军中不分性别的态度。她不想拖后腿。但心里有气。她的气只针对她的伴侣。他应该牵一下她的手。必要时背她涉险，抱她过滩，而不是化身一团黑影。他也应该预先告诉她这次出行的艰难。不是说把车开到那儿，然后一切尽收眼底。她要是早知道看丹顶鹤要跋山涉水，冷得嘴皮都动不了，她会准备更好的装备。她要戴有动物毛的帽子。里面加绒的皮手套。她会买条羽绒裤。穿防水的靴子。避免像现在这样狼狈。塑料袋破了鞋里进水。脚像住在冰窟里。而且，她很多年没有演习那些高难度弹跳动作。她感觉哪里拉伤了。她想一屁股坐下来。作为伴侣，他在这一行程中缺席。她强迫自己甩开他。假装全身心投入去看丹顶鹤这回事里。

看到你的新图像了。刘海剪得很漂亮。
谢谢。
多说两句吧。好久没听你的声音了。

六年而已。

别用这样的语气。咱们好好说会儿话。

怎么突然想起我了。

你一直在我心里。

鬼话。

信不信由你。

你不是马上就跟别人结婚了吗?

是。两年后,也结束了。

我怎么就没想到,原来是脚踏两只船呢。

不是你想象的那样。这事得当面跟你讲。

别,好像我多在乎似的。无所谓。

你呀。能不能好好说话。

为什么要一个被你莫名其妙甩掉的人跟你好好说话呢?

又绕到这个问题上来了。我们能不能像朋友一样。心平气和的。

你的朋友都是甩成的吗?

好吧。你今天是要跟我一直杠下去了。我头晕。晚点再联系。

她不知道他是真的头晕。她一直在想,他欠她一个解释。六年之后他打电话来,应该道歉。应该解释。是什么原因让他的感情骤然降温变冷。他们从头至尾只有二十天。虽未经生离死别,谈不上刻骨铭心,但她对他的感情是没有保留的。她倾心于他。

那是个辉煌而又可怜的清晨。他们终于走近丹顶鹤栖息地。天才蒙蒙亮。天际浮现远山的轮廓。脚下是一大片灰白的水域。仿佛下了一层浅雪。摄影师们找角度。架相机。调镜头。避免惊动丹顶鹤,都轻手轻脚。没有人说话。气氛肃穆。他的设备也装置待命。他陪着它。等着曙光乍现的时刻。她走到他身边。做出要拥抱取暖的样子。他拍拍她鼓鼓囊囊的羽绒服。巧妙地推开了她。

非常明显的拒绝。

她冷得身体僵直。用暗劲踩压地面。活动脚趾头。如果说它们是一群巢穴里的小鸟,此时已经冻得奄奄一息。只剩下心脏微弱地跳动。他冰冷的态度犹如雪上加霜。尽管接下来的奇观让她终生难忘。

在丹顶鹤起飞,太阳从与脚平行的辽阔水面熊熊烧起来前,她以一个即将冻死之人回光返照般的清醒鲜活,仔细回顾了他们相处的所有细节。想想自己说错了什么,哪些行为让他生厌,他对她爱意顿失一定事出有因。

他的态度分水岭,在看丹顶鹤的前天晚上。他们没聊太多内容。她说到了自己追涨买下几百万的房子。欠下的银行贷款。私人订制的仿古家具。因为要早起,晚上他们没有做爱。这种理由经不起推敲。做爱不会耽误睡觉。做爱本身就是睡觉的一部分。事实证明,不做爱睡得更差。

她想不明白。最后从现实找原因。是她不够漂亮。他才四十岁。她对他来说太老。他就是忽然厌倦了她。自尊心不允许她低头。她始终没问他到底为什么。当一个人对你没有感情了,就是水龙头拧上了。知不知道原因,都没有意义。知道为什么,并不比不知道为什么会更让人好受一些。

第一只鹤起飞时,她忘记了寒冷和他。她看见湖心浅滩分布。密密麻麻的全是鹤。它们正随着晨曦的召唤蠢蠢欲动。突然,湖面和天空沸腾。成千上万只鹤同时鸣叫。飞翔。地动山摇。成群结队飞向远方。有的在水面追逐嬉戏。

依旧没人说话。摄影机咔嚓咔嚓作响。

高潮很快退去。水面渐渐明亮。水天交接处呈现粉红。猛然间,一弯远比摊伸双臂更巨大惊人的红弧探出水面。她被这一景观击中。她从没见过这样的日出。更没见过这么大的太阳。水面与脚平行。近乎俯视。随着这轮红日一点点攀升,感觉自己融入了那个火球中。眨眼间,整个太阳浮出水面。火光的投影被水波拧成一根根不规则的曲线,像静脉曲张。

回到车上。她脱掉鞋子和袜子,盘腿坐在后座。专心将那接近气绝的十只小鸟暖化孵活。随着车内暖气升温,她感到皮肤上的霜冻渐渐融化。骨头浮现痛感。知觉回到她的身体。静静地望着窗外那不久前还黑暗一片的风景。她想,晚上开诚布公,问他,她是不是应该离开。

我现在胖了二十斤。他是过了三天才打的电话。
说实话,你为什么找我。

……我早应该给你道歉。但不足以表达我的内心。

干吗道歉。难道还想再甩我一次。哈哈。她并不是真笑。那个酸痛的秘密像被囚禁的麻雀扑腾，她差点放它出来。

过了这一阵，我去看你吧。如果你欢迎的话。

为什么要过了这一阵？别误会，我不是要你马上来。她知道他在探询她是否单身。那个可有可无的人算不算男朋友呢。他们会在周末见面一起做点事情。包括睡觉。也经常一连几天不联系。你为什么离开拉萨。她接着问。

我差点死了。

她听着。判断他这话的真假。

脑袋里长东西。切了。躺了两个月。花了三个月学走路。正在慢慢恢复，已经好多了。大病让我停下来，想了很多事情。

她想。他说的那些事情里头也许包括她。

药物让我胖了二十斤。医生警告我，永远不能再去西藏。

我理解。离开那儿，也等于要你的命。但你得听医生的。

是啊。吃药。理疗。针灸。遛弯。研究食谱。活得像个真正的老头儿。

让我看一看，变成一个什么样的胖老头了。

他们视频。他只给她看他穿着棕色耐克运动鞋的脚。这双脚在沥青马路上交替前行。伴着他的喘气声。给她看路边的鲜花。天上的云彩。她也不让他看她的脸。只显示那面书柜墙。屋子里的摆设。窗口的风景。他看见书架上摆着他送的小唐卡。他原以为她早就扔了。

此后,他和她总是开着视频。她陪他走路。听他说话。看他煮茶。甚至他在针灸的样子。从头到脚扎满银针。像个毛掉得稀稀拉拉的刺猬。他好像这些年特意收藏了一肚子笑话。有机会就逗她开心。一会儿就蹦出来一个。她给他提供食疗方法。推荐他听某种音乐。他对感情的嗅觉更灵敏。对她更细腻。她心里有复苏的春天。

这样的相处,与拉萨那二十天大不相同。对她来说似乎更具意义。更深入心灵。那二十天制造的情感纽带,纤细但也柔韧难断。现在,她和他将其越缠越粗壮,越缠越结实。他所有的努力,好像都是为了康复后去看她。他很快能够用正常速度走路。骑车。驾驶。似乎是两人合力,就这样将疾病一点点踩熄。希望之烟袅袅升起。气氛愉快。他和她都知道,他脑袋里的东西可能复发。不想。他们都朝向乐观。

她有几回差点说出秘密。她也打趣他过去骤然的冷淡。当他诚心要告诉她,她却又极力阻止,表示那已经不重要了。也许她害怕那个理由会对此刻造成新的伤害。说出那个理由,也许只是帮助他卸下包袱。而那个重量也许会叠加在她的身上,挤压她心里的秘密。

她不敢确定自己现在是不是带着一丝报复的心理。

他给她吃的苦头,比他想象的大。

那是藏地极平常的夜晚。他院子里的星星,像被他亲自一颗颗精心擦洗过。她感到温情,也很心酸。明天就要挥别这片美丽的星空。她已经爱上它。午饭后她与他谈了话。总共没说几句。她下结论,说他并不是真的喜欢她。他没有反驳。她决定订机票返回。他说他开车送她。平淡得残酷。之后他们去市场买菜。他要让她尝尝他的绝活——麻辣火锅——他轻易不做的。她对他过去的婚姻了解极少。只知他前妻会跳西藏舞,好吃麻辣火锅。他练就地道的川味火锅手艺,纯粹是为了讨好妻子的胃。从这一点可以推测,他曾经不马虎地爱过。

她不知道,在分手时刻,他给她做的一顿过去讨好妻子的火锅意味着什么。她已经从情侣的角色中跳出来,付了螃蟹和虾的钱。他没有阻止。她早先看到一张租金催缴单,想过他的财务问题。但他开着路虎,人车气宇轩昂。

整个下午他就泡在厨房里。火锅香气直到第二天她出门时还留在院子里。

浓郁的麻辣香味飘散出来。她好几次想哭。有种无福消受的遗憾。有种幸福从指头溜走,自己却无法把握的无奈。她拿根骨头逗二郎,转移自己的注意力。想到二郎还不知道她要走了,见不着她了,她再也摸不到它毛茸茸的脑袋,于是眼圈一阵热辣。而院子里的花,也在阳光下轻轻颤抖。这时她明白了什么是"感时花溅泪,恨别鸟惊心"。

夜幕和寂静同时落下。麻辣火锅摆到了桌面上。一切都摆到了桌面上。眼泪不是她想要流的。但无法控制。她憎恶它们。它们不断地涌出来，妨碍了她的吞咽功能。她努力三次，才将一片毛肚送下肠胃。她最终泪眼婆娑地笑起来。说心肝肺都辣痛了。

饭后，他们似乎成功转化为朋友关系。他决定玩会儿牌。她钱包里有三千八百块现金。争上游时输了一半。赌二十一点时运气也没好转。最后押了两把大的。剩下的筹码输个一干二净。他没有退还给她。钱和牌一起滑进了抽屉。第二天上午，他在机场拥抱了她。我会想你的。他说这话时没看她的眼睛。车绝尘而去。

她回家哭了三天。骗子。一个星期后，她决定忘记。

她慢慢整理住所。想象他在这里的样子。她从电脑里找出文件名为冤家的照片。去影印店放大冲洗装裱。与小唐卡并排陈列。他将海拔六千多米的雪山踩在脚下。丽阳和白雪。他像山上裸露的巨石。那么坚硬。生机勃勃。

有点云散天开。她的确不再纠结被他甩掉的原因。回来是最重要的。她愿意理解他的复杂状况。曲曲折折，不过是丰富了人生。好的。坏的。打包全收。她给发蔫的花草松土。摘除黄叶。浇水。施肥。想起他院子里的花。他离开拉萨前送走的二郎。她重新摆设家具。将落地灯移到单人沙发旁边。他喜欢窝在沙发里翻艺术杂志。

离他到访的时间只有三天了。他已经研究了几道新菜。

正如他为跳藏舞的前妻学制麻辣火锅。他要在她的厨房大显身手。她来到卧室。记着他偏好睡在右侧。将左臂贡献给她的脖颈。睡梦中会迷迷糊糊地发生一些事情。是她喜欢的。被她怀念的。现在她脑子里盘桓的，都是他的好。

她在他那侧的床头柜上放了两框小画。一幅是他拍的。一对比翼双飞的丹顶鹤。在天空与湖泊之间。一幅是她不到六岁的儿子。她守口如瓶的秘密。他将不费吹灰之力，从这个小男孩的眉眼中发现他自己。就连嘴角都弯翘得一模一样。

他最后一个电话是晚上八点钟打来的。

声音遥远，口齿不清。像一个没有牙齿的老人。

他说六年前是他生活状态最差的时候。很多事都没处理好。

气喘多于语言。

她意识到最担心的事情发生了。她手忙脚乱。问他在哪家医院。

我结婚……是和同一个人。他说他的。四年前，航班失事……她在那班机上……还有……我们十岁的女儿……

一段挣扎的沉默。他似乎想努力多说一点。

她没有等到他的声音。

这一次，他永远地甩掉了她。

2020 年 3 月 15 日

令人不快的
贝多芬

她淘到了一个男人。这是在见过一个穿兜蛋紧身裤、脸上皱褶比衣服褶子更多的芭蕾舞者兼哲学博士,一个有几十种食物禁忌且随时可能死于食物过敏的纪录片导演,以及一个谈话时拇指划刮着裆部的大学教授,几近绝望之后发生的奇迹。

这是一月底,正值一年中最冷的时候,稀薄的残雪和冰封的小水洼,像牛皮癣附着维也纳城的躯体,到处光秃秃的。建筑有一种灰败色彩,门庭和墙壁带着年久失修的颓废,随意的涂鸦使建筑显得脏,而不是增添艺术美感,若抬头仰望,便能看见庄重繁复的建筑风格,浮雕、神像,以及各种精致的装饰,在寒冷中展示帝国残存的威严。

她踩着牛皮癣首次赴约。她意识到,要在这个陌生的城市待上一年,灵魂和肉体,没有男人是不行的。她坐在僻静的落地窗边,看着背阴处的庭院花园,院里的积雪很完整,除了几行凌乱的脚印之外,几乎没被破坏。雪总是带给她喜悦。她喝着柠檬薄荷茶,看着雪色渐渐被黑夜洇湿,知道他差不多到了,心里涌动着新雪来临的欢愉。

她重新调整了位置和坐姿，避免暴露在顶灯的直射下，再好看的脸也经不起这种角度的灯光照射，那会让头发显得稀疏，脸上光影斑驳。她想象他坐在对面，两人四目相交的情景。

她对奥地利人一无所知，只记得托马斯·曼在《威尼斯之死》中写道："……旅馆里住的都是些见识浅薄、胸襟偏狭的奥地利人。"也许这是作家的偏见。她听说奥地利人严谨守时，但他首次约会便迟到了十五分钟。他块头很大，行色匆匆，带过一阵风，并没像预期的那样，在她的对面优雅落座，而是从邻座随意拉出一把椅子，叉开腿屁股重重地落下去，那架势好像是来谈判的。她不得不斜转身来面对他。平心而论，他眉眼周正，金发白肤，一切都符合她的想象。近乎严肃的寒暄之后，他点了一杯喝的。但仅几分钟光景，她还没怎么捕捉到他的眼睛，真正的聊天还未开始，他便结束了谈话，要去外面实地介绍城市风光：

"一定要去这几个有历史渊源的咖啡馆，未来你少不了要在这类地方喝咖啡做学问。"

他大步流星，敞开黄色外套，蓝灰色围巾随意垂挂在脖子上，仿佛正散发身上多余的热气。这种草率的结束喻示着约会的失败。整个过程显得仓皇。她抢先买了单，这么做她会舒服一些。她跟着他走出门，出于礼貌，她没有立刻离开，假装很有兴致听他介绍自打他呱呱坠地就没有离开过的地方，他熟悉这里的每一寸肌肤，四十年间从未产生过厌倦。

风比白天刺骨。他帮她整了整围巾，说："你应该戴一顶帽子，维也纳是座风城。"

这个动作扭转了她的心理趋势。踩上牛皮癣时她脚底打滑，他扶住了她，紧抓着她的手走出危险区域。他们都戴着手套，她仍感受到了他的体温与力量。

"看到那个酒店了吗？那是维也纳最好的酒店，顶楼有个艺术酒吧，可以看到整个城市。我们去那里喝一杯暖和暖和吧？"

顺着他手指的方向，她只看到灰黑的半空一粒红色信号灯。他们登上顶楼，他继续在黑夜中用大手划出了几个重要的历史景点区域。她很迷糊，但假装明白的样子。回到室内，蜡烛的光晕悠悠笼罩着真实古树做成的小桌，她闻到木香，看见清晰的木纹和自然裂缝。他点了四种葡萄酒。都是她没喝过的。每一种他都做了详细介绍，从葡萄产地、生产、制作、包装到销售，他无所不知。他的个人材料里，显示研究生毕业，在某机构教学生英语和数学，同时写作艺术展览文案，但没提到他是一个品酒师。他打开一个手机网页，她匆匆浏览了他写的关于红酒的德语文章。除了提到父母健在，和一个弟弟关系不太亲近之外，他没有谈起他的私人生活，整晚上都是与酒有关的事物。但这一晚仍是有效用的。她打车回去。他们迅速拥抱了一下。他替她打开车门，把她的裙摆撩进车里，以免车门压住，且叮嘱她下车注意别落下东西，到家再发信息。大块头的笨重与细心相组合，在她心里产生了微妙的化学反应。

他请她品尝美酒，她要礼尚往来，体现男女平等的态度，也想加速感情发展，于是买了两张金色大厅的票，是贝多芬的音乐会，座位在前方中央区域。他抱歉让她破费了，他对贝多芬这位音乐家的一切都非常熟悉，他们是邻居，只不过生在不同时代。他乐于将这里的每个角落都介绍给她。他列出了很多地方，比如莫扎特、马勒的老家，弗洛伊德故居，美景宫里古斯塔夫·克林姆的《吻》，艺术史博物馆里有老彼特·勃鲁盖尔的《巴别塔》，还有埃贡·席勒坐镇的列奥波多博物馆，春暖花开时，他们一起去多瑙河边的葡萄庄园，他的朋友在那儿生产红酒……总之，他画了很多饼，但没什么比她对他的身体更饥渴。他白润的肌肤上铺着金色的绒毛，极像一枚成熟了的水果，她想啃咬、啜吸、舔食，想被他厚实的身板覆盖，一起失重，像两片相拥的羽毛般柔和轻盈，漂浮帷幔，飞游穹空。

他信息里对她的称赞都是基于事实，言语甜蜜而不造作，让她觉得自己是世界上最好的女人。她也曾怀疑，那些过量的甜言蜜语，是否另有所图。但她迅速地回答了自己："我不也在图他的身体吗？"很自然地，他们聊到了性，开始了字面性生活，关系骤然升温。但在音乐会开演前两天，他发信息称去不了。

"我生病了。"他说。

"你不愿去没有关系，一个人欣赏音乐会也挺不错的。"她认为"生病"是一种委婉的说法。

"你别那么想,我非常想和你去,但真的病得厉害,我昏睡一整天了。"

"要不要陪你去医院?家里有吃的吗?"

他没有回复。

"我有点担心,我给你带些吃的过来?"

他似乎病得无力打字。

她等着回音,他好像已经昏死过去了。她感觉蹊跷,决定打他电话"关心"病情,"听听"他处在什么环境中。她没得逞。他的电话已经设置为语音留言,无人接听。她立即认为自己遇到了骗子,一个通过情色聊天打手枪的变态家伙。过了几个小时,他回复说吃药之后一直昏睡,头痛,咳嗽厉害,是组胺过敏,因为他的身体同时摄入了过量的酒水、芝士、牛奶和甜点,他问是否可以将票改到下个星期日。这个奇怪的病名赢得了她的信任,情感荡过秋千之后,又开始了甜蜜的讯息往来。第二天他说感觉略好,估计咳嗽会持续一阵,希望下周一能请她吃午餐。他预订了一家墙上挂着勃鲁盖尔绘画复制品的传统餐馆,并推荐了餐馆附近那间有百年历史的咖啡馆,她可以提前去喝点东西感受一下。

她大约十点到了咖啡馆。咖啡馆保持着帝国时期的辉煌与庄重。提供服务的是中年绅士,穿着白衬衫与黑色燕尾服,腰间别着刷卡机,脸上皱褶礼貌严峻。墙上挂着古典宫廷画,有一幅茜茜公主。天鹅绒窗帘和皮椅都是朱红色的。吊灯和壁灯由水晶制作。咖啡与褐色斑点的大理石小圆桌上，均放着一个洁白小巧的花瓶，瓶中斜曳出一支粉色郁金香，鲜活明媚。阳光从窗口照射进来，给室内抹上慵懒的气氛。

她想他为什么不来？和她一起坐在靠窗的帘子下，享受绅士的服务。他给她推荐过不下十个咖啡馆，都是她一个人去的。他的作息时间有点奇怪。周二到周五，下午二点半在培训机构给初高中生补习数学和英语，七点钟结束；周一休息，周日有不定期网课；周六上午七点到下午两点，他要站在露天市场的寒风中卖肉制品，产品是他朋友的家族企业制作的，他朋友叫麦克，是个屠夫。他解释不是那种直接杀生的屠夫，而是肢解杀好的尸体，将牛肉切分出菲力、翼板、牛小排、牛肋条、胸腹、前腱、牛腩、腹脊、后腰脊……她脑海里一阵刀光闪闪。他就在市场上卖这些东西，附带销售芝士、黄油、香肠、熏肉等。此外他还获不定期的红酒专业品鉴之邀。他的职业跨度太大，她费了点时间消化他作为站街小商贩的形象。他常去健身，手臂肌肉练得跟石头一样硬，肚皮圆鼓鼓的，不过因身形高大而不太显眼。如果不是他柔软润白的双手作证，她会怀疑他才是那个屠夫。

她边等边读福柯的《主体性与真相》："……性行为在本质上是接近死亡的，有某种东西让它靠近死亡，与死亡产生关系……"她掩卷沉思，但无法深入。已超出约会时间二十分钟，他还没出现。联想到音乐会改期，她再次觉

得疑点重重。过了十分钟,她收到他的信息:

"真抱歉,药物作用,睡得太死了。你还在咖啡馆吗?"

"是的。"

"我马上起来,大约四十分钟到。"

她并不想继续约会,连打一个标点符号的时间也不想浪费,但好奇心留住了她,带着一种局外人的态度,想看看他到底在耍什么花招。

他依旧行色匆匆,身上大包小包,仿佛正从一个地方赶到另一个地方,中途做短暂停顿来见她。

她一脸客观地接受了他的吻脸礼,连假笑都懒得挤出一个。

他转身衣袖掩面咳嗽了几声:"其实我还没有恢复,本应该再等一两天,但是太想见你了。"

"我很高兴你迟到了一个小时。"他的咳嗽不像假的,但他的逻辑是个坑,"这是维也纳人的风格吗?"

"停止抱怨!"他笑容顿失,语气严厉,好像他们已经结婚多年,"我一直在想着你。看看我给你买了什么。"他从包里往外掏东西,一边自顾自解说,"橙汁机简便易清洗,每天榨一杯补充维生素。另外还有一个插座转换器,带 USB 插口,精致美观,还有可折叠成肥皂大小的购物袋、口罩、一包茶叶和一盒巧克力。"

她从那种霸道的言行中获得了愉悦,还有一点受虐的幸福感。她笑着吻了他。

他们就地吃完午餐,在零度左右的气温中,他坚持步行，向她介绍他生长的城市，展示他们即将欣赏音乐会的地方，还有他的大学，像个导游喋喋不休，手势频繁，她渐渐心生疲乏。最后在一个茶叶店里品茶，他把茶叶店的来龙去脉讲了一遍，这才捉住她的手搓摸，像情侣一样亲昵起来。但她的吻并不能终止他的惯性，松开嘴，他便自动弹回了头头是道的解说状态，仿佛有意避免心灵的正面接触，掩饰和逃避什么。

喝了五六壶不同的茶，走路时她听到肚子里的水哐当作响。送她上地铁前，他又给她买了可可西里的血橙，红玫瑰与白玫瑰，说这两种颜色代表奥地利国旗。他在自动售票机上给她买了地铁票，叮嘱她遵守规定，挨罚是小事，但一位受过高等教育的学者和淑女，因逃票暴露在众目睽睽之下，有失脸面。他也嘱咐她警惕小偷，一些进入欧洲的难民正在破坏维也纳的日常安全。

一场新的大雪介入。去音乐厅步行需要二十五分钟，他建议坐电车，她喜欢踏雪的浪漫。他勉强同意。他们根本不像是去听音乐会的情侣，倒像是在有限的时间里对这个城市做最后探索的游客。他就像一台拧开的收音机，持续进行现场解说。她并不关心哪栋建筑住过名人，哪个咖啡馆的糕点味道非凡，他导游式的絮叨令她烦躁，她冷得要命，只想赶紧抵达音乐厅，享受屋子里的暖气。他绝不肯沉默半秒，照旧说个不停，东张西望，不时用手背拍打她的手臂，提醒她看这里那里。他的目光一次也没有落在她的脸上,更没有注视她的眼睛。

她抬头望着天空中的阴霾,大口呼吸,让冷空气淡化肺里的燥热,再慢慢吐出来。

"我们赶紧走吧,入场要迟到了。"她终于表露出不耐烦,甩下他加快了脚步。

"我这么好心给你介绍我生活的城市,你却不喜欢,连一句感谢的话都没有。"他非常惊讶,"你有点傲慢。"

"我当然感谢你,但天气这么冷,时间紧张,我只想去暖和的地方。"

"我要上一下洗手间。"他说。

"到音乐厅再上吧。"

"我可不想排队。"

"不用排队。"

"那么多人都要上洗手间,我不想排队。"

"相信我,即便是女厕所,也不用排队。"

他坚持要去他熟知的酒庄小便。他和店里的人熟络地打招呼。穿过一排排酒柜时,他并不急于上厕所,反而向她介绍起酒来。她立刻去洗手间,摆脱了他的聒噪。

演出很快就要开始了。路口红灯,她见没有车来,打算迅速穿过马路。刚跨出一步,他一把拽住了她:

"红灯,太危险了!"

他的动作和声音都很夸张,让她觉得自己是一个没见过世面的村妇。

"我看维也纳人在红灯路口,没车来的时候也会过马路。"她说,"在纽约在伦敦,人们也会这么做。"

这时有车辆陆续开过来,在他们身边疾驰而去。

"你看看,多危险?"他仿佛没听见她说什么,大幅度地划动手臂,车就是这样被他的手臂一辆接一辆划拨过去的,"我有责任保护你,我可不想你被车撞到住院。"

"演出快开始了,我是为了争取时间。"她说。

"是你偏要走路。如果我们坐电车,就有大把的时间。"

她没吭声,嫌恶感在胸腔弥漫。

他说到维也纳的交通如何不同,尤其是电车使路况复杂,常有事故发生,进了音乐厅仍在絮絮叨叨,"我这么关心你,你还不领情,真的很傲慢",他的声音像一群昆虫嗡嗡地在她耳边飞,然后钻进她的脑袋。

"闭嘴吧!"她压低音量对他吼了一句。

他满脸惊愕,嗓子里终于没再发出任何声响。

她长舒一口气。心里想着等音乐会结束就停止交往。灯光暗下来,音乐轻轻摩挲着她躁动的心灵,携着她渐渐远离了地面与现实。音乐厅的辉煌气象与艺术氛围重新塑造了她,她恍惚间成了一名贵族妇女,而她身旁的绅士,金发、白肤、眼镜、背带,沉静不快的面庞显得清峻坚毅,像古希腊雕塑一样神秘。这一切忽又让她怦然心动。他不说话的时候是多么迷人啊!她不由自主地靠近他,轻轻抓住他的手,指尖传递和解与柔情。他的手起先是死的,在她微妙的指法中,才渐渐有了生命迹象,并很快变得鲜活。

那只手反过来绞缠着她的手。他攥着她的手送到自己嘴边亲吻。他吻了她的脸侧。揽住了她的肩膀。这是爱情的模式。贝多芬成了背景。一种地久天长的趋势。她对他产生了欲望。身体和灵魂被烘烤得滚热。这一刻她甚至甘愿为这感情离开最爱的城市，长居维也纳。

他们紧攥着手欣赏音乐会，像一对恩爱伴侣心满意足地走在大街上。不妨说是贝多芬修复了他们的感情。他邀请她去酒吧，说看完音乐会小酌一杯，是维也纳的传统。他带她去的是一个高档酒店的大堂吧，柜架上琳琅满目的酒瓶在灯光下闪闪发光。照例由他点单。他总能让她如意。可是他像个酒托，又开始介绍每款酒的酿造与区别，重新变得絮絮叨叨，嗡嗡的昆虫又绕着她耳边飞舞，她努力说服自己，接受他的不厌其烦。

贝多芬音乐会之后，他们的感情似乎进了一步。他称他的公寓正在装修，乱糟糟的，不然他会邀请她去家里。装修可能要持续半年。他称他已经告诉最好的朋友麦克，自己有女朋友了，麦克还赞美了她。她看了他与麦克对饮的合影，麦克也戴着眼镜，上过大学。

感情一甜蜜，她便渴望和他睡觉。她考虑再三，决定先邀请他来自己的公寓，并暗示他可以留下来过夜。她没有告诉任何人她正在和他交往，除非正式订婚或结婚，她才会公开这种事情，避免暴露那些失败的尝试。这使她看起来像一个守身如玉的女人，甚至有人担心她缺少必要的性生活影响身体健康。

这一天他带了香槟、鲜花和巧克力。她包了饺子，做了拍黄瓜、麻辣鸡丝。吃喝都很如意。他并不急于上床，他认为最好是彼此更多了解之后再发生关系。她说做爱是增进了解的必要途径。在电脑上看了一场无聊的电影之后，他们睡下来。他始终不肯裸体。黑了灯之后才勉强脱下长裤。她感觉他身上皮肤滚烫。这鼓励她进一步攻克难关。她赢了。结果却大失所望。他有着一个与其伟岸躯体极不相称的柔软小东西。

"很久没用过了，它需要时间练习。"他解释道。

当然，他有办法让她愉悦。

他们躺着聊天，她将话题引向贝多芬，说起法国大革命与拿破仑的影响，音乐厅的设计与水晶灯。他说改天去贝多芬博物馆，在海利根斯特，然后去多瑙河边的葡萄酒庄园喝酒，麦克的大伯在那里有一片农场。

贝多芬博物馆就是贝多芬的旧居，一座两层四合院，院中一棵矮壮的古树落光了树叶。展厅很小，他们很快上了二楼。这里有贝多芬《英雄变奏曲》的手稿复制品。他对印刻在白墙上的这页手稿发表了看法，他认为工人在搬东西时不小心弄坏了墙壁，导致手稿复制品出现了坑洞。她说以她的经验判断，这些坑是有意用来表现手稿本身的损坏和破洞。

"手稿有破损，那也没必要在墙壁上砸出洞来表现。"他企图说服她，"你看，这种擦痕，这种深度，显然是搬什么物体时碰撞的。"

"策展是创作，观展在某种程度上也是在参与创作。"她说，"我们按各自的方式来理解吧。这并不重要。"

"这当然重要。我会去问负责人。"他说，"你总是这么傲慢。"

"我并不傲慢。"她说，"我只是表达我的看法。"

"你是我见过的最傲慢的女人。"他说，"你老是那样一副高高在上的样子。当我在街上给你介绍我的城市，你也是不屑一顾。你不尊重我的思想，你似乎要找的是另一种类型的人。"

她差点说，她厌恶他像个导游般解说不断，还不时用他那只大手的手背，毫无感情色彩地反拍她的身体，力气很大，她感觉那一边臂膀都被他捶麻木了。她希望他有片刻的安静，彼此偎依着漫步，感受对方的呼吸和心跳。但她知道，说出来只会引起他更大的诧异和不解。这世界上有太多他不能理解的事物。

"这就是为什么你还是单身一人。"他忽然说道。

"你忘了自己也单身，四十岁了连婚都没结过?"她无声笑道。

"我背后有一百个女人，"他打了个响指，"只要我愿意，随时有人过来。"

"你的意思是，我单身是因为我有问题，你单身是因为你拥有一片森林，多得无法选择？"她依旧无声地笑着。他打响指的动作暴露出地摊货的本质。"当你打着响指说你背后有一百个女人时，很像一个无赖。"

"我并不是要攻击你，"他解释，"我只是说你这样很难和人有长久的关系。"

"我不必告诉你我有一段六年的恋情。我也没有必要告诉你他是多么出色。"想到那个男人，她仍然感觉幸福，觉得人生没白来这遭。

"那还不是最终没在一起？"他得意地指出了要害。

"是的。因为我还活着。"她捧着脸埋下了头。

愧色在他脸上闪烁了一下，但他并不尊重她爱情的悲剧性，像个电钻继续聒噪："也许这个不幸的故事影响了你的性格……你傲慢，冷漠，不近人情，都不敢在我面前流一滴眼泪。"

"我为什么要哭？"她抬头看他。

"你不必总是装出一副强大的样子。"

"你认为你用那些言语刺伤我，羞辱我，我应该难过得哭？"她说，"我一点都不难过。因为我认识我自己。"

"你的家庭有问题，还有你的前一段婚姻，家庭暴力，肯定也影响了你，"他根本不听她在说什么，"你应该看看心理医生。"

他千方百计挫伤她的意志，让她相信自己是个"不正常的人"，使她顺从他，尊重他的观点。他滔滔不绝，不让她有插嘴的机会，她说什么，他并不理会，他的声音也盖过她的，他像一台话语机器。

她被迫发出一个尖叫的长音。

"你疯了？"他表情惊愕，"你有很坏、很坏的脾气……我说话从来不高声……这来自我的家庭教养……我的父母都是受过教育的人……"

她抛下他，一言不发离开了这个令人窒息的空间。矛盾由贝多芬的手稿引起，但争执的内容与手稿无关，回到了他们的关系本身。他的确没有征服她。他喋喋不休的言词化解了他外表凝聚的异性魅力；他喜欢用狡辩的语言长矛将她戳到墙角，用反复唠叨来折磨她，打压她，企图在精神上凌驾于她，也许他渴望得到她真正的欣赏与崇拜，但是他只是一本厚厚的装饰书籍，外壳漂漂亮亮，翻开里面是空的，而她要读的是一本真正厚实有价值的书。

她感觉他是危险的化学品，正在腐蚀自己，破坏自己。她也开始明白托马斯·曼在小说里写下那句话："……旅馆里住的都是些见识浅薄、胸襟偏狭的奥地利人。"她忍受他，因为他在维也纳最冷的天气里，带给她红酒、鲜花、巧克力，也从他周六兼职的公司给她带来美味高级的肉制品，这种温暖使她酌情减低了精神需求，向现实适度妥协，但这似乎没有给他们的关系带来平衡和好处。

她来到另一个灯光暧昧的小厅。贝多芬放大了的遗嘱占了两面墙壁。一个白发妇人戴着耳机坐在角落里，像一尊雕塑。她也戴上耳机。她和老妇人各自沉浸在贝多芬的音乐中。她不知道老妇人在贝多芬的音乐中是否想起了自己年轻的时候，想起了生命中某个重要的人。她抛掉了因为手稿破洞争执的不快，喧哗与骚动沉下去，往事上演。那个男人的音容笑貌，在这个具有黄昏光泽的暗室内浮现。她神情恍惚起来。她渴望再次拥有那样的感情，彼此欣赏爱慕，宽容包容——也许宽容和包容只是爱的副产品——她的心荡漾着。

这时，一只手按上她的肩头。他满面喜讯。

"你的理解是对的，"他取下她的耳机，一只手围住她的身体，在她耳边轻声说道。他很少有这样温柔的笑容。"那确实是手稿上面的洞。因为贝多芬那首曲子原本是献给拿破仑的，可是拿破仑称帝后，贝多芬很恼火，想擦掉拿破仑的名字，但用力过度，擦破了稿纸。"

"是吗？我还真不知道有这个故事。"他在昏光中，言简意赅，神情和仪态都那么完美，她又怦然心动。

"你可以再去看看，手稿旁边有文字描述，我认真读完了。"他说。

"我不在乎这个破洞的来源。"她有点高兴。他承认她是对的，这意味着他可能会反省自己，她对他的感情也许存在回旋的余地。

"你又傲慢了。"

"随便你怎么认为。"

"我还是觉得他们没必要在墙上凿那样的洞。"

"想象一下贝多芬当时的心情,也许破洞里包含着他内心的愤怒与手中的力量。"她有点怀疑,如果他真的给艺术展写文案前言之类的东西,应该能够理解展览中的表现形式。

"手稿只是擦破了,并没有洞,他们可以用色彩来表现破损,为什么要在墙上凿出洞来。"

"拜托你不要再说了,我他妈真的不在乎这个破洞。"她火了。

"你怎么这么粗鲁?"他一脸无辜与惊愕,"你为什么这么爱吵架?你的脾气太坏了……"

"既然彼此都忍受不了对方,那就没必要再继续了。"她厌烦至极。

"你看,说话越来越任性……"他绽开笑面,像拎着屠刀的刽子手欣赏着眼前的屠宰对象,这令她毛骨悚然。

"我是认真的。"她受够了,打定主意摊牌。

"你呀,我对你是顶宽容的……"他继续笑,"好了,这边上有个非常著名的老餐馆,和贝多芬有关的,我们去吃一顿,尝尝这里的葡萄酒。"

贝多芬让她这一天如此不快,以至于忘了饥饿。食物的香气瞬间消除了心中的恼怒,美食与异国情调使她重新变得欢愉。餐馆小院里,等待发芽的葡萄藤在棚架子上缠来绕去,太阳穿过缝隙,涂抹着院落,制造出零碎的阴影。人们坐在斑驳的阳光中用餐,喝着葡萄酒,轻松地聊着什么。她选择坐在室内,可以欣赏具有宗教意味的彩绘玻璃窗,那里有古老的实木桌椅,每张条桌上都悬着彩绘玻璃罩子的吊灯。一个储酒的土窖,装饰得像个城堡。他近乎殷勤地引领她去洗手间,回到桌前,为她倒水,点菜时仔细询问她的想法。在等待上菜的时间里,他没再提贝多芬,而是说他上周和家人在这里吃饭,他父母家离这儿只有两站地。

"我跟父母说我有女朋友了。我给他们看了咱俩的合影。他们都很喜欢你。"

"是吗?"她觉得他们的关系并未到那一步,但心里还是莫名高兴,"你有没有说那是一个傲慢的女人?"

"你是一个好女人,有一点傲慢,但我不在乎。"他捉住她的手送到嘴边吻了一下放开,眼睛东张西望,"这里的脆皮烤肉很好吃,你等着,我到院子里点去。"

她身心刚起一阵骚动,转眼被晾下冷却。

十几分钟后,他端着盘子进来。大片的五花肉,每片足有两三厘米厚,金黄焦脆,配着三小碟不同的蘸酱,两小碟不同口味的沙拉。他精心伺候她的样子让她怦然心动。她嚼着香气扑鼻的烤肉,喝一口葡萄酒化解嘴里的油腻,开胃醒神的冰凉带酸味的沙拉。这是她吃过的最特别的烤肉。口腔和胃部得到充分的调和抚慰。她相当开心。忘记了贝多芬。

"等我两分钟，会有惊喜的。"他离开座位，经过她身边，俯下身吻了吻她的额头。

他很快重新出现在她面前，端着两碟球状冰淇淋，还有两杯白葡萄酒。

"这是馆藏的特别葡萄酒，只给老顾客品尝的。"他说道，"吃完饭我们就去葡萄庄园，麦克已经在那里等我们了。"

午餐的这一个小时，他的表现十分契合她的内心，绅士、细心，不絮叨，看上去也更顺眼，更英俊。自然，她也将以女朋友身份出现在那个名叫麦克的朋友面前。

几口特别的葡萄酒下去，对他的感觉浓烈起来，她的脸部明显发烫。喝光杯中酒，她兴奋到近乎轻佻，夺过他杯中剩余的酒一饮而尽。她有股按捺不住唱歌跳舞的冲动，浑身燥热，同时又觉得恍惚欲睡。

"真不该让你喝这么多。"他及时结了账，将她带出了餐馆。

她耷拉着脑袋。迷迷糊糊，似醒非醒时，她感觉周围光线暗红，身体下方不是柔软暖和的床，而是冷硬的石板。她还不能意识到自己在什么地方，处在现实的什么阶段。这时，有一道刺目的银光在昏暗中闪现，一只粗壮的手握着一把短促厚重的屠刀，手的主人围着污浊的白围裙，脸上戴着眼镜。

"嗨，麦克。"这是她早就想好的台词，她还打算和麦克优雅地握手，但是她说不出话，手似乎也被固定在什么地方。紧接着她的男朋友出现了，穿着和麦克一模一样。他没有瞧她一眼。他对麦克有唯命是从的神态。仿佛主刀医生与麻醉师，为避免惊动患者，两人头挨着头淡定交谈。

一股令人作呕的血腥味涌入她的鼻腔，她清醒了，脑海里炸开一团白雾。

2023 年 05 月 03 日

推空婴儿车的男人

1

清早,她照例在海藻味的新鲜空气里沿海湾跑步——这么说有点言过其实,那不过是用一种跑步的姿势,摆出乌龟一样的速度,样子无疑是滑稽的,看着可笑——且又是全副武装的健身行头,头发统统揪到后脑勺用黑皮筋固定,刻意创造积极向上的个人形象。可以感觉她黑色健身衣的面料富有弹性而柔软,轻轻缠裹出身体轮廓,尤其是肚子的鼓凸——这个年纪的女人,并不能那么轻易地判断挺起的腹部是怀孕还是发福,但她身材瘦小,能一眼看出那隆起的不是发福的脂肪,而是胎儿——明白这一点,便会恍然大悟她怪异的姿态,心里琢磨高龄孕妇的故事,暗赞她为了胎儿的健康,豁出了自身形象。若再注意到她略显松弛的脸,眼角的扇纹,仿如荆棘丛的萤火虫那样银光闪现的鬓角,不免要猜想她的生活与经历,她是为何没在年轻气盛时完成生育,最终沦为高龄孕妇的。

这是曼哈顿最南端的炮台公园。炮台是战争期间为防御英军的进攻而建,但并没有真正派上用场,就像一个不曾爱过的人孤老终身,不免成为历史的花絮。高龄孕妇每天从神色煎熬的"移民者"雕塑群像出发,眺望纽约港与日晒雨淋的自由女神,在狭小公寓里受到挤压的灵魂,随着一幅海景长卷延伸开来,内心方觉旖旎。

这临海的一隅闹中取静,西大道利索地切断了华尔街的繁华与骚动,那边打拼,这边生活,互不影响,却又密切相关。这里住着不同肤色的人,人们互不搭理,各自在草坪上看书、野餐、遛狗、嬉戏。总有人坐在长椅上,面向河海交汇的开阔水域沉思,目光顺着水波流向自由女神像,显得心事重重。古树、草地、鲜花、哈德逊河面静静流淌的帆船、挂在新泽西那边的夕阳与云彩,河对岸那面指针在夜里变红的大钟,都是静谧无声的,于是使得偶尔飞过的飞机噪音显得动听,这声音就像一道彩虹,划破空中的某种单调。

她总会遇到那几个陌生的老朋友:坐在轮椅上喂松鼠的黯淡黑人;推空婴儿车的金发男子;一对退休夫妇与他们患有关节炎、走路与主人一样蹒跚的惠比特老犬;还有一位戴墨镜的深肤色男人总是擦肩而过——他后来消失了,她记得他下巴上有粒黑豆似的痦子。不知道是出于礼貌修养,还是文化习惯,从未有人与她交换过眼神,甚至避免明显的打量,就像在地铁里,每个人都罩着透明的网,套着无形的茧,从而与外部隔绝,同时划割出尊重的空间。有关陌生人相遇友好致意的传说,在这样的晨练中,从来没有得到证实,高龄孕妇始终没有遇到任何交谈的机会。她唯一真实碰撞到的目光是那条惠比特老犬的,它当时正颤巍巍的,试图挪上主人专门为它改造的推车,发现她在看它,顿时低下头去,神色沮丧尴尬。她懂得那一瞬间它眼神里蕴含的内心情感,涌起一股与它交流的冲动,可是白发夫妇已经帮它坐上车板,推着它缓缓地离开了。

偶有其他零星的跑步者、打着呵欠的遛狗人。

犹太博物馆这里,是一个直角 U 形小港湾,偶尔泊着几艘小帆船,在这片深凹的宁静中,有一家宁波餐馆与海鲜西餐厅。食客们轻声细语,坐在廊下喝咖啡,享美食,看落日下的风云变幻,直至夜幕轻柔地放下,自由女神手中的火炬照亮海面与她淡绿色的身躯。

但在清晨,这里只有空空的桌椅与拍打石崖的海浪。

高龄孕妇在这里遇见坐轮椅的黑人,她对他的印象,除了一团漆黑中白得瘆人的牙齿,没有别的——自从有一回在下午两点钟空荡荡的地铁里遇到一个露阴癖,她再也不敢让目光落在任何一个具体的黑人身上,那种不适很难消除——虽说并没有因此偏激愤恨,将所有黑人视为敌人,但在原本存在的分歧与距离之间,增置了一道樊篱,她自然并不期待跟他说话,情愿一直闭紧嘴巴。

在某种意义上,小港湾是这个黑人的地盘。他霸占了那几棵罕有的老柳、圣诞节挂满彩灯的古柏,枝臂遒劲的雪松,霸占了受到精心打理的花圃,那些不同季节开放的花品、薰衣草、玫瑰花、醉蝶花、波斯菊、高挑的野棉花、比人脸还大的黄蜀葵,还有大片大片的狗尾草——原是中国乡下不入流的贱草,到这里基因突变,小树一般强壮,随着海风轻摇慢摆,竟有一股既朴素又优雅的风情(她后来才知道,其实那是狼尾草)——更别提那些受他恩惠喂养的松鼠了。

她第一次碰到这个黑人,只听他嘴里喊着一串人名,"诺斯""艾丽斯""安吉儿",七八条松鼠立着两条后腿,双手捧在胸前,鼻尖一耸一耸地围着他。有一只胆大的爬上了轮椅。黑人一边将面包捏碎,一边像个说唱艺术家一样喋喋不休,肺活量像安装了马达似的,他的声音听起来沙哑但是健壮,像踩着弹簧蹦跳出来的——

"只有像士兵那样遵守纪律,才能分到属于你的那一份食物。"他对它们说道,然后低下头批评爬到腿上、伺机抢夺面包的那只松鼠,"汤姆,你是个小饿死鬼投胎吗?每次你都要插队,给插队者面包,就坏了规矩,乱了秩序,对大家也不公平是不是?我当兵打仗那会儿,饿得前胸贴后背的,见到食物来了,也不能像你这样去抢。大家谁不饿呀,是不是?汤姆,你说,要照规矩接受处罚,你是愿意饿着肚子去刷马桶洗厕所呢?还是选择吃饱肚子,冒着被游击队干掉的危险去河边打几壶干净水喝?不过你要知道,真正要你命的东西,埋在土里呢,你得小心踩到地雷,嘭!炸飞你的鼠腿……"

松鼠们显然既不担心洗厕所,也不害怕游击队和地雷,那只叫汤姆的松鼠更是爬上他的肩膀、头顶,一瞬间他就成了一棵树,其他松鼠灵巧地爬上来,边抢边吃,把他的膝盖当餐桌,毛茸茸的大尾巴一抖一抖。黑人这时也不管纪律的问题了,一边分面包,一边顾自说话:

"一个战士,把自己的两条腿留在战场上,就这样回了家,那可不是什么好事,还不如被子弹干掉……"

她渐渐走远。

"老实说,我有时挺虚荣的,想当英雄……想有价值地死。"

这是她能听到的最后一句。

虽然对黑人难免怀有好奇,但真正让她留心的,是那个推空婴儿车的白人男子。在顺着河畔绵延的椴树下,某一张墨绿色的长椅中,他的浅色头发和白皮肤明亮显眼。此时云彩还没有被朝霞唤醒,海鸥在淡青色的天空中无声飞过,他面前的空婴儿车透出某种近乎神秘的气氛。她从没看见那里头躺过婴儿。起先,她以为孩子被母亲或保姆抱到一边玩耍,但附近并无他人。当她半小时后折回来,情况还是一样,甚至他的坐姿都没有变化,婴儿车还是空的,里面放着一只白色奶嘴,一个透明水瓶,一顶粉红婴儿帽。她猜那是属于一个女婴的东西,但也不一定,买这种小东西并不取决于婴儿的性别,全凭一个母亲的个人喜好。

婴儿有一位什么样的母亲呢?年轻?白人?黑人?拉

丁人？亚洲人？一串疑问掠过高龄孕妇的脑海，转瞬即逝，随即回到自身的问题，思绪被和人交谈的欲望控制，词语像关在笼子里的小鸡，正在出口处拥挤，只等笼门打开，就将奔涌而出。

她就是想和人聊一聊孩子——不再是和镜子里的自己，黑暗中的自己，而是某一个真实的人，不管是男的女的，年轻还是衰老——这种感觉随着胎动的频繁而变得越发强烈，并倍受折磨。直觉告诉她，推空婴儿车的男人，是一个合适的交谈人选，共同的话题早就陈列在彼此之间。

要从乌龟速度的跑步中慢下来，便近乎蹑手蹑脚了。她靠近那排长椅，打算佯装无意间经过，只要他抬起头来看她，一遇到他的眼神，她便会打招呼。奇怪的是，他像一个聋子，对于身后的声音没有任何反应。他一动不动，低着头，面朝膝上翻开的书，不确定他是在阅读，还是在打盹，后来也是类似的情景，他不抬头看她，仍是阅读或打盹的样子，但书页根本没有翻动。

有一次，当她经过，他恰好从长椅上站起来，她准备好笑容，但他并不看她，只盯着眼前的空婴儿车，浓密的胡须像口罩似的覆盖住下半张脸，这使他的表情得以隐藏，也显得傲慢与冷淡。他被一种深深的颓唐笼罩，像一座切断了电源的旧房子，野草和荒藤到处生长攀爬，吞噬房子的本来面貌。

痛苦，将是他们之间另一个共同的话题——他推着空婴儿车离开，她从那拖泥带水的脚步中获得新的暗示。但她并不想聊悲伤。倾诉是弱者的行为,倾诉并不能改变事实,就如那些失恋的人,希望通过旅行抹掉痛苦,结果适得其反,痛苦就像噪音,在夜深人静时变得更加清晰尖锐。她更愿意行动。没有人能从她的脸上看出悲伤,发生在生活里的沉痛打击,反而撑直了她的腰,上扬的嘴角显示着惬意与愉悦,她握着致命的武器,对准那个欲击溃她的对手——灾难。

白色的巨轮像一栋水中漂移的多层建筑,旅行者站在甲板上看风景。波浪涌向河岸,揉动停泊在港湾的游艇和帆船,桅杆发出轻轻的哐当声。推空婴儿车的男人泊在高龄孕妇的脑子里,也随浪摇摆。婴儿车明显很高档,非常纯正的天蓝色,像高原上的海子,洁净明朗。她想象着那顶粉红色婴儿帽的主人,她应该不会超过一岁,有一头她父亲那样鬈曲的浅色头发,牛奶似的白皮肤,熟睡时像一朵安静的花,醒来嘴里便发出柳叶新芽那样的鲜嫩鹅黄的咿呀声,能让冰川瞬间暖化消融。

高龄孕妇感到心脏有点供血不足,呼吸不畅,于是在椴树下的长椅上坐着休息,两只手捂住了脸。她了解自己难过时的症状,如果放任悲伤蔓延,可能会再次躺上救护车,她和丈夫不远万里完成的伟大工程将功亏一篑——妇科医生已经警告过她。她清楚地记得那位女医生慈善的眼神以及她轻柔的话语,这种耐心与温婉完全不同于她过往经验中的医生形象。她甚至记起了八年前意外怀孕,做人流手术时，疼痛逼得她嗓子里发出了声音，那个手中器具碰得叮当响的女医生被蓝色口罩蒙住的部位却喷出含混的气流——

"嚷嚷啥呀，怕疼，干吗不自个儿注意避孕呀？"

事实证明，医生的无情与温情在这种时候可能产生相同的效果，同时达到让手术台上的人情绪坚强的目的。她不禁怀想起那刚刚萌芽的胚胎，要是当年留住那个孩子，现在就不是这样的局面——她和丈夫仍在北京那个不错的小区进进出出，接送孩子，带孩子在开满槐花的街道玩滑板车——命运之链，原来是一环套一环的。

如果真有时间机器，选择返回过去修订人生错误的，肯定比奔向未来的人要多得多。

她就这样在胡思乱想中，平稳了自己的心绪，并轻声给腹中的胎儿道歉。她已经能够像摆脱毒蛇一样，迅速挣脱痛苦的纠缠。她放开双手，看见云彩已经苏醒，在一望无际的青云当中，有一片明亮的淡粉色浮云，像一顶婴儿帽。仿佛麻醉过后的清醒，推空婴儿车的男人从一片混沌中逐渐返回她的大脑意识。她要跟他说一说婴儿，一个粉嫩的女儿，她丈夫所渴望的那个粉嫩的女儿，她将在两个月后，也将她放在这种天蓝色的婴儿车里，给她戴一顶粉色的婴儿帽，以及一大堆漂亮的女孩衣服。此时海风轻扬，椴树花的香气像婴儿散发出来的——她不久前才知道这种庞大开花的树名叫椴树——粉末一样的碎花飘落下来，像快乐的小精灵，在她的黑衣上舞蹈。

她不会提起三个月前她失去了丈夫，那个忽然疯狂渴望有个女儿的男人，扬言要成为天底下最好的父亲，并为之摩拳擦掌的男人。结婚十年，她和丈夫一致赞同不生孩子，过了四十岁，她的目光里渐渐流露出对推着婴儿车散步的父母难以掩饰的羡慕，屡屡回头看那或熟睡或咯咯大笑的婴儿，母性的柔情像冬眠的青蛙苏醒。她同时意识到，一对相爱的夫妻刻意避免生儿育女，违逆天性。她和丈夫还无辜地承受了各种猜疑——他们不过是想拥有更大的空间过自己的生活，持不同的人生观价值观，她也的确曾经瞧不起那种将生命浪费于换纸尿片洗奶瓶的日常琐碎，一想到自己早早摆脱这种传宗接代的义务就涌起自豪感。然而这面多年垒筑的高墙某一天忽然间溃塌下来，连那溃败的蚁穴源头都无从寻找。

她暗自摸索着心路踪迹，确证了想要孩子的欲念轮廓分明后，竟然一身冷汗——在这渺茫中残存着希望的节骨眼上，所幸还有最后一根稻草可以抓住。丈夫准确地捕捉到她的心理变化，并主动挑明，对他来说，想要一个孩子的想法早两年便在路上，这样一来，生育的念头就像一个长途跋涉的旅人，终于回到了家，夫妻两人不约而同地热情迎接。

在过去多年的婚姻生活中，他们总是这么合拍与默契，周围各种不诚实的夫妻衬得他们的关系像是蜡做的，因为他们不食人间烟火的灵魂相交占据了很大的比重，对于讲述他人的琐屑或那些人人关心的物质话题，他们并没多少兴趣，彼此呵护对方的精神世界，时而交融时而独立，书和艺术是必需品，他们把大量时间花在这些事情上。

自然，荒废身体到四十多岁才手忙脚乱地要生孩子，舆论氛围并不比之前清新，冷嘲热讽也不是没有，等着他们怀孕失败，称之为"自食其果"的也不乏其人，但他们的生活选择鲜少受周围左右。

他们本没打算加入赴美生子的潮流，像那些有点钱有点身份的人那样。当他们按照天性自然的方法造人失败，不得不借助辅助生殖技术，如何排除那百分之九十五的垃圾卵子，从百分之五的可能性中找到一粒健康的卵子，与丈夫的精子成功拥抱，这是他们来到纽约的主要原因。她无法评说这个主意有多么糟糕，在国内近两年的努力失败之后，最终在纽约解决了问题，完成了这项复杂而又精细的工程——她无法在孕育着鲜活生命的情况下，认为来美是错误的选择——即便她在这里失去了丈夫，难违一命换一命的天意与宿命。

拥着丈夫的衣物入睡，当他的气息在黑暗中萦绕时，她曾给自己出过一道选择题来扪心自问，在怀上孩子失去丈夫与眼馋别人的婴儿但有丈夫相濡以沫的生活之间，她更倾向于哪一种。她根本没有勇气回答这个残酷的问题——上帝之手在天平两端挑挑拣拣，最终将痛苦放在另一端来平衡过于沉重的幸福，不给她讨价还价的余地。

她不会跟推空婴儿车的男人聊起这些，除非他直截了当地问。但据她了解,就美国人的文化习惯来看,断不会主动入侵陌生人的私人空间,同样也会警惕生人踏入自己的私人领土,他们的私人枪支不仅仅是用来打猎的,关键时刻会拿来维护自己的权利——她就事论事,无意称颂频繁发生的枪击案,是否控枪,也自有专家与政客讨论研究——在国内总是被不熟悉的人问孩子多大了,听她说没有孩子,有的人毫不掩饰自己的吃惊——她当然不会因此想将那唐突之人一枪轰掉。她与丈夫的关系,并不像别的夫妻那样空间完全重叠,互将对方视为自己的私人财产在公共场合聚会,只要妻子(丈夫)在场,便对别的异性表现冷淡来显示自己对婚姻的忠贞,反之则是另一番景象。

如果推空婴儿车的男人有兴致,她不介意跟他聊聊东西方伴侣的相处模式,表达她与丈夫共同的观点:有趣的灵魂是不存在性别的,而大多数人只能嗅到荷尔蒙的气味。这句描述一迸出来,她自己也不免为之一笑——她在和丈夫相处中练就了语言交锋的能力,但他们的矛头只是凌空舞蹈,从来不会用来相互戳伤。大多数时间里她缅怀的内容,就是与丈夫相处时包含着机智趣语的惬意闲谈,她希望他们从前的生活已经全部存盘,可供她随时翻阅,而不是像现在这样,凭记忆打捞出来,七零八碎。

不要务虚,要聊实实在在的东西,聊具体的事物,比如婴儿。她重复自己的想法。世界上每天都有很多人死于意外,每天都有家庭被敲碎,地震、空难、车祸、火灾、疾病、战争、恐怖袭击,她并不比那些人更艰难。她不需要同情，不需要像对待一只受伤的小鸟那样的眼神。她更不会提及，枕头上残留的气息，衣柜里原封不动地挂着的深色西装，淡蓝色印花领带，白衬衣——说这些过于琐碎，也容易喉部哽塞，噎出眼泪。一对鸟侣，一只死了，另一只也活不长，人类的痛苦更是无须多言。如果绝望是《圣经》中所谓的最严重的罪恶，那她与这种罪恶沾不上边，她知道做一个单纯乐观积极的交谈者，要像刺透云霾扑向海面的阳光一样，自己先明亮起来。

2

他的眼角余光像道路拐弯处的凸镜，照见那个乌龟般奔跑的亚洲孕妇，系着粉红鞋带的天蓝色跑鞋踩在花纹石砖铺就的道路上，几乎没有声音，仿佛在水中爬游。他对跑鞋略有研究，知道那是很专业的鞋子，通常不好的鞋子跑起来啪啪作响，尤为磨损半月板。过去他和妻子也有跑步的习惯，妻子怀孕时也没有停止，孩子出生以后，他们就推着这辆天蓝色的婴儿车一起跑，那时候的海风不像现在这样沉闷，云彩也要明亮一些，炮台公园的花花草草要鲜活一些，并且他从未意识到这一路的狗尿骚味是如此难闻——即便有海风勤拂，这气味还是那么浓郁。柴犬、泰迪、黑背、斗牛、金毛、边牧、萨摩耶、雪纳瑞、惠比特……每天几百只不同品种的狗一遍又一遍地尿洗着一切直立的东西：树蔸、椅脚、石柱、墙根……到处是湿漉漉的尿印，过去他也想等孩子会走路了养一条日本柴犬，如今他对一切深感厌倦。

很多事情就这么不对劲了。

亚洲孕妇消失在凸镜以外。他第一次认真地回想起跑步时的妻子。她有五颜六色的健身衣，通常比胸罩大不了多少，露出长有雀斑的肩膀、紧致的腰身、扁平的小腹，低腰裤紧裹至脚踝，使她的腿看起来更加修长，在跑步时才编成的大马尾辫，随着奔跑的节奏像钟摆一样摆动——这个无声的细节此时就像定时炸弹的嘀嗒警报声，加深了他内心的焦虑与不安，尽管他事后从未渴求平静与忘却——恰恰相反，他无时不在等待惩罚的降临，即便妻子拿起什么利器刺向他，他也不会躲闪，也许在身上凿出一个洞，才可以释放那头被囚禁至疯狂的痛苦野兽。但是妻子没有这样做，她什么也不做，紧抿双唇的沉默却比世界上任何致命的武器更具杀伤力。

他从没想过那个大大咧咧的美国姑娘成为母亲后内心会有这么强烈的怨恨，在那件事情上不依不饶——他很想知道别的妻子遇到那种意外之后，是不是也会和她一样，将丈夫打进深牢地狱，永不宽恕——不，不，他并不请求她的宽恕，他是请求她的惩罚——但不是用这种沉默的方式——可他又不得不承认，这是最残酷的惩罚，是他应得的——难道指望妻子对他的罪疚报以拥抱或亲吻？难道在这种温柔的惩罚中他会好过一些？难道这不比她的沉默更残酷？某一刻他终于明白，发生这种事情，其实并不在于妻子的态度反应，归根结底是他无法饶恕自己，他必须借妻子手中的兵器完成惩罚，妻子沉默的剑一次次刺向他，他的心被扎得像筛子——他并没因此舒服一点——他总是实实在在看见孩子躺在婴儿车里，吮着手指望着他笑，他情不自禁地俯身去抱她——搂住一缕清风，一个幻影。

说起来，他还是布鲁克林大桥设计师的远亲，150年前，他的曾曾祖父与这位设计师是亲兄弟。他多次想象过那一幕，当他牵着孩子的手走过布鲁克林大桥，给她讲这座桥与他们罗布林家族的关系，她淡蓝色眼睛里的欢喜与骄傲便像桥下的海水一样涌动。他并没有那种望子成龙的思想，只想她成为一个生活的欣赏者，鉴赏一切美的事物，而出自罗布林家族之手的布鲁克林悬索大桥，这一国际土木工程的历史古迹，美国国家历史地标，便是一件不折不扣的艺术杰作。他和妻子曾多次从炮台公园跑步上布鲁克林大桥，他们正是在桥上第一次谈到孩子。妻子希望她未来的孩子能继承先辈的设计天赋，而不是像她的父亲那样从小沉迷于犯罪推理小说，最后成为一个绞尽脑汁编故事骗人的家伙。这并不含有轻视的意味，她挺喜欢他在推理中表现的智慧，她是他的第一读者，无疑也贡献过一些好的点子，纠正过逻辑纰漏，展示过更深的人性特征。虽然他的事业始终不温不火，既没有像斯蒂芬·金那样的畅销苗头，也没有成为柯南·道尔的经典趋势，这对他并不造成困扰,他沉醉于编写之趣。他知道自己的职业特征看上去跟无所事事的闲人无异,因为胡思乱想和上街瞎逛是必要的,给电线杆道歉的事情也时有发生,但多少年来这些元神出窍的时刻都没有酿成严重的后果——直到他有了孩子。

他试图什么都不想,不去想与孩子有关的一切,不去想她洁白耀眼的脸蛋,宛如海子嵌在雪地中的淡蓝眼睛,不去想她咯咯的笑声,更不会再假设那个清晨,如果妻子不是因为生理周期赖床没有一起跑步,如果他推着婴儿车跑完后直接回家,不在长椅上读希柯克的悬念故事,如果《西北偏北》不那么精彩绝伦……他也不去想他对孩子如何爱不释手,夜里总舍不得丢下她去睡觉,迷迷糊糊中想到有个小东西正躺在婴儿床里就莫名快乐,时常爬起来看看她熟睡的样子,早上醒来准要仔细瞧瞧她又长大了多少。不到半岁便迫不及待地带着她逛各种博物馆——用婴儿背带将她悬挂胸前,就像别着一枚大大的勋章,谁说女儿不是人生的一枚勋章呢?她仿佛大树干上长出来的小嫩枝,生机勃勃——他早早地行使起艺术讲解员的职责,而他吮着奶嘴的女儿则仿佛已被伟大的艺术品吸引,配以严肃认真的表情,成为博物馆最年轻的顾客。人们侧目微笑,谁都能理解这位与婴儿分享美好事物的父亲与揠苗助长的农夫同样急切的心情。

他陪伴婴儿的时间远多于妻子,婴儿对父亲的依赖也超过了母亲。人们总是认为,孩子是母亲身上掉下来的肉,做母亲的总是比做父亲的痛苦,母爱比父爱更无私浓烈——他不知道是一杆什么样的秤得出这样的结论。他不是否认妻子不如他爱孩子,他也不承认他不如妻子爱孩子。那事发生后到底谁更心碎?他经常想得头昏脑涨而于事无补,现实与人性的逻辑远比编造推理小说复杂,因为现实和主角并不接受他的编排,那就像一部现成的作品,他只能像个读者一样钻进去,而他已疲于循着所有的蛛丝马迹还原现场。最终唯一能做的,就是举起双手,接受妻子用绝望与怨恨将他钉上罪柱,永无救赎的机会。

他萌生和亚洲孕妇聊天的想法。他凭借职业的触须敏锐地感知到,亚洲孕妇身上散发出她并不自知的忧伤氤氲,她自以为藏匿得很好,怀孕的喜庆并不能减少她近乎凄清的孤独,并且恰恰相反。他从未见过她有丈夫陪同,如果是悬疑故事的主角,其丈夫的缺席是一个重要的信息,于是推测她生活中可能发生的变故,但思维的履带锈滞,他已经失去了往昔对事件剥洋葱、滚雪球的兴致,丧失了作为犯罪小说家最重要的推理才能——一个念想如刀深刺在心:如果不能从一辆空婴儿车推理出孩子的下落,抓住那个将黑暗与痛苦网住罗布林家族的罪犯,其他一切与孩子无关的思考都是多余的,甚至是可耻的。

然而,即便他保护现场般每天复制当时的情景,将每一个认识的熟悉的见过的间接联络过的人拉入嫌疑名单苦苦思索推断,也从未突破死寂的现实,写作中上帝般无所不知的掌控与权威于生活毫无用处。没有人知道他那天是如何将一辆空婴儿车推进家门的，邻居们听到他妻子比消防警报更为凄厉的尖叫。一连好几天妻子和他一样处在梦游状态，夜里轮番坐在黑暗中的婴儿床边，仿佛孩子正在那里酣睡。

去警局报案时，他觉得自己是个罪犯，仔细地交代着那天早上的罪行，接受着办案人员的盘问与质疑。他一生从未如此坦白。他说到让他读得忘我的那个情节。蓄有浅须的红脸警察偏巧也是希区柯克迷，如果不加控制，他差点要笑着拥抱这位报案者。他轻易就理解了报案者的过失，他举出一些极端的例子，还说读者在那种情境下发生任何意外都不足为奇。

但这并不能使罗布林家族的后人感到好受一点。

他给自己戴上了镣铐。

警方很快启动了全国警报系统，人们似乎比罗布林的后人更为悲愤，他们不能容忍孩子在这个伟大的国家人身安全得不到保障，他们在校园枪击案之后走上街头要求控枪，他们也面对镜头呼喊"让孩子回家"，同时像丢失了自己的孩子一样急切地寻找孩子。全国各地的志愿者到处发送寻人启事，社交媒体上到处是孩子的头像，粉色婴儿帽下的头发波浪翻滚，她一只手伸向前方，想要抓住父亲正在拍摄的手机。

他甚至希望能收到一条勒索信息。

他确信过去曾有一双眼睛长久地尾随他。那双眼睛一定还在人群中。他从没刻意观察晨跑者,因经常碰面而留下印象的只有亚洲孕妇、坐轮椅的黑人、遛狗的老年夫妇,和一个戴墨镜的深肤色男子。

他的生活按照原有轨迹不变,推着空婴儿车去超市,逛书店,看展览,听讲座,海边跑步。没有人对他的空婴儿车提出疑问,这意味着他不需要重复讲述——向警察描述那个清晨的经历已经令他足够难受——然而获得自由与空间的同时也遭遇了冷漠。他曾想知道在这种情况下如何拯救妻子,怎么让夫妻关系消除因意外导致的障碍,他甚至愿意广泛听取女士们的声音——然而他终究放弃了这些幼稚的想法——将痛苦摊开在陌生人面前,除了获得惊讶同情嘲讽和责备,不会有比这更有价值的。他渴望交谈,那应该是一个知己似的、通透的智者,一个对灾难有深刻理解并能感同身受的人。

他知道亚洲孕妇试图靠近他,当她顺着长椅这边的道路前行,速度慢到近乎停顿。他闻到淡香味,推测她擦了那种牛奶香型的体霜,女人怀孕后通常会停止使用刺激性的护肤品,他了解这一点。他的妻子那时仅用一种天然草莓香味的喷雾保湿水,身上散发一圈圣母般柔和的光晕,闪现不同寻常的美好。这导致后来他印象中的母性就是草莓香味的。而这位跑步的亚洲孕妇同样如此,那圈光晕甚至模糊了她的年纪和面容——他的注意力从没落在她的脸上。那一刻,他知道稍微扭头就能撞上她的目光,交谈将会在互道早安之后开始，但他瞬间脖子僵硬，好像被什么东西固定了，直到她即将消失在拐弯处，他的目光才顺着那一排椴树追了上来。

还有一次，他猛然站起来准备制造一个意外碰面的假象，最终却头也不抬，以比平时更冷淡的姿态离开了。每次在关键时刻犹豫不决，即将开口前突遭虚无袭击，巨大的悲观情绪涌上心头——他期待有哪一次打盹醒来，发现孩子像以前一样躺在婴儿车里，结束他真正的噩梦，如果他向她说出这个秘密，整整四个月，他每天在同一时间地点复制当时的情景，她会不会认为他精神出了问题？他已经从很多人的眼里看到了这种意思，人们的热情从最初的关切中冷却，并有意与他保持距离，再也没人通知他参加周末烧烤聚会，家里坟墓般沉静。别人永远不会知道，他的妻子流干眼泪之后，话语也随之干涸，霎时间山石裸露，寸草不生。起先她独自去瑞士待了十几天，转了一遍北欧，回国后去了西部，后来他才知道，她特意选择恶劣的天气飞来飞去，希望赶上某次飞机失事。意外发生后他一直睡在孩子的房间里，几个月前他亲手布置的房间，贴了粉色碎花的墙纸，天花板有星星闪烁在淡蓝色的夜空，他已经开始教孩子认北斗星。

他又看见那沉浸在极度悲痛中，充满了绝望的忧郁，像正向深渊跌落、魂魄散去之人的眼神。十三个月前，他也是这样站在镜子前，看着初为人父的喜悦将他淡蓝色的眼睛擦得活泼明亮，婴儿醒来后的啼哭声使他心里一片欢腾——就是这么个小家伙，让他告别过去那个毛里毛躁的年轻人，像模像样地当起了父亲。他喜滋滋地做每一件不起眼的小事，也就是那些所谓该女人干的活，比如烫奶嘴瓶，调牛奶，换尿片，给婴儿洗澡，哄她睡觉。他真想告诉那些没抱过几回孩子、错过为孩子干这些琐碎事的父亲，他们应该为此感到遗憾。他推着婴儿车在海边漫步，当她熟睡时，他便在长椅上看书，偶尔抬头看她一眼——她在梦中咂巴着嘴，发出嫩绿的呢喃声，他忍不住要摆弄她的小脚丫——一开始他还不敢捏她的脸蛋，他粗手粗脚，生怕捏坏了她。

　　他是全心全意地照看婴儿，一如他对待爱情，没有哪一处皱褶里藏着不可告人的私心——他们曾经那么相爱，他为了她离开了德国，追随她来到纽约，在她的国家生儿育女。他用婴儿背带将孩子裹在胸前，像只袋鼠般招摇过市，一只手牵着妻子——她的体格称得上健壮，车在路上抛锚，她自己换轮胎，生孩子也没费什么劲。她心地单纯，喜欢将所有的窗帘拉到尽头，让阳光从四面八方钻到屋里——她尽可以由着她的喜好打扮而不必担心婴儿弄乱了她的形象。她对于穿着一向讲究，但全由他去装扮婴儿，这里头有对他的信任，也有乐见父亲与女儿的情感绵延，这同样滋润着他们的夫妻关系，像钙片般巩固着爱情的骨骼，预防骨质疏松，但对于意外的骨折他们毫无思想准备。那清脆的断裂声，仿佛来自一截枯枝——而他们的感情明明是葱郁鲜活的。

他拧开水龙头,看着水哗哗地流淌,在盥洗盆里制造出浪花与旋涡,渐渐变成惊涛骇浪。

3

周六清早 U 型港湾有一阵人声喧哗,一群上了年纪的男女布置装备等待与皮划艇一起下水。他们显然不是运动员,富余的赘肉从女人的腋下和腰围大方地鼓胀出来,男人裤管下多毛而苍白的两腿看不出任何肌肉力量。他们有着无休无止的说话热情,仿佛一停下来时间就会逆转。他们在单词的重音处特别用力,听起来有种炫耀的意味,他们的生活也顺便在这些重音中继续美满。

亚洲孕妇穿过嗡嗡的谈话声——她羡慕他们的内心没有阴影与负担,羡慕他们像倾倒垃圾一样毫不吝啬地倾泻废话,不用顾虑分类或循环利用,统统倒向这个忙碌了一周之后的周末清晨——没有任何眼光落在她的身上,他们对一个普通的亚洲孕妇没有兴趣,说不定还抱怨这些外国人出现在他们的领土上,争夺资源,占用福利,并带来不安定的因素。法律虽明令禁止种族歧视,但并不能改变人内心根深蒂固的观念,法律不能对一个眼神定罪。

海风有点大,灌进耳朵哗哗地响,帆船却很得势,更显悠然自在。她从未打算在这里扎根,谈不上喜欢,也不能说厌恶，知道这是别人的土地，不经过两三代人的更替生长，根须无法伸进真正的土壤。眼下她要做的，就是保证孩子平安降世，然后打道回府。这样一来，心里不急躁，日子也缓和，痛苦像碎渣慢慢沉淀，她小心翼翼地不去晃动这个易碎的瓶子，更不会搅动它。不再去想那天半夜她的舌头要是沾不到麻辣烫就挨不过去，丈夫高兴地说完"酸儿辣女"就去寻找川菜馆，她没有等到麻辣烫，直到警察来电。

他们到纽约来制造孩子，丈夫的父母原是欣然赞同的，事发后态度大反转，认为要孩子不过是她的"一己之欲"，追根溯源，她成了葬送丈夫性命的罪人。她没有辩解，如果怪罪于她会让他们舒服一点，忍受这种责难恐怕是她唯一能为他们做的事情了。

她偶尔思考没打算要孩子之前平静而丰盈的生活，原以为是冰冻三尺般可以跑汽车的牢固，不料却是薄冰一敲即破。她并不埋怨这对老夫妻将他们所承受的痛苦叠加到她的身上，与其说理解为人父母的自私情感，毋宁说理解他们的丧子之痛。她无法将她对孩子的父亲、她的丈夫的感情与他们对儿子的爱放在一个天平上，没有一杆这样的秤能计量出这两种情感的轻重。

轮椅上的黑人喉咙里滚动着一阵颤抖的金属声响，一枚笑弹从他的嘴里呼啸而出，在空中擦出一道弧线，轻轻落下，引发狼尾巴草的一阵骚动。鲜花怒放蜜蜂飞舞中，黑人散发晦暗的光芒，与花朵的艳丽形成对比。每次经过这里，亚洲孕妇总会有意识地拉开距离，避开那股难闻的气味——那是累月不洗澡的原因——纽约城里有很多老鼠，大白天在地铁轨道间爬来爬去找吃的，时代广场的现代光鲜只是纽约的一部分，另一部分是肮脏的街道与幽暗的蜗居，以及很多像老鼠一样生活的人。公交车上的尿骚味和那些露出苦相的面孔，无疑让遥远想象纽约的人感到吃惊。

她搬离了与丈夫租住的公寓，住到更安全的社区。她已经没有兴趣探索这个城市，除了偶尔去博物馆看展览，听音乐会，她的活动范围就在炮台公园，尤其是海边这段几公里长的绿化带。她不在夜里出门，不乘坐夜地铁，也不去人多的地方，那里吸引恐怖主义的子弹和爆炸物。危险就隐藏在身边，她时刻警惕。新的环境以及需要对付的事情多少分散了她的注意力，美景虽能令心里开阔一些，但她时常摸到心里的缺口，就像夜里睡觉一脚探到身侧的虚空——不过，她总是知道怎么用救生艇将自己从沉毁的巨轮边划开。

清晨是她最轻松的时候。饱经黑夜浸泡的忧伤在黎明的曙光下隐退，海鸥停在长满青苔的系缆柱上，一株野草从缆柱的缝隙里长出来，鲜活青翠。深蓝色的海面波光粼粼。风将漂浮物送到岸边：大片的木屑与生活杂物，一只吹得鼓胀的避孕套，一个面目模糊的排球，一个穿粉红丝绸裙的芭比娃娃——这个玩具曾让推空婴儿车的男人心猛然一跌，也让她联想到某类悲剧。她打算向管理处反映，请他们清理海边垃圾。她不知道推空婴儿车的男人已经这么做了，远处有小皮艇驶过来，穿橙色荧光背心的工作人员举起了打捞工具。

她停下来看他们工作。她并不是真的对打捞海上垃圾有什么兴趣，也没有观察生活细节的职业需求，她停下来是因为被黑人的说话内容吸引，听众依旧是那些松鼠，它们紧紧地盯着他，等着他讲完故事将紧搁在怀的面包给大家分食。

"从那场战争活着回来的，像我这样正常的人不多，你们瞧，我每天还能这样愉快地跟你们聊天，说说笑笑，好多人关在屋里根本不出门，听到直升机响就抱头撞墙，大喊大叫；有的人没被战争夺去生命，回家一枪干掉自己……跟你们说吧，打起仗来你死我活，没有什么女人，也没有什么孩子，就是这样，在那个地方，你要是认为女人就是女人，孩子就是孩子，那就大错特错——他们都是战士，开枪杀人，个个顶呱呱的，防不胜防。"

此时周围突然一片安静。小皮艇的马达声响起来，紧接着开足马力驶离，划出两撇白浪。亚洲孕妇看着水浪冲荡长满绿苔的石崖。一只螃蟹钻进石缝中。普通人一到战场就变得嗜血，砍头像削萝卜一样。死亡只是新闻通稿中的一串数字。这就是所有战争相似的地方。她心里默默参与了黑人的谈话，对她来说，见识过死亡之易如反掌，而制造生命又如此艰难，她的手不由放在沉甸甸的腹部。

黑人再次说话时，已经是蹑手蹑脚的语调。

"……一个小男孩从尸体中爬出来,大约两三岁,浑身是血,他没有哭,像没睡醒一样迷迷瞪瞪地往前走……有人向他补了一枪……子弹是从我手里发射出去的,扣动扳机的是我的手指……汤姆,我发誓我一点开枪的意识都没有,我的神经处在崩溃的边缘,手指长时间搭在扳机上,一刻也没松离,完全被恐惧与紧张控制,对一切活物产生机械反射……"

她的身体开始微微颤抖。

又是一阵停顿。

"……那之后我就有点懵了,跟喝醉了差不多。我那为国捐躯的好战友一路安慰我,或者拍打我要打起精神,注意危险。可我忽然一点都不怕死了。第三天,我们到一个新地方,我打头阵摸进村子里侦察。我落满泥灰的鞋子踏过一片菜地,蔬菜绿油油的,我忽然想大吃一盆加足罗克福奶酪的科布沙拉——我好像一百年没吃过这东西了——正想得流口水呢,耳边就听到爆炸声,没什么太大的感觉,只觉得脑子里像有什么东西破了,一团黑东西淹没过来,接下来就什么都不知道了。等到我清醒过来,我发现自己躺在某个干净的地方,过了好一会儿才想起发生了什么——我的上帝,汤姆,当你一觉醒来发现自己少了两条腿,那感觉可真不是说得出来的啊——就像——啊,算了,你们这种四条腿的家伙是不会明白的……来,开始吃早餐吧。"

黑人的语气重新活泛起来,他拿出面包,开始叫唤松鼠的名字。

4

他们几乎就要并肩而行,亚洲孕妇在前,推空婴儿车的男人在后,相距不过两三米。看起来推空婴儿车的男人是在提前练习当父亲,用不了多久,亚洲孕妇将会把孩子放在那辆空婴儿车中。那一天是少见的雾景,雾像水蒸气,贴着水面升腾,时而浓密时而稀薄,雾纱缠绕自由女神像,抹掉了新世贸大厦的上半截。晨跑的人从雾里出来,再消隐雾中。消防车尖锐的叫声刺破雾的蒙蔽。若隐若现的建筑和声音使现实充满奇幻。

这景象使轮椅上的黑人仿佛回到丛林,突兀的声响令人胆战,而寂静的覆盖更令人心惊肉跳。丛林训练出他野兽般敏锐的听力与警觉。他听到亚洲孕妇腹中胎儿的心脏跳动,婴儿弄得羊水哗哗响,孕妇的喘气声像雨滴从叶尖滚落,尖锐的呼啸击中他的耳膜。婴儿车滚动的车轮与他们的脚步声像大部队的行军一样轰烈。

他觉得世界上只有两种人,一种是打过仗的,一种是没打过仗的,这两类人之间没有共同语言,彼此的隔阂有时比以前的种族隔离墙还要坚实,一类人对另一类人的所谓理解不会比松鼠更多,因此他从未产生和人交谈的想法。他根本不知道谈什么。战争经历使他与普通生活脱节。他多次有与推空婴儿车的男人交谈的机会，但是一个专注于父亲角色的人，他的心正如婴儿一样娇嫩，不会喜欢听丛林里的子弹、地雷、蚊子、蚂蚁、黑蚂蟥，他的耳朵需要童话，像奶嘴在婴儿车里一样安详。他判断金发男人没弄过枪炮没扣过扳机的手指是柔软的，可以放心触摸婴儿的脸蛋，夜里给他的女人提供贴心的抚慰，这样的手绝不会捏坏一块三明治，更不会沾上人类的鲜血，这样的手甚至可以愤怒地指着那些参战的士兵，大骂他们刽子手、野蛮人——士兵们从暗无天日的战争丛林中出来，尚未来得及喘口气，就被一把推进险恶的道德丛林。

他感觉到亚洲孕妇的刻意避让，保持她自认为安全的距离——他曾对着镜子观察过自己是否像某类危险人物，他看到一张营养不良的脸和睡眠不好的眼睛，没有哪一处显示出一点儿军人的蛛丝马迹，除了灵魂深处的那一片幽暗，那里长满了孤独的水草。这种距离倒是帮了他的忙，不用担心应付别人。他对亚洲人的了解仅限于越南，那些让美国兵吃尽苦头的小个子像猴子般灵活，他们的女人充满烈性与柔情——烈在战场，柔在床上——他对亚洲人心有余悸。

没有人能够走进他的内心——即便是他的妻子。

他不是那种拥有浪漫故事的幸运男人，参战前有个姑娘死心塌地爱着他，此后也不嫌弃他缺胳膊少腿。他是回来几年后遇到的她，她是个善良的服务员，一辈子在不同的饭馆与超市间变换工作,人们看不出来她比他大五岁,她脸上总挂着乐天派的笑容。她并不看重他丢掉的那两条腿,相反增加了对他的钦佩,她骄傲于他的勇敢,他肩膀壮实腰椎挺拔,坐在轮椅中并不能削弱他的风采。

他应该是战后情绪调整得比较好的一个,不会无缘无故地朝家人发火,不会半夜醒来逮着身边人当敌人狠揍,更没有古怪变态得令人害怕或厌恶。他心里的那间小房子不必敞开,让它幽闭在生活八竿子打不着的地方——他自信他处理得很好,也渐渐适应——除了那个死去的孩子。

人们听说士兵屠杀平民的事情后开始反战游行,但没人具体知道他曾经击毙一个两岁的孩子,每一个士兵的行为都受到严密的保护。谁也不知道子弹击中小孩的情景深藏他的脑海,每一天都看见那孩子像被撕碎的布娃娃心窝里露出红棉絮,他那么小,躺在黄土上,远处山脉青翠,云雾缠绕,仿佛仙境,洁净得毫无杀戮与死亡的血腥,而那些令人作呕的场面在回忆中刺激感官,总让他胃部翻腾。

女儿出生,过了很久他都不敢去抱她。他用香皂、沐浴露、洗洁剂一遍又一遍地清洗自己的双手,当他把婴儿抱在怀里,心灵深感震撼,柔软的婴儿嘭地撞开了他心中幽闭的小房子,激活了他对孩子的温情,也使脑子里那个小男孩的形象越来越清晰。

那时候,很多大兵胡乱留在女人体内的液体变成了具体的孩子,这些混血儿的面孔遭到报复。面对为什么要养一个敌人的孩子的质问,母亲们被迫纷纷烧毁与美国有关的证据，更多的母亲根本没有联络对象，孩子就被遗弃，有的送到劳改营，有的流浪，替他们父亲的罪孽遭受惩罚。美国军方秘密发起收养行动，少数美国人找回了自己的私生子，更多的人不愿现有的家庭生活遭受冲击和破坏，不愿面对自己酿造的后果。

度过很多辗转反侧的夜晚之后，他把一个七八岁的黄肤色男孩领回家，妻子如他预料中的那样震惊——她曾从报纸上了解到美国兵在异国制造了孩子，但从没想到丈夫也会卷入其中，他们的房子那么小，常常在两美金三文鱼与更便宜的罗非鱼之间犹豫不决，生活训练出妻子挑选廉价商品和特价货的智慧，但从没警示过她某一天天上会掉下一个混血儿子来。

在过去的不眠之夜，他曾经将在战争中枪杀一个小男孩，与敌方女人胡乱制造出孩子这两件事并在一起，试图掂量出哪一种对婚姻更具破坏力，哪一种结果更能获得妻子的谅解，或者说哪一种情形对她来说更加糟糕，要找到清晰答案远比枪口瞄准移动的射击目标更难。无论如何，他明确知道他不会说出内心挥之不去的噩梦，不想描述那个胸前露出红棉絮的布娃娃——他说不出口。如果说有机会和亚洲孕妇交谈，他最想知道她对于这件事的态度——在人类普遍的情感上，这应该不存在文化和种族的差异——她心中的那杆秤是否能将二者称出轻重来。

然而，他始终知道他没法对任何人坦陈杀童经历。他羡慕这些从没经历过战争的人，他们的人性没有机会被送到极端环境中挤压出另一种形状，他们也不用体会他这种远胜于战争丛林中的恐怖苦熬。

他愿意担下背叛婚姻的乌有之罪。妻子心怀痛苦接纳并善待这个来历不明的无辜生命，将这头忧郁孱弱的小羊喂养得结实活泼。小男孩快乐的身影像一束光照亮他内心的那片幽暗，妻子对他的谅解也渐渐明显，有那么一阵时光，他几乎摸到了幸福。然而上帝很快剥夺了这一切，一场麻疹之后小男孩离开了他们，而女儿受到传染，也险些丢命。没多久，国会通过美亚混血儿回国法案，向孩子们发放移民签证，他们可以带家庭成员一起移民美国，这些倍受歧视的孩子瞬间成了宠儿，向往美国的人收起了虚假的民族仇恨，利用他们做跳板逃离贫穷的祖国。

那对老夫妻和他们患有关节炎的惠比特老犬在椴树下蹒跚走动，狗的耳朵一只直立一只坍塌，更显狼狈和衰败。风拂动他主人雪白稀少的头发，撩起他们颜色晦暗的衣角，三个身影相依为命。老犬一寸一寸挪到树根下，极为吃力地屙尿排便，老人手套塑料袋弯腰捡狗屎的样子同样艰难，让人担心他直不起腰来。

时间走到他们那儿完全变了样，缓慢澄净有序，不带一丝渣滓。他们一心一意照顾这条失去健康的老狗。老夫妻之间本身没有交谈，好像这辈子所有的话都已经说尽，但行动默契，几句零星的话都是鼓励老狗的，"好样的""真聪明""宝贝，想来块饼干吗"……老头将水倒在杯盖里，狗一舌头一舌头地舔喝，眼神含着内疚与无奈，似乎知道自己给主人添了太多麻烦。老太太用纸巾擦拭狗眼里的分泌物，抚摸狗的脊背，不断安慰与称赞它。"宝贝，你现在想坐上车来吗？"老太太对狗说道。婴儿车改装的推车仿佛已使用多年，防晒篷陈旧褪色，轮子锈迹斑斑，到处粘着狗毛。

老夫妻推着狗，脚步小口小口地啃噬着灰色的道路，狗趴下来，咧开嘴喘气，从黑人身上跳下来的松鼠停在狗面前搔首弄姿，狗淡漠地瞟了一眼。这眼神让黑人想到妻子。当女儿脱离生命危险，妻子对他积压的不满突然爆发，不知怎么她相信那套邪乎的东西，她说小男孩是他母亲的亡魂指派来进行报复的，就像他们当年用人肉炸弹杀敌一样，战争并没有结束，她保护女儿安全的唯一办法就是离开丈夫。

他对此竟无从反驳。

如果他说出真相，也许能获得妻子的再度谅解，但那种谅解无疑包含更多的怜悯与人道，他们的关系不可能回到从前，甚至不可能回到有小男孩的那段日子。即便她不在乎他就是人们所说的那类刽子手，他也绝不会在女儿面前呈现这样的形象。有时他会从人们的眼神里感觉到他们好像发现了什么，即便到了今天，他也怀疑亚洲孕妇因闻到他手上的血腥味而有意避让，于是长久地盯着亚洲孕妇笨拙的背影，直到一只松鼠的爪子伸进他的手心。

水面像深蓝色丝绸波浪起伏，一些皮划艇划向淡绿色的自由女神像,她刚披上第一缕稀薄的晨光。

"别人收藏古董啊,画啊,黄金玉器啊,那算不了什么……"黑人捉住松鼠,松鼠直蹬后腿想要挣脱,"要知道,用自己的身体收藏弹片,这可不是人人能干的……猜一猜我身上有多少碎弹片?哈哈,其实我也不知道,我当时就劝医生不要费心统计了,多少片都无所谓,反正取不出来嘛。话又说回来,我这肉身没塌下去,说不定还是靠它们撑着的呢。"

5

儿子不在,儿媳妇的身份自动从家族关系中剥离,这种"皮之不存毛将焉附"的人伦逻辑与民间风气到处弥漫,还有抢子大战的丑态,企图从母亲身边夺走孩子,延续自家的香火。有的父母认为女儿是别人家的,有的公婆认为儿媳妇是别人家的,聪明的女人最好自己安身立命。

亚洲孕妇庆幸公婆不关心她和胎儿,同时也觉得虚无,过去那种一家亲的场面,就像一场戏,紧随着丈夫的谢世而落幕,非血亲关系无论付出多少爱与真诚,建立的情感不过是海市蜃楼。他们也从没试图来理解她,悲伤蒙蔽了他们的善意。然而她理解他们,因而并无怨恨。她常散步去华尔街三一教堂,在那里得到某种印证与默契。

她没有兄弟姐妹,父母早就不在人间,想不出该与谁分享孩子的诞生与成长。但她不深究这个问题,这容易落入自怜自艾的陷阱。她遇事总先尝试理解别人,并且能够真正理解,也正是这种理解造就了她的个性,她对人理解的程度与个人内心强大的程度渐成正比,生活中已经没有她真正惧怕的东西。

多年前她看完了希枢柯克的所有电影,夜晚偶尔选一场不那么血腥的重温,国内网站因地域限制无法播放,她付费成为亚马逊会员看电影,同时享受全食超市的会员价。生活没有问题。她把自己照顾得不错。超市有做好的冷热食品,快餐店有著名的龙虾卷,各种口味的比萨饼,不想出门就上网订餐。偶尔去铺着洁白餐布的西餐厅享受服务员的殷勤与恭敬,为他们的每一缕笑纹付费。

早先她曾与丈夫去唐人街的华人超市,他们后来考虑到为怀上孩子已经花销巨大,饮食开销小巫见大巫,过于算计有可能危害前期的努力成果,于是就不再图便宜,转而去美国本土的全食超市。那里的食品质量有保证,鱼肉色泽诱人,蔬菜新鲜碧绿,不带一片黄叶,不存一丝憔悴,几乎没有隔夜货。各式各样的糕点、现成的料理、海鲜、烧烤、品种令人眼花缭乱的芝士……她很快适应价格,不像初来时那样心惊肉跳,她使劲吃那些原本不爱吃却对胎儿极有营养的食品,只要对孩子有利,什么都往嘴里塞。

怀孕使她更勇敢,没有人伺候也不需要人伺候。每次去医院,嘭嘭急跳的心脏在医生那句"一切都很好"的安抚下恢复平静与甜蜜,医生的话是世界上最好的良方,真正的灵丹妙药，治百病。回想起打促排卵针、取卵、移植的精细浩大的工程，肚皮上扎下的几百个针眼，那些腹痛、脸浮眼肿的日子，漫长忧心的等待，汇聚成一枚沉甸甸的果实，这枚硕果将获得她全部的爱。

欧洲正饱受恐怖袭击之苦，美国社会的枪击战火也从未熄灭。新发生的两宗枪击案影响了亚洲孕妇的睡眠。白人男子仇视德州大量拉美移民入侵，用半自动步枪在沃尔玛商场疯狂扫射；另一起同样残忍的暴行发生在酒吧，几十个无辜者死于仇恨的枪口，其中有个两岁的女孩。这一年全美已发生几百宗枪击案，死亡人数近万，在纽约专门针对亚裔的犯罪也有上百起，亚洲孕妇的丈夫为这个数字做出了一份贡献。她无疑懊悔让他投身于深夜的纽约街头。他们起先并不知道东哈姆莱是案件高发区。她从没去过这片著名的黑人居住地，此后更是哪里也不敢去，好像只有这片看得见自由女神像的炮台公园是安全的，尽管夜里躺在长椅和草地上，当太阳出来便像露珠般消失的流浪汉会故意敞开裤子拉链。

潜藏在自由秩序中的混乱危险，像糕点中的沙粒一样隐蔽。她下了这个结论之后便起床热牛奶，烤土司，在草莓酱与芝麻酱之间选择了后者，因为红色让她想到枪击中的血。吃完早餐，她仍然感到疲劳，肺部需要新鲜空气。她换上健身行头。两个穿荧光服开电瓶车的清洁工大声地说话，谈论昨天发生的枪击案，他们语气客观，不带愤怒也无悲伤,动作不疾不缓,他们倒空垃圾桶,放回原处,套上塑料袋,盖上盖,再开车去下一个垃圾点。

  岸边不知什么时候停着一艘巨大的货船,工人吵吵嚷嚷,船嘭嘭响,冒着一股带汽油味的青烟,使这个不安的早晨更添烦心,就像一大早打碎了杯子,弥漫着某种不祥之兆。她没有像乌龟那样跑步,她感到身体沉重,只是沿海岸慢慢走动。转瞬即逝的浪尖像短吻鳄铺满海面,此起彼伏地啄吻天空,并发出黏稠的啵啵声,让她觉得海水像蜂蜜一样。这时的行人明显增多,渡轮正将那些朝九晚五的上班族从新泽西运送过来,他们一下船就各自分散,流向华尔街。到此一游的人在海岸拍照,然后登上三桅杆帆船"五月花"号去浏览自由女神像——当然这并不是四百年前的那艘船,真正的"五月花"号早就成了一缕云烟。

  她闻到狗尿味。一旦意识到狗尿味是这条步行道的特征,骚味就时刻冲进鼻子里。金色高秆菊短暂地分散了她的注意力,红玫瑰、郁金香、紫色兰花开始让人赏心悦目。有人面无表情地遛着四条狗,据说这种遛狗专业户一年能挣几万美金。

  她发现像葡萄串似的花球从白色变成了紫红。这个小型植物园里,有些花她没见过。一只狗对着篱笆撒尿。她在这里调头,因为前面的海岸线紧挨着西大道,疾速行驶的车辆粉碎了宁静。沿海有篮球场、沙滩排球场、滑板练习地,儿童乐园,水上酒吧,一个停着直升机的军事基地,一道堤坝筑在水中,上面架着免费望远镜供人眺望自由女神像。

没有见到推空婴儿车的男人，她已经彻底打消了接近他的念头，也决定不再偷听轮椅上的黑人与松鼠间的谈话。她有一个星期不曾遇到那对老夫妻和他们的狗，她相信打破生活规律是非常态的，就像她不在早上六点而是八点出现，因为遥远的德州发生了枪击案，因为一个两岁的女孩像一片土司浑身涂满了"草莓酱"。

抹掉生命就像擦掉粉笔字迹一样简单。丈夫遇难后被她强压下去的悲伤随之一并浮了起来。她坚强的意志在黑夜中受到侵蚀，宛如一只好苹果，从遭受碰撞的部分开始出现溃烂的酱色。

她第一次感觉到把孩子带到人世间的心理压力，尽管还没有明确具体的威胁来自哪里。她总是双手护着肚子。她不想和任何人说话，过去蠢蠢欲动的交谈欲望自动消失。如果早上打碎了杯子，她就整天不出家门，从窗缝里呼吸新鲜空气。平时上街目不斜视，进超市只盯着眼前食品，脸上固定一个伪装的笑容，就像商铺挂出"正在营业"的牌子。

她做出各种保护措施，不再步行去医院，街上人多人少一样令她不安，她总是坐的士出行，但又担心有人袭击医院，看到拎袋子的人就感到紧张。她像只鼹鼠一样敏感、警惕、小心翼翼，避开迎面走来的人，并不时回头观察，以防被罪犯劫作人质，也总觉得背后有人举着刀跟踪她。

她不再像从前那样过马路时充分享受步行者的权利与尊严，慢慢悠悠地走过停下来的汽车，而是近乎藏缩在路边让车先行，以免遇到某个失常的家伙会突然踩一脚油门将她撞倒。纽约的交通规则是车让行人，司机通常有着固执的礼貌，即便她挥挥手示意车子先过，她和车子之间仍免不了一阵僵持，等车终于开走，便觉躲过一劫。

她每周去一次全食超市，他们会免费送货到家，虽说她的购物车轮可以像残疾人轮椅那样毫无障碍地滚遍整个曼哈顿，但她需要付出全力对付路面的状况，那些颜色各异的严肃面孔无不带着密谋已久伺机下手的意味，坐在车里的人正利用玻璃膜的保护大胆地窥察窗外的一切——她越来越相信这一点。

全食超市宽敞整洁，地面刷着墨绿色油漆，门边的购物车像列队的士兵带给她安全感。她一进门就放松下来，像往常一样进入购物的愉悦。这也是她散心的好去处，近乎放风的美好时光。咖啡柜台飘出摩卡的香味，经过鲜花销售区，就是糕点柜，各种烘焙点心和手工饼干她至今未能全部尝遍；干果自由选装，旁边有机器可以直接磨成粉；冷冻区的手工比萨被保鲜膜包装成唱片的样子；奶酪有几百种之多……她就这样推着购物车走走停停，挑挑拣拣，不去打量工作人员的深肤色——在快递公司和邮局办事时，柜台后的人也是这样的肤色——她没去思考形成这一阶层的主流肤色的原因，是不是存在招聘中的偏见——这些地方几乎见不到一个白皮肤的工作人员,白人似乎总是坐在灯光暧昧的高级餐馆里喝红酒,或者昂着头颅在街头步履匆匆。

折扣是一场审判。原价被划上红斜杠,处以极刑,新价格像行刑者气宇轩昂。人们默默地将东西放进推车,各类食品发出宁静又活泼的光泽。衣摆摩擦的窸窣声,推轮喑哑的滚动声,冰冻柜的嗡嗡声,牛肉裹进包装纸的哗哗声,水雾喷上蔬菜的嗞嗞声,啤酒瓶里的气体的相互踩踏声,青香蕉成熟变黄的挣扎,葡萄还没意识到已经离开了生长的藤蔓,苹果像少女的脸绯红光洁……她的目光慢慢爬过它们,像个阅兵的女王。她选了十个牛油果,挑了一袋红辣椒,准备去收银台结结账时,她看到推空婴儿车的男人,他在研究一盆月影。

她本可以走过去,跟他说这种多肉植物原产墨西哥半沙漠地带,耐旱易养,她家也有一盆,是她和丈夫一起买的,至今无比鲜活。它们根本不在乎环境——对于植物来说,还有什么比沙漠更恶劣的呢?如果气氛不错,有机会多说几句的话,她就会由植物的生存谈到人的境遇——如果通过鼓励别人可以达到自我鼓励的效果,她会这么做。但她甚至都没有一丝停顿,她推着车经过他,衣服蹭衣服,她说了一声"对不起",就像平时肩膀碰到货架的反应,但他说"对不起"的声音盖过了她的——这是他们唯一的交谈,谁也没有看对方一眼。

结账时她放弃了几样不必要的东西,忽然不想要那盆造型愚蠢的君子兰，蘑菇让她反胃，鸡翅有股鸡毛味。她用现金支付，将车推到送货处。一个下巴长黑豆瘩子的工作人员为她服务，她确信就是那位戴墨镜跑步的深肤色男子。他几乎不说话，但没让人产生不礼貌的印象。不说话就迅速完成了分内的工作，她可以撒手回家，这是令人惊奇的，她甚至赞许他这种办事态度，她也不喜欢废话。即便这样，她还是差点问了出来：最近怎么没见你跑步了。

出超市门就是西大道。街上尽是欢呼声，两边人夹道欢迎，看像是在进行马拉松比赛。一个小孩子正在吃薯条，她忽然想起忘了买蔬菜片和鳄梨酱，晚上看电影的时候少不了这些。于是她返回超市，不料这一走便走进了噩梦，事情就这么阴差阳错地发生了。

6

罗布林家族的后人不可能知道亚洲孕妇使用了复杂的辅助技术，也无法想象这个清瘦的东方女人为生孩子几乎拼了命。他在全食超市遇到过她几次，她总是专注于眼前的物品，要么在看生产日期，要么在对比价格，要么在品尝免费的糕点，或者正嗅着紫雏菊。有一次与她擦身而过，同时闪过的有她无名指上的钻戒锐光，鬓角银华，还有孕育时期浓烈的母性气味。

他依旧没猜测关于亚洲孕妇的故事，脑子里闪回的是妻子的形象，他想着妻子过去怀孕的样子，以及她再度如此的可能性。他很惊讶自己再次冒出这样的念头，除了这样，他想不出有效拯救彼此的办法。他们在淤泥中跋涉太久，身心俱疲，却不相互支撑。他无法将愧疚与爱递到她的怀里。她不关房门但心门紧闭。他有几次夜里摸到她的床上，然而他始终没有捂热她的身体，她像一块石头无动于衷。她的冷淡无情甚至带着鄙视的意味。哀伤如黑夜般笼罩着他。他不知道这种状态要持续多久，一天天过去，妻子的态度没有产生任何变化，她不说分居，也不说离婚，她照旧回到家里，照旧提供她的应酬、夜归、出差，以及其他非常规动态。

　　他一直没有创作——不，他脑海里一刻没停，创作了一个个婴儿失踪的故事版本，甚至套用现实中发生的新闻事件，但按自己的意愿修改，比如一个善良的好人偷走了婴儿，最后良心发现将孩子偷偷送了回来；比如陷入紧急债务的亲戚鬼迷心窍，偷了孩子卖到了一个好人家，不料亲戚发生意外，临终前坦白了孩子的下落……即便是最伤感的版本也都会带着喜感，比如孩子其实是妻子外遇的产物，她安排情人偷走了自己的孩子以便"物归原主"——他从不给这些故事安排一个坏的结局，他做不出来，也承受不了，他一反过去血淋淋的残酷风格，取而代之的是温情脉脉。他就是靠这些活着，靠这一点虚构的希望支撑，他始终不相信罗布林家族的孩子，会被冠以陌生的姓氏，他的女儿将永不知自己的身世，甚至若干年后他们还会相逢不相识——那个老去的父亲依旧在无止境的幽暗隧道中前行，一次次巴望前方出现天空的光亮。

他总是陷入戏剧化的角色中，自身一分为二，一个创作，一个表演；一个理性思考，一个感性随情。他看着自己的痛苦，触摸它，描述它，形容它，仿佛它是一头带毛的小动物。有人将有自杀倾向的人聚集在一起，听他们讲述自己的抑郁获得心理治疗，如果有同样的机构帮助失去孩子的父母康复心理，他会带妻子去。然而他明白，这与其说是寻求心理医生的援助，不如说是与妻子的另一种对话方式，暗示妻子他们必须面对现实和纠正错误，他们的感情和婚姻正在遭受侵蚀与破坏。他不想失去更多。

在布鲁克林大桥听到人们对大桥的惊叹与赞美，过去他总是为之心生愉悦，现在却令他倍感沮丧——罗布林家族有才华造出这么伟大复杂的桥梁，而他却不能搭建一块通往妻子内心的浮板。

老夫妻失踪了十天左右，再出现在海边时，老惠比特犬已经不在了。他们仍然推着那台遛狗车——这车已经成为他们的助行器。没有了狗，老夫妻也失去了生机，先前还忙着喂狗喝水吃零食捡狗屎，跟它说话给它爱护，责任心和价值感使他们感到快活，现在闲下来就显得手足无措，四只手紧紧地攥着推车把手，脚步一寸一寸地啃咬地面。

如果有人问起那条狗，他们很乐意谈论它十八年的陪伴，它的温驯，它临终前的样子，当年抱它回家时的记忆，它的聪明，既调皮又听话……他们会一面为失去它而忧伤，一面因它从饱受关节炎的痛苦中解脱感到慰藉。他们会掏出口袋里横跨十几年的照片，有狗的生日庆祝，万圣节的着装，山林奔跑，海里游泳，叼飞盘，捉蝴蝶，等等，从这些照片中，可以看到他们更年轻时候的样子。他们总是和狗在一起。他们将毫不掩饰惠比特犬离去带来的悲伤，他们也会怀念自己过去丰富多彩的生活，感叹一切随着老惠比特犬的死亡彻底变了样——他们的行动显得更为迟缓凝重，仿佛这样可以拽住时间的腿。

没有人问起他们的狗。

海边来来往往的陌生人，像天上的浮云无声变幻。天空和大地的距离隔着一个宇宙——推空婴儿车的罗布林家族的后人不得不这么想——谁也不能分担彼此的承载。

西大道在实行交通管制，纪念反恐军事行动中牺牲的英雄。军乐队正在演奏"星条旗永不落"。穿制服的年轻人每人手持印刷清晰的英雄肖像排列道路两侧，两道人墙绵延不绝，一直抵达双子塔遗址——归零地，那里有一方巨大的黑色瀑布深池，石壁上刻满受难者的名字，黑石上摆着白玫瑰，水流的倾泻声增加了肃穆气氛——人们挥舞星条旗，给大汗淋漓的跑步纪念者鼓掌欢呼，像迎接战争归来的士兵一样热烈。

新世贸大厦矗立在西大道边，紧挨归零地，像根倒竖的冰凌子，庄严凛冽，宣告国家已经从恐怖袭击的重挫中恢复了元气。这是推婴儿车的男人家里的固定风景，他每天从窗口看见这栋建筑,熟悉它在不同光线中呈现的表情。他喜欢建筑艺术,他曾在建筑结构中获得推理逻辑的灵感与形式,惋惜伊拉克裔英国女建筑师扎哈·哈迪德的离世,日裔美籍山崎实设计的双子塔被毁,他也替这位已故多年的设计师感到痛心。

旗帜飘拂,喧嚣有序。

他看见坐轮椅的黑人经过,不知道是在参加游行还是赶去某个地方。他对其一无所知,不知道他曾经是个军人,军乐声让他既振奋又伤感,随他一起滑过路面的,有他丛林中的残酷日子,他失去的战友,以及越南战争在人们记忆中淡去的轻松与失落。

一群穿着统一、面部通红、上气不接下气的年轻人如潮水般淹没了轮椅上的黑人。

推空婴儿车的男人对街头纪念活动习以为常,他不打算在这种场合下拍照,摇旗呐喊。如果在此多做逗留,他将幸运地避免一场可怕的灾难,同时错过因祸得福。但此时这位罗布林家族的后人对命运的隐秘安排毫无预感,只惦记着手上要办的事。他享受全食超市购物的时刻,那里从来不会熙熙攘攘,它仿佛具有一种克制的修养。货物摆设呈现某种美学理念。他经常慢慢循着货架一格格看下去,甚至不少故事情节就是这样边购物边想出来的。这一天是全食超市的优惠折扣日,他列了一个购物清单,为妻子的生日筹备晚餐——他甚至不知道她是否和他一起吃饭过生日——他想方设法融化妻子内心的冰冻,生日准备只是其中一种。在这个事情上,他已经沦为赌徒,像一个持续购买彩票的穷人,始终怀着中奖发财的希望——精诚所至,金石为开,更何况妻子并非石头。

他瞅准空隙横穿西大道。他想首先要挑一大把淡粉玫瑰和妻子最爱吃的鳄梨酱。

人群灌满西大道从南端滚滚而来。他身后响起一轮更强劲的呐喊。

7

事发时,他并不恐慌——推空婴儿车的男人在病床上回想起当时的情景——事后也非惊魂未定。他在推理小说中多次描写过这样的时刻。这类事件通常发生在火车站、广场、地铁、剧院,以及著名的公共场所。一切毫无预兆,人们还没回过神来,凶手便在尖叫与哭喊中逃离现场。然后警察赶来了,救护车也来了,新闻媒体也来了,警察四周搜索,医护人员抢救伤者,记者的话筒伸到幸存者嘴边,电视里出现他们颤抖的声音和悲伤的面孔。

或许作者在作品中贡献的智慧被罪犯利用,他们的手法就跟小说中描写的一样,包括个人装备,谋杀动作,姿势。作者经常替凶手谋划整场行动,经过周密的准备,时机成熟,便开始行动。向读者交代完这些,篇幅已过三分之一。然后是案发现场,周围的动静,光线,通过各种蛛丝马迹暗示杀手的体型,是不是左撇子,抽什么烟,穿什么鞋,枪的型号,什么口径的子弹——最难写的是阐释枪手为什么大开杀戒,这里头的逻辑与说服力是核心问题。

他看过一个老太太的演讲,她十七岁的儿子在课堂上枪杀了十几个同学,而此前她从未发现儿子有任何异常表现。作为凶手的母亲,她遭受的谴责与压力导致她患上抑郁症,她因此转向心理学研究,三十年后才敢面向公众谈论这件事情。她带着平静的痛苦分析儿子的犯罪动机,坦承自己教育失败,她告诉人们在子女教育中不该忽略的东西。但也许这跟她的儿子为何杀人毫无关系,仅仅是一个文本探讨,一种理论上的推测。

人们对凶手的认知始终有限,即便罗布林家族的后人编过各种精彩的犯罪故事,他也不知道那个人为什么向全食超市的顾客开枪。他表现相当平静,就像工人拿着水管喷洗墙面。他甚至没戴面具。子弹从肩头取出来以后,他想起枪手的样子,那个人以前经常去海边跑步。他判断他曾隔着墨镜看他婴儿车里的女儿,似乎很想逗孩子。但这种情况从来有发生,他们彼此都没表现出友好态度。按照时间推测,那时候枪手就应该在构思行动,就像作者酝酿一部作品,也许有过犹豫,想过放弃,几度挣扎,但最终还是完成了。

他想象假如那时在海边与枪手聊天认识,也许会谈点什么触及心灵的话题,也许彼此愉快,也许成为朋友,也许因此全食超市的七位顾客会幸免于难,其中失去惠比特犬的老年夫妇也许还能多活几年,坐在轮椅上的黑人还能继续喂他的松鼠——如果不是他死箍住枪手的手臂,伤亡数字会更大——他简直像自杀似的扑向枪手,并且如愿以偿。黑人成了整个事件中的英雄,身世背景被挖掘出来——哦,原来是个越战老兵,怪不得么勇敢——他的女儿在镜头前哭泣,后悔没经常去看望父亲,对他不够关心。他的前妻回顾了他们不长的婚姻,描述了他的普通与善良,也红了红眼圈。母女俩的言论并不能解释黑人何以成为舍命救陌生人的英雄,仅仅用正义感描述他的行为,就像定义枪手残暴一样过于简单。这对母女悲伤之余,也有些心满意足的况味,毕竟他给她们留下了光彩,如果他们在生活中曾有过什么罅隙,他的牺牲便弥补了一切——他甚至阻止了剩余的子弹冲出枪膛。

　　罗布林家族的后人觉得这时候的采访是另一种残忍,尤其是在黑人独自生活三十年与这对母女联络甚稀的关系中,她们能说些什么,又知道些什么呢?他确信那些海边的松鼠比任何人都更了解黑人,他们应该去采访那些松鼠,带上香喷喷的烤面包。

　　只有罗布林家族的后人因祸得福。他的妻子——那个两肩雀斑的美国姑娘跨进病房第一步,他就知道他们之间出现了转机,婴儿失踪几个月以来,他这艘努力破冰却凝固原地寸步未移的船忽然就开动了。他看到她阴霾散尽的眼里是雨后初晴的明亮,忽闪忧伤的光影——也可能是眼睛眨动的原因，她的眼睫毛密集细长，自然卷翘，从来不刷睫毛膏——她径直奔向他，俯下身拥抱他，亲吻他，将他的手攥在手心久久不放，泪涌出来却偏要展露笑容，难掩失而复得的喜悦。他知道他们之间的裂缝，就像摩西穿过红海般自动弥合，他几乎要感谢那个枪手，感谢他打中幸福的子弹——但此念一出，这位罗布林家族的后人立刻意识到自己的矫情，这种不合时宜的罗曼蒂克的想法与血腥的现实明显冲突，很多破碎的家庭处在悲伤之中，他怎么能因为妻子的变化而沾沾自喜。

他通过与妻子的贴面耳语中表达了自己的庆幸，他们没有谈论过去，没有提及那些倍受折磨的日子，主要说的是如何养伤，她压下了婴儿的问题，明显置他于重要位置。她在医生的处方外添加了自己的甜蜜良药，细心起来比棉花还柔软，然后谈到她未来的计划——她说她想去他的老家再度蜜月。于是这位罗布家族的后人再也感觉不到伤口的疼痛，甚至忘了膝盖也中了一枪的事实，从几个月的苍老中迅速恢复青春——他原本也不到三十岁。

医生原来是凭借罗布林家族的后人用肩头挡住了射向胎儿的子弹，判断他与亚洲孕妇是夫妻关系，在关键时刻竟然来征求他的意见。因为另一颗子弹击中了亚洲孕妇的头部，她入院后一直昏迷，现在情况危险，如果先剖腹取出胎儿，可能导致孕妇先行死亡；如果先给孕妇动手术，死亡风险同样很大，胎儿也就活不成，"我们充分尊重家属的意见"。

"我认为答案是显而易见的,"罗布林家族的后人并不急于澄清误会,几乎是生气地回应,"让胎儿提前出生,至少能挽救一条生命。"

他跟妻子讲了这件事,他当时在给她买鳄梨酱,身边有人中枪倒地,本能地施以援助,于是子弹咬中了他,那不过是一种巧合罢了,他当时甚至不知道那是个孕妇。人的念头快于子弹,那是文学性的夸张,现实的子弹比文学描写的迅疾得多,也更疼。他对此深有体会。而手拿鳄梨酱和蔬菜片的亚洲孕妇,来不及搞清发生的事情便失去了意识,与推空婴儿车的男人就这样发生了生命关联。她不知道那个海边的傲慢白人会对一个陌生人施以援手,他保护了她的孩子,保护了她和丈夫不远万里来到纽约完成的那项巨大工程。她对后面的骚乱一无所知。

亚洲孕妇获得一种纯粹的只剩呼吸的宁静,像海边的微风轻轻拂过水面,像夜色晕染最后的亮光——世界上最重要的事情只是呼吸,认真的呼吸,专注的呼吸,她似乎有意识地为胎儿留住那口气。生活的缺口一点点崩裂,一步步失去,她是否会最终后悔为生孩子付出的沉重代价,她是否想倒拨时间,回到两人世界的生活,人们不得而知——因为她苏醒的概率很低,在她天空徘徊的只有死神和昏迷的幽灵,它们像秃鹫随时准备俯冲而下——她就这样给人们增加了新的难题,身份得不到明确,医院不知道拿她和婴儿怎么办。

罗布林家族的后人和妻子去看了那个躺在保温箱里的

婴儿，他们同时想到了将这个小东西放在他们的空婴儿车里的情景——不久后他们的身影将重现炮台公园，在晨鸟叽喳的海边与那些跑步者擦肩而过，只是那些熟悉的陌生人永远也遇不到了——他甚至有了隐秘的创作冲动，在新作品中挖掘深肤色枪手的犯罪心理，让他说出失踪女儿的下落线索。